구병모

2008년 장편소설 『위저드 베이커리』로 제2회
창비청소년문학상을 수상하며 등단했다. 2015년
소설집 『그것이 나만은 아니기를』로 오늘의작가상과
황순원신진문학상을 수상했다. 장편소설 『아가미』
『파과』『한 스푼의 시간』『네 이웃의 식탁』『상아의
문으로』, 중편소설 『심장에 수놓은 이야기』『바늘과
가죽의 시』, 소설집 『단 하나의 문장』 등이 있다.

고의는 아니지만

고의는 아니지만

구병모

소설

오늘의
작가 총서
36

민음사

차례

마치…… 같은 이야기

처음에 그것은 폐허 한가운데 버려진 거대한 고철 더미처럼 보여서, 시인은 자기가 이곳에 오기 전 접했던 도시 내전(內戰)에 대한 소식을 떠올리고는, 폭력과 살해와 기근의 흔적들을 되는대로 주워 엮은 일종의 설치미술 내지 평화를 염원하는 상징 기념비쯤 되는 줄로 알았다. 이 금속의 잔해를 보고 경각심을 갖자는 태평스러운 이야기가 아니라, 평화야말로 금속으로만 쟁취 가능하다는 의도를 담은. '마치'라고 적힌 간판을 보면서도 그것이 명사가 아닌 데다 서술어 기능을 하지 못하여 가게 이름인 줄 몰랐다가, 녹슨 철근으로 듬성듬성 짠 사이에 한때는 중형급 차를 덮은 보닛이었을 것으로 짐작되는 카키색 금속에 조악한 음각으로 새겨 넣은 글자들을 보고 알았다.

오후 7시부터 아침 6시까지 문을 엽니다.

닳은 과도 조각이며 고장 난 컴퓨터 하드웨어에서 떼어낸 듯한 회로판과 부러진 하켄, 시계태엽 등을 때려 넣어 뒤숭숭하게 짜여 있는 외벽에서 입구를 찾아내기 위해서는 더듬어 나가야 했는데, 스치는 자리마다 부식의 세월을 말하듯 검붉은 가루들이 시인의 옷깃이나 손가락을 힘없이 휘감다가 흩어져 내렸다. 가게의 창문으로 짐작되는 유리 조각도 붙어 있긴 했으나 사막에서 불어와 쌓였을 모래바람의 더께로 인해 무언가를 비추거나 투과시키는 기능은 상실한 지 오래인 것처럼 보였다. 안으로 들어가니 손님들은 지난 세기의 지박령처럼 몇몇 테이블을 차지하고 앉아 있었는데, 커피나 술로는 분해되지 않는 피로가 저마다의 얼굴에 묻어 나와서, 더러운 바랑을 메고 군데군데 찢어진 외투를 뒤집어쓴 시인의 행색에 주목하는 이들은 없었다.

시인은 실내에 희미하게 감도는 바닐라와 누군가들의 잔 속에서 휘발되는 알코올 냄새를 맡으며 지팡이 대신 짚고 온 장우산의 둥근 손잡이를 바 테이블에 걸쳐 놓고 스툴을 당겼다.

셰이커를 흔들던 주인이 시인에게 눈짓으로 무엇을 주문하시겠느냐고 물었으나 시인은 대답 대신 얼굴이 비칠 만큼 잘 닦인 은색 셰이커 안에서 부서진 얼음과 달걀과 과일이 부딪치며 내는 소리를 듣기만 했다. 둔탁하고 점성이 흘러넘치는 밤의 소리가, 문밖에서 바람을 맞고 떨리는 금속들의 음산한 울음에 섞여 들었다.

개나리색 내용물을 글라스에 붓고 아이스 스쿠퍼로 반구 형태의 얼음을 떠서 담은 뒤 두툼하게 썬 과일을 잔 가두리에 끼우더니 마지막으로 붉은색 칵테일 파라솔을 과일에 꽂기까지 주인의 몸짓은 왈츠와도 같은 동작으로 이어지다가 마무리되었으나, 그 결과물은 투박하고 맛없어 보였다. 그럼에도 뒤쪽 테이블에 앉아 있던 손님 가운데 하나가 바 쪽으로 걸어 나와 완성된 글라스를 받아 가는 걸 보고 시인은 같은 걸 달라고 말했다. 그동안 도시는 대지에 내던져진 덩어리나 다름없이 되어 버렸다고 얼핏 들은바, 요식업 종사자들도 부족하고 열악한 식재료 외에는 구하기 어려운 상태에서 그런 걸 가지고 최선을 다했을 터였다. 최소한 스퀴저 안에서 쥐어짠 레몬의 풍부한 향이 가게 안으로 퍼져 나가고 있지 않은가. 그만하면 된 것이었다.

"먼 길 가시나 봅니다."

주인은 바 위에 올려 둔 낡은 바랑을 눈짓하며 말했다.

"집으로 돌아가는 길입니다. S시가 고향입니다."

주인과 바 안의 손님들이 일순 동작을 멈추고 시인을 돌아보는 모습은, 지금 그곳에 돌아가기 위해서는 얼마만 한 결심과 맹목이 필요한지를 알려 주는 전광판처럼 보였다.

"뭐, 다른 선택의 여지는 없으니까요. 평생을 망명자나 유랑자로 살 수는 없으니."

"이보세요, 망명자예요, 유랑자예요? 하나만 합시다."

한 테이블에서 다른 손님이 농담조로 던졌다.

"아니 말하자면, 그러니까 비유하자면 그렇다는 얘깁니다."

그러면서 시인은 이런 해명까지 해야 할 정도라면 대화가 통하는 사람들은 아니라 여기며, 실은 외지에 공부하러 떠났다가 인생의 깨달음을 얻을 자리는 따로 있지 않다는 생각에 문명이 덜 발달한 곳으로 오랜 여행을 다녀온 참이라는 부연 따위는 할 필요가 없겠다고 생각했다. 문득 주위가 조용해진 듯싶어 고개 들었는데, 주인과 손님들이 호수에 던져진 돌 주위로 일렁이는 동심원처럼 그를 바라보고 있었다. 시인은 아무리 생각해도 자신이 오자마자 무언가를 잘못했을 리는 없어서, 그들이 어떤 말에 반응했는지를 궁리했다. 망명자? 유랑자? 둘 다 아닌 것 같았다.

"비유하자면, 이래!"

한 테이블에서 손님이 야유보다는 순수한 경탄에 가까운 어조로 소리쳤다.

"그 대담함에 우선 건배."

손님이 잔을 들어 보이자 시인도 엉겁결에 잔을 들어 허공에서 마주쳤지만, 무슨 상황인지 알 수 없었다. 다른 사물, 다른 개념 혹은 다른 세계를 도구 삼아 표면에 배치하는 것은 시인만이 아니라 말을 할 줄 아는 사람이라면 누구든 으레 하는 일인데, 어째서 그것이 감탄의 대상이 되어야 하는지. 그러나 사람들은 이제 정식 손님을 넘어 일종의 의식을 합당하게 치른 비교(秘教)의 입문자를 맞이하기라도 하는 것처럼 저마다 앉은 자리에서 그를 향해 천천히 잔을 들어 보였다. 시인은 당황스러웠지만 그다지 위협의 징조 같지는 않았으므로 그들을 향해 답례의 눈짓을 보냈다.

"뭐, 괜찮지요? 비유하자면, 그렇게 대놓고 말하는 사람은 다들 오랜만에 봐서요."

주인이 과자가 담긴 작은 접시를 시인 앞으로 밀어 놓으며 말했다.

"손님께서는 실례지만 혹시 하시는 일이."

"시를 좀 씁니다만."

한때는 시를 쓴다고 믿었던 적도 있고 시야말로 삶의 한계를 초월하며 모든 쇠락으로부터 자유로운 유일의 불멸(신이 있다면 신을 제외하고)이라고, 혹은 시 자체가 신의 또 다른 이름이라도 되는 것처럼 믿었던 적도 있으나 지금은 그저 실패한 무직자라는 것을 덧붙일 필요는 없을 것이었다. 그는 삶에서 영원히 유리된 유랑자였고 어떤 국적도 허용되지 않은 망명자였다. 그토록 있는 그대로일 뿐인 은유에 사람들은 마치 미지의 외계 언어를 만난 것처럼 반응

하니, 그들이야말로 이러한 시선의 이유가 흥미인지 배척
인지 하나만 골라야 할 터였다.

"그래서 그랬군요."

주인이 느긋이 고개를 끄덕이는 사이로, 한 남자가 시인
의 어깨에 팔꿈치를 턱 올려놓으며 끼어들었다.

"시를 쓴다고! 갈수록 태산이네. 시야말로 온갖 비유가
담긴 쓰레기통 아닌가, 예쁜 쓰레기통. 뭐 여기서 많이 쓰
시고 가라고. 여기를 나서면 그 짓은 못 할 테니까."

그렇게 말하는 당신도 예쁜 쓰레기통이니 갈수록 태산
같은 소리를 지금 막 하지 않았느냐고 시인은 묻고 싶었지
만 그만두었다. 시인은 오랜 옛날 시와 노래를 금지했다든
지 그림과 조각 등 예술이란 예술은 모두 통제하거나 불태
우는 세계를 다룬 영화를 본 적 있으나 그건 어디까지나
상상과 허구의 이야기였고, 비유를 원천 봉쇄한다니 금시
초문이었다. 그가 살던 S시는 그런 곳이 아니었다.

"사람들이 잠깐 쳐다본 건, 처음 보는 사람이 마치 이 가
게의 특성을 잘 아는 것처럼 대뜸 비유부터 말하니까 그
랬던 것뿐이에요. 우리는 여기서밖에 비유를 말할 수 없
어요. 왜 하필 여기냐. 도시 외곽에 떨어져 있어 단속도 덜
나오고, 손님들의 대화를 녹음해서 몰래 넘기지 않는 주인
이 이 양반뿐이거든. 이 문을 나서면 S시의 어디를 가서도
비유 같은 건 할 수 없어요. 하면 잡혀간다니까. 재판정에

세워 주긴 하는데 제대로 된 재판을 받기란 어려울 테고, 안 쓰다 보니 사라졌지 뭐."

손님이 그렇게 말하며 시인의 어깨에서 제 팔을 거두어 갔다.

"이제 내가 쓸 수 있는 비유라고는, 내가 기억하는 한에서는 꽃 같은 얼굴이니 불 같은 사랑밖엔 안 남았다고요. 오히려 시인들이라면 전혀 쓸 것 같지 않은 구태의연한 말들요."

시인은 자신이 시인이고 아니고를 떠나 세상에서 비유가 사라질 수도 있다는 사실을 믿을 수 없었다. 사람들이 더 즐겨 쓰는 비유가 있고 거의 안 쓰는 비유가 있을 수는 있지만 비유 자체가 사라진다니 불가능했다. 평생 벽만 보고 살 게 아니라면 사람이 일생 동안 입 밖으로 내는 모든 말 가운데 비유가 포함되지 않은 것을 찾기가 더 힘들 터였다. 수지 타산을 맞추기 위해 아무리 명확한 언어를 주고받을 때라도 '시간은 금'이었으며, 제한된 시간 내에 감각과 이성을 총동원하여 '반짝거린다고 모두가 금은 아니'라는 사실을 예리하게 판단해야 했다. 그런데 이들의 말에 따르자면 식상한 예를 들더라도 이 도시 사람들은 '참으로 슬픈 일이 일어났습니다'를 그날의 감정이나 날씨에 따라 '하늘이 울고 땅이 무너졌습니다'로 바꿔 말할 수 없다는 뜻이었다. 도시 내전 때 죽어 간 사람들은 '빗발치듯 쏟아지는 탄환'이 아닌 그저 '무척 많이 발사된' 탄환에 목숨을 잃었을 테고. 그렇다면 그 후로 대체 무슨 일이 있었다는 걸까.

주인은 시인에게 비유법이 금지된 도시의 내력을 들려주었다.

이곳은 비유의 연습장, 죽어 가는 비유가 간신히 호흡하게 도와주는 통풍구, 비유를 잊지 않으려는 사람들이 일시적으로 머무는 정류소입니다. 그렇다 하더라도 이미 대부분 사람들의 의식 수준에서는 옛 시인들과 같은 고도의 비유는 사라지고 사어에 가까운 것들만 간신히 유지될 뿐입니다. 얼음 같은 미소나, 마음에 안 드는 자를 두고 개 같다든지 돼지 새끼라든지 그 정도에 불과하지요. 손님께서 이 문밖을 나서고 S시의 중심부에 가까워질수록 비유를 사용할 만한 데가 없으며 사용할 수도 없다는 사실을 알게 되실 겁니다.

새로 선출된 시장이 처음 비유법을 금지했을 때 표면적인 이유는 이랬습니다. 우리는 지난 내전 때 많은 것을 잃었는데, 흔히 예상할 수 있듯이 인명과 물자 손실은 물론 다른 도시와의 무역 관계망 훼손에다 무엇보다도…… 정보를 잃었습니다. 그때 시장은 급속한 경제회복을 주요 기조로 내세워 여러 가지 정책을 펼쳤고, 그중에는 명백히

거친 방법들이 있었지만, 그의 행보는 격렬한 반대에 부딪히지 않았습니다. 그럴 만도 한 것이, 언론에서는 내전이라고 하면 서로에게 상처만 남았을 뿐이라는 허울 좋은 말로 무마하려 들지만, 실제로 그 과정에서 승기를 잡은 쪽은 분명 존재했고, 그 반대쪽은 교섭이나 대화보다는 진압의 대상이 되었으니까요. 힘을 가진 자들은 시장의 여러 전횡이 자신들을 더욱 살찌우는 데 도움이 되니 반대가 있을 리 없었고, 그렇지 못한 자들은 당장 먹고사는 문제에 봉착해 반기를 들지 못했습니다.

이때 실시한 많은 정책들 가운데, 언뜻 보기에는 당장의 생활 개선과 무관해 보이는 추상적인 방침이지만 실은 더없이 본질적인 것이 하나 있었는데 그것이 바로 말, 문자로 표현할 수 있는 모든 매체에 대해 비유를 금지하는 것이었습니다. 말이라는 건 거짓을 보여 주거나 진실을 은폐하는 데 쓰이는 것으로 말을 되도록 하지 않음이 차라리 낫지만 살아가는 데 말을 하지 않고서 필요한 것을 구할 도리는 없으니 그렇다면 되도록 화려하고 웅장한 수식을 덜어낸 명료하고 단도직입적인 말, 정확한 수치와 도표로 나타낸 각종 경과보고, 회문(回文)이나 유희가 없는 단순한 말이 합리적인 업무 수행을 돕고 나아가 가시적인 성과를 가져온다는 게 이유였습니다. 당분간 우리의 모든 행위는 실용에 바쳐져야 하며, 그러기 위해서는 사람들 간에 오해를 불러일으키는 말, 이해하는 데 시간이 걸리는 말하기 방식에 근본적으로 개혁이 필요하다는 것이었습니다.

언뜻 생각하면 이해되지 않는 논리지요. 세상의 무수한 일상어부터가 애초에 신선한 비유였다가 조금씩 닳아지고 볼품없어진 표현들이 쌓여서 이루어진 거나 다름없으며, 고대 수사학자들까지 언급할 것도 없이 비유란 원래 그 목적이 자신의 말뜻을 보다 효과적으로 전달하기 위한 장치인데 말입니다. 그런데 빠르게, 빠르게를 외치는 속도 일변도의 사회에서는 그런 효과를 얻기 위한 최소한의 지연이나 유예조차 비효율적인 시간 낭비로 보았나 봅니다. 시장의 정책은 언어의 애매모호한 성질이 주는 불확정성의 모험을 취하여 하나의 소득을 최대치까지 증폭시키는 효과를 내기보다는, 모험을 버리고 자잘한 실용성에 집착하도록 부추겼습니다. 말로써 원하는 바를 얻어 내기까지 상대가 한 번이라도 덜 생각하게끔 하자는 것이었지요. 말하는 자와 그걸 듣는 자 사이에 존재하는 교양과 문화의 차이에 구애받지 않고 일을 진행하며…… 궁극적으로 이익을 내기 위하여.

그 법을 제정하기 위해 평균 학력을 보유한 각계각층의 10대에서 50대 남녀 200명을 대상으로 시행한 실험 결과, 어떤 사안을 해결하는 데에 있어서 비유를 넣었을 때와 뺐을 때를 비교하니 원하는 결과를 얻기까지 걸리는 시간이 비유가 없었을 때 최대 30퍼센트까지 단축되었다고 합니다.

물론 거기에는 사람 사이의 미묘한 감정의 파장이나 순전한 개인적 성향, 바이오리듬을 비롯한 각종 변수가 들어 있지 않았고, 단순히 기계적이며 산술적인 데다 폭력적으로 재단한 조사 결과라는 데에 적잖은 학자들이 동의했으나, 젊은 날 주경야독하여 자수성가로 큰 무기 생산업체를 거느려 본 끝에 내친김에 이 도시까지 거느려 보겠다고 정치가가 된 시장은, 그동안 사람보다는 현금이나 어음 내지는 그것들을 창출할 수 있는 중장비 같은 즉물적인 개체를 더 많이 마주 대해 왔기에, 학자들이 내놓은 분석을 도무지 이해할 수도 없었고 이해하려 하지도 않았습니다.

대상을 표현하기 위해 덧입힌, 가공의 과정을 거치고 그것을 이해하는 데 해석이 필요하거나 이견이 따르는 언어는 가치가 없으며 가치가 있어서도 안 된다는 것이 시장과 그를 둘러싼 이들의 견해였는데, 여러 번 꼬일수록 탄탄하고 질긴 끈과는 반대로 말은 꼬임이 없을수록 경제적으로 유의미한 것이기에, 그들은 한 마디의 말에는 하나의 분명한 뜻만 담겨야 한다는 놀랍도록 원시적인 신념을 갖고 있었습니다. 아니, 이것은 원시 민족에 대한 모욕일지도 모르겠습니다. 원시적인 삶을 살아가는 이들은 오히려 적은 수의 말에 하늘과 땅과 물의 수많은 뜻을 동시에 담아 내곤 했으니까 말입니다. 어쨌거나 그들은, 자신의 언어를 다른 형태와 방식으로 바꾸어 말하지 못하는 자는 세계의 움직임이나 변형에 대해서도 말할 수 없고, 정해진 규칙만을 따르는 언어는 세계가 생식을 통한 종족 번성이라는 일차원의 목적 이상으로 앞으로 나아가거나 어디에도 도달할 수 없음을 증거한다는 학자들의 반박에 대해, 당최 무엇 때문에 세계를 변형해야 하며 그 세계란 어디로 가야 하느냐고 반문했습니다. 그들의 의식수준은 요컨대 산업사회 초기의 노동집약적인 자원 개발 단계에 머물러 있었던 것으로 보입니다.

시작은 직유법부터였습니다. 방송 뉴스부터 크고 작은 광고에 이르기까지, 가깝고 사소하게는 전단지나 공문 한 장에 이르기까지, '마치'나 '같이', '듯하다'가 들어가는 단순 직유법을 통제했으며, 그 정책이 웬만큼 자리를 잡자 다음으로 좀 더 차원이 높거나 상징을 내포하여 그것을 대하는 사람들로 하여금 두 가지 이상의 개념 사이에 어떤 상관관계가 있는지 고민하게끔 만드는 은유법을 금하기 시작했습니다.

사람들이 가장 많이 쓰고 또 알고 있는 두 가지 비유법을 금지하는 데 성공하자 나머지, 대상물 자체가 말의 표면으로 드러나지 않는 환유니 제유 같은 것들은 말할 필요도 없이 차례로 자취를 감추었습니다만, 그것은 실제로 권력의 적극적인 개입에 의해 사라졌다기보다는 그것을 적재적소에 제대로 구사할 줄 아는 언어적 소양을 갖춘 인구가 줄어들고, 수많은 말들 가운데 비유와 비유 아닌 것을 가릴 만한 지성과 교양을 갖춘 위정자도 흔치 않았기에 적발 사례가 그다지 눈에 띄지 않았다고 보는 게 맞을 것입니다. 아무튼 그런 과정 속에서도 관용어로 굳어 버린 죽은 비유들은 굳이 통제의 대상이 되지 않았으니 구별이 더욱 모호하기도 했고 말입니다.

처음에는 모든 관공서와 공기업, 신문과 방송을 대상으로 이 정책이 도입되었고 그 밖의 나머지 분야에서는 '장려'라는 형태로 추진되었는데, 말이 정신을 반영하는 동시에 정신을 구축한다는 점을 고려할 때 누구든 쉽게 예상할 수 있듯이, 장려가 곧 제도가 되기까지는 그리 오랜 시간이 걸리지 않았습니다. 일상생활에서 비유가 차단되자 단조롭고 단순한 말하기 방식이 삶 전체를 지배하기에 이르렀습니다. 노래를 부르지 않고 살 수 있는 사람이, 먹거나 입지 않고 살 수 있는 사람보다 현실적으로 많을 테니까요.

연극 무대나 공연장, 도서관 같은 문화를 꾸리는 장소들이 하나둘 소멸되더니, 그 빈터는 머지않아 쇼핑몰과 같이 소비를 장려하는 곳이나 건설업체와 은행 등 경기부양과 관련 있는 곳들로 채워졌습니다. 서점에서 가장 먼저 시집이 사라졌고 지금 남아 있거나 그나마 출간되는 책들은 주식의 흐름을 한눈에 읽는다는 경제 분야나 효과적인 영업 전략을 알려 주는 표정 관리 및 연출과 화술 가이드북, 뜨개질 옷 만드는 요령이나 쿠킹 레시피, 반려동물의 요람에서 무덤까지 같은 실용 서적들뿐인데, 애초에 이런 정보성 강한 책들도 독자의 시선을 사로잡기 위해 각종 농담과 비유를 동원했었지만 이제는 말 그대로 정보와 주장의 나열이 주가 되었다는 것입니다. 발행물들은 그 안에 신선하거나 낯선 비유가 들어 있지는 않은지 당국의 검열 대상이 되었고요. 방송 채널의 수는 최소화된 데다 남아 있는 뉴스 채널에서마저 5분 안에 눈에 띄는 비유법을 3회 이상 사용한 앵커나 기자들이 삼진아웃제로 일자리를 잃었습니다. 드라마나 코미디가 사라진 자리는 사람의 감성을 어떤 방식으로도 자극하지 않는 차갑고 객관적이며 건조한 언어들로 이루어진 경제정책 홍보용 다큐멘터리들이 제작되어 채워졌습니다.

그랬는데 가장 마지막까지 남고 다루기도 골치 아팠던 것이 바로 종교였습니다. 뜻밖에도 시장을 비롯한 그 주위의 인물들은 거의 다 종교를 갖고 있었고 신에 대한 자신들의 믿음이 얼마나 견고하며 그 신의 뜻에 따라 시민들을 오병이어의 정신으로 먹여 살리고자 하는지를 연설이나 담화 때마다 종종 드러내곤 했습니다. 그런데 아이러니하게도 그들이 열독하고 때로는 정성껏 베껴 쓰기도 하는 경전은 고도의 상징과 비유들의 보고였으니까요.

그렇습니다, 저도 한때는 남들보다 성경과 가까이 지냈기에 생생하게 기억합니다. 그대의 입술은 붉은 실 같고 〔……〕 그대의 볼은 반으로 쪼개 놓은 석류 같구나.[1] 그들이 신봉하는 책이 이런 아름답고 우아하며 감수성 넘치는 구절들로 가득 차 있었으니 분야를 확산시켜 가면서 비유법을 대놓고 금지할 명분이 서지 않았습니다. 이 세계는 그 자체로 거대한 신의 비유라고 볼 수 있는데 비유를 막겠다는 것은 결국 세계를 막겠다는 것이고 그건 물리적으로 불가능한 일이었던 겁니다. 조금 전 제가 말씀드렸지요. '오병이어의 정신으로 시민을 먹여 살리고자' 여기서 오병이어의 정신이 결국 비유적인 의미가 아니고 뭐겠습니까. 어쨌거나 이렇게 그들은 스스로도 통제가 안 되는 자가당착에 빠지곤 했습니다.

생각다 못해 시장은 경전 속에서 자신들의 정책과 의사 결정에 흠집을 내지 않을 만한 부분들만을 골라내어 새로운 경전을 엮어 내고 그것을 일반 교회에 널리 퍼뜨려 정착시키기에 이르렀습니다. 그래서 진실한 믿음을 가진 성직자들은 거짓과 편의에 따른 말씀만이 남은 교회를 떠나

---

1 「아가서」 4장 3절.

다른 도시로 흩어져 새로 교회를 세우거나, 그럴 만큼 용기와 과단성이 없는 자들은 이렇게 저처럼 옷을 벗고 구차하지만 평범한 삶을 그나마 부지하게 되었습니다. 그것이 제가 아직까지 비유를 완전히 잊지 않은 이유로, 저는 부끄럽습니다만 한때 신의 어린양들을 돌보아 이끄는 목자 노릇을 한 바 있다고 말씀드리겠습니다.

그러나 저와 같은 환경에 있지 않았던 사람들은 생활을 유지하면서도 넓고 깊은 생각의 끈을 놓지 않기 위해 필사적으로 노력할 이유가 없었고, 곧 삶이 허락하는 최소한의 범위에 생각을 고정하게 되었습니다. 조금이라도 뜻이 명확하지 않고 생각을 요구하는 말을 만나면 그것을 진로 방해라 여겼고, 바벨의 언어와 맞닥뜨린 듯이 혼란스러워하게 되었습니다.

그런 상황에서 이곳은 위치상 의식의 점이지대 같은 곳으로, S시를 떠나려는 사람과 S시로 들어오려는 사람, S시 식의 말에 익숙해진 손님들이나 그렇지 않은 분들이 여기 잠깐 머물다 가곤 합니다. 그러다 보니 알 만한 사람들은 압니다. 이곳은 잃어버리고 싶지 않은 언어를 보관해 두어도 무방한 곳이라는 걸요. 들어오다 보셨을 테지만 가게 이름이 '마치'라는 것만으로도 충분한 암호가 되었으니까요. 손님들마다 자기들이 할 수 있는 만큼 비유의 문장을 낙서처럼 끼적이고 갔는데, 그 분량만 해도 벌써 두꺼운 장부 몇 권이 되었습니다.

지금까지 드린 말씀은 비유 금지법이 제정된 표면적인 이유입니다. 하지만 권력을 가진 사람이 어떻게 보아도 무리수인 정책을 펼칠 때는 그보다 심플하고 정직하며 남들에게는 드러내기 힘든 이유가 따로 있게 마련이지요.

시장이 내전을 수습하고 사람들 사이에 처음 나섰을 때부터, 누구 입에서 먼저 나왔는지는 아무도 모르지만 '미무르'라는 별명으로 널리 알려졌습니다.

이 동물은 제가 아는 한 피지올로구스나 산해경을 비롯한 어느 문헌에도 기록되지 않은 채 사람들의 입에서 입으로만 전해 내려오는 상상의 산물에 가까운 존재로, 손님께서도 세상을 두루 다니며 견문을 넓히셨다면 사람들을 통해 그 이름을 한 번쯤은 들어 보셨을 터인데, 몸집은 전체적으로 왜소하고 낮은 대체로 짙은 잿빛에 코끝은 거무스름하며 입가에는 고슴도치의 가시 같은 길고 탄력 있는 수염이 세 쌍, 얼굴에 비해서 조금 크고 둥근 귀는 얄팍하기 이를 데 없고, 바깥으로 드러난 두 개의 송곳니는 두껍게 발달된 데다 숫돌에 간 듯이 날카로워 그것이 잡식성보다는 육식성에 가깝다는 걸 알려 주며, 발 하나에는 네 개의 발가락이 붙어 있어서 각각의 뾰족한 발톱은 충분히 구부러져 있으니 언뜻 갈퀴처럼 보이고, 등에는 어린 용과 같은 작은 날개가 달려 있으나 공기를 가르며 날갯짓하여 땅을 박차고 올라 하늘을 품기에는 적당치 않은 한편, 설령 조금 날아올랐다 하더라도 길고 무거운 채찍 같은 꼬리가 방해되어 얼마 못 가 떨어지고 마니 사실상 날개란 장식이나 다름없는데, 아마도 자신이 가진 본능의 크기만큼 하늘에 가까워질 수 없다는 사실이 놈의 초조감을 건드려 성정을 더럽힌 모양인지 작은 몸에 어울리지 않게 성질이 광포하다고 알려져 있습니다. 그 폭력적인 성질이 주위의 동물들을 두려움에 떨게 할 만큼 위압적이거나 무게감이 있지는 않으며, 대체로 하는 짓이 다랍고 자잘한 데다 비열하기까지 하여 광포함보다는 신경질에 가까워서 다른 생물들의 굴종을 이끌어 내기보다는 다만 눈살을 찌푸리게 할 뿐이라고요. 손님께서는 아무리 구전이라도 너무 허무맹랑하다고 생각하실지 모릅니다. 그러나 생물들은 저마다의 방법으로 눈살을 찌푸렸다고 하는데, 미무르가 가까이 나타나서 앞발로 땅을 헤치며 이빨을 드러내면 군집 동물들이 등을 돌리고 터전을 옮기거나 무리를 스스로 해체했다는 이야기, 미무르가 집을 지었던 자리에는 다음 해에 그 어떤 식물의 싹도 돋지 않았다는 이야기 들이 전해집니다. 싹이 나지 않는다는 것은 미무르가 겨우내 피부와 호흡으로 분비한 독성물질이 흙의 성질을 변화시키기 때문이라는 설도 있지만, 아무도 미무르를 본 적 없이 미무르나 미무르의 후손으로 추정되는 동물 몇 종에다가 미무르가 남긴 흔적으로 짐작되는 특정한 몇몇 장소만 있을 뿐이라 과학적으로 검증된 바는 아닙니다.

시장이 대중 앞에 모습을 자주 드러내면서 미무르라는 이름도 단지 설화 연구가들을 비롯한 몇몇 식자들의 입에서가 아니라 일반에 널리 알려지기 시작했고, 사람에 대한 철저한 몰이해로 시작한 시장의 최초 집권 이후에는 무언가 마음에 안 드는 일이나 못마땅한 사람을 볼 때마다 '저 미무르 같은' 내지는 '미무르만도 못한'이라는 말이 관용어처럼 붙곤 했습니다. 그럼에도 기본적으로는 미무르 하면 곧 시장을 가리키는 말로 통했으니, 웃음거리가 되고 싶지 않았던 시장이 그러한 말 자체를 못 쓰게 막고자 했던 것은 어찌 보면 당연한 일입니다. 비유에 동원된 동물이 사자나 재규어, 하다못해 코끼리쯤만 되었더라도 얘기는 좀 달라지지 않았겠습니까.

비유 금지법이 제정된 뒤로 언론 매체나 공개 석상에서 미무르를 시장에 대신하여 부르는 경우는 없어졌지만, 지금도 뒷골목 아이들이 흥얼거리는 노래는 자주 들을 수 있습니다. 아이들은 미무르가 어떤 동물인지, 그것이 시장을 가리킨다는 사실을 전혀 모르고서 그들의 부모들이 부른 노래를 부릅니다. 선율은 고약하지만 묘하게 중독성이 있다고 하지요. 저도 이곳에 가건물을 짓고 정착하기까지 종종 들어 봤습니다만 벌써 다 잊어버린 지 오래라서, 낭

창낭창 꼬리로 가른 바람 다시 흐르지 않고 뾰족한 발톱
으로 할퀸 자리에는 구더기조차 끓지 않는다…… 는 한두
소절 가사만 어렴풋이 떠오를 뿐입니다.

저런, 칵테일이 쏟아졌군요. 제가 닦겠습니다. 편안히 앉
으십시오. 그렇게 서둘러 자리를 박차고 일어나실 건 없습
니다. 손님께서 무슨 생각을 하시는지 압니다. 전에도 그런
표정으로 이 가게를 나간 손님 두 분이 있었습니다. 한 분
은 신문기자였고 그다음 분은 수도사였는데 그분들은 각
각 서너 달 시간차를 두고 이곳에 들렀습니다. 지금까지
제가 말씀드린 이야기를 듣고는 입에서 불을 뿜는 유리산
의 용을 치러 가는 기사처럼 의지가 충만해서 시장이라는
인간과 직접 얘기해 보고 싶다는 말을 남긴 채 떠났습니
다. 기자는 S시의 언어 정책을 취재하기 위해 다른 도시에
서 오셨는데 제 말만 가지고는 기사를 쓰는 데 무리가 있
다며 두 시간도 되지 않아 자리를 털고 일어나셨고, 수도
사는 왜곡되고 짜깁기된 경전에 관한 소문을 듣고 왔으니
신의 뜻이 어떻게 임의로 조작되고 있는지를 직접 확인하
고 싶다고 하셨습니다. 그분들은 모두 말이 세계를 구성하
는 원리와 인식이 말을 강제하는 규범 사이의 모호한 경계
를 고민하면서도 그 경계의 존재 자체에 의미를 두었고, 순
박하고 건전하며 동심에 가까운 의미로 말의 힘을 믿었습
니다. 저는 지금 이리 옷을 벗은 입장에서 말씀드리는데,

그건 정말이지 기도의 행위처럼 보였답니다. 겨자씨 한 알만큼의 믿음만 있다면 이 산더러 저기로 옮겨 가라 해도 그대로 되리라[2]는 차원의 확신이었지요. 세상에는 변치 않는 진실이라는 게 존재하며 그것을 확보하거나 표현하는 데 있어서 말 이상의 수단은 없다는, 지극한 젊음에서 비롯한 이상적인 생각도 품고 계셨고요. 그분들은 시장과 만나 딱히 어떻게 하겠다고는 말하지 않았지만 시장도 어차피 인간이고 인간을 만나 할 수 있는 이야기가 하나도 없지는 않을 거라고 믿으며 그에게서 즉각적인 반응과 변화를 이끌어 내기를 기대하지 않으나 결과가 어떻든 최소한 시장과 만나서 무슨 이야기를 나눴는지는 다시 이곳에 들러 알려 주기로 했습니다.

여기까지로 미루어 짐작하시겠지만 그분들은 모두 여기 다시 오지 않았습니다. 물론 돌아갈 길이 바빠 그랬을 수도 있고, 고작해야 목적지 가는 길에 잠깐 들렀을 뿐인 술집 주인에게 다시 보고하거나 약속을 지킬 필요를 느끼지 못해서 지나쳤을 수도 있습니다만, 슬프게도 입에 담기 어려운 다른 가능성도 있다고 생각합니다. 그래서 저는 손님이 그 세 번째 사람이 되지 않았으면 합니다.

---

2 「마태 복음서」 17장 20절.

"잘 마셨습니다. 잘 들었고요."

주인의 이야기가 끝났을 때 시인은 바 테이블 위에 조용히 지난 시대의 지폐를 올려놓았다. 지폐가 접힌 자리마다 숨어 있던 모래가 테이블로 흘러내렸다.

"그래도 역시 들어가시는 거군요."

"네. 걱정해 주셔서 고맙습니다. 그래도 전해져 내려오는 많은 이야기 속에서 대체로 세 번째로 용을 무찌르러 떠난 사람은 목적을 달성하고 살아 돌아오거나 재수가 좋으면 바위가 되어 굳어 버린 첫째 둘째까지 데리고 오는 수가 많으니 혹시 알겠습니까."

시인은 잃어버린 말들과 버려진 말들의 폐허에서 단 하나의 희고 둥근 조개껍데기를 줍기 위해 눈을 빛내는 어린 이의 마음을 간직하던 시절을 떠올리며 미소 지었다.

"저는 햇볕에 그을린 말들이 나뭇잎 위를 구르다가 사라지는 걸 보았고, 비에 젖은 말들이 동물들의 눈꺼풀 위로 내려앉다 부서지는 것도 보았습니다. 말로써 무언가를 표현하려고 하면 할수록 그 무언가는 자꾸만 어디로 달아나거나 사라졌지요. 말은 어디에나 있었고 그만큼 누구나 쉽게 취했다 버리면서 그것을 증오와 오해와 폭력의 도구로 쓰곤 했기에, 저는 세상의 오염을 지우는 데 손가락 한 마디만큼이라도 보탬이 되고자 시를 끼적이는 걸 그만두고 곳곳을 부유했습니다. 있으면서도 없는 무엇을 없으면서도 있는 말로 그려내기 위해 수많은 말을 버리는 동안, 말들이 솟아오르고 떨어지고 부서지고 녹아 버리고 사라지게 두는 것이야말로 시일지 모른다고 생각했습니다. 말에 대해 확신할 수 있는 것은 단 하나, 말이 힘을 가지지 않은 것처럼 보이면서도 존재를 땅속 깊이 처박아 부숴 버릴 때만큼은 특별한 위력이 나타난다는 것이었습니다. 떠도는 동안 시를 버리지도 않았고 입을 열어 혼잣말도 하지 않았습니다. 말은 무언가를 분명하게 가리키거나 정의하는 대신 무언가하고의 관계를 잇는 동시에 끊어 버리면서 그 관계라는 것에 생명줄을 의지하고 있기에 임의적이고 괄호로 남아 있는 가능성의 또 다른 이름일 따름인 데다 입 밖으로 나와 괄호를 채우는 순간 진정한 의미를 잃어버리곤 했으니까요. 어차피 영원한 괄호가 될 테니 차라리 비워 두는 게 완성의 다른 이름일지 모른다고도 생각했습니다. 하지만 동시에 괄호란 언제든 무엇으로든 채우지 않을 수 없는 것이더군요. 그 채움으로 발생하는 끝없는 오류의 반복이야말로 말이 존재하는 이유였습니다. 이해가 아닌 오해를 위해, 통합이 아닌 분열을 위해. 이 세상에 평화가 아닌 칼을 주러 왔다고 신께서 말씀하셨던 것처럼.

그런데 그 관계 자체를 인위적으로 지우며 수많은 괄호를 닫으려는 사람이 있다고 하니, 그걸 가까이에서 확인해 보고 싶습니다. 아마도 그 무모한 정책은 시민들이 자기도 모르게 쓰곤 하는 무수한 비유들을 놓치고 지나가면서 그런대로 엉성하게 준수되어 왔을 것입니다. 절대적으로 비유가 금지되어 더 이상 쓸 수 있는 말이 없어졌다면 말은 낱낱의 사물을 가리키는 수준으로 전락했을 테고, 그랬다면 하나의 사물이 앞으로 나아가거나 멈추거나 때로는 다른 사물로 전이되는 일을 포함하여 모든 사건과 그 결과를 서술할 수 없게 됐을 거거든요. 관계가 소멸된 곳에는 사건도 있지 않을 것이고, 사건이 없는 곳은 굳이 멸망을 기다릴 필요도 없이 그걸로 이미 없는 곳이겠지요.

기자나 수도사가 어떻게 되었는지는 짐작할 수조차 없지만, 그들이 했던 대로 신화적인 의미에서 말의 힘을 믿는다면요, 차라리 밤낮으로 기도의 언어를 발설하여 시장이 실제로 그 미무르란 놈으로 바뀌기를 비는 쪽이 빠를 겁니다. 그렇게만 된다면 오비디우스도 감탄할 변신담이 될 것이고 마침 전설에 따르면 몸집도 작다 하니 이 별 볼일 없는 우산으로 때려잡을 수도 있겠지요. 저는 여하간, 그분들이 정말로 시장에게 접근했다가 쥐도 새도 모르게 자취를 감추었다는 전제하에 말씀드리자면, 그분들과는 다른 관점으로 다가가 보겠습니다. 그러지 않을 이유가 없습니다. 비록 오랫동안 떠나 있었지만 여기는 제 고향인걸요. 무엇보다 제가 알던 친구들은 이런 상황 속에 어떻게 무사히 지내는지부터 알아봐야겠고요."

그때 다른 쪽 테이블에 혼자 앉아 술을 마시고 있던 손님이 말허리를 자르듯이 크게 가래를 뱉었다.

"다른 사람들 술맛 떨어지게 무슨 개소리들을 그렇게 오래도록 지껄이고 앉았소. 퍽들도 한가하시지."

"죄송합니다. 작은 소리로 말한다고 노력은 했는데 충분하지 않았나 봅니다."

손님은 주인의 단정한 응수도 못마땅한 듯 거기서 이야기를 접지 않았는데, 말하는 내내 그의 누런 이 사이에서 설마른 오징어 다리의 끄트머리가 위아래로 흐느적거리며 군내를 풍겼다.

"듣자 하니 머리에 먹물 좀 뿌렸다 하는 자들은 다른 사람들을 곧잘 무시하는 경향이 있는 것 같소. 나나 다른 사람들이 정말로 제대로 된 말 한마디 못 하는 줄로 아시나 본데, 우리는 그렇게 바보가 아니오. 우리는 다 생각도 할 뿐더러 말도 할 수 있지. 다만 시절이 수상할 때는 낮은 포복 자세로 있는 게 유리해서 그럴 뿐이오. 시인 선생이 시청에 가서 귀신 씻나락 까먹는 소리를 한다손 쳐도 거기 인간들이 꿈틀거리기나 할 줄 아시나."

"해 보지도 않고 자조하고만 있으면, 당신이 말할 줄 안다는 사실을 알 수 있는 사람이, 고도의 혜안과 깊은 이해를 가진 자가 아니고서는 별로 없지 않을까요. 침묵 그 자체만으로는 말하지 않음과 말할 줄 모름이 같은 뜻이 될 테고 그 구분을 중요시하는 사람도 얼마 없을 겁니다. 여러분은 지금 이 가게 안에서 농이나 주고받을 줄 알지, 여기 나가서 생활 터전으로 돌아가면 계속 시장이 시키는 대로 의사소통 전용의 실용적이고 현실적인 말만 쓰실 거잖아요. 그게 반복되다 보면 자기가 말할 줄 안다는 사실마저 스스로 잊어버리게 될 겁니다. 그거야말로 시장이 바라는 바겠군요. 그의 처음 의도가 그야말로 경제 회생이라는 과제에 있었던, 단지 시민들에게 이름이나 직위 대신 미무르로 기억되고 싶지 않아서였든 간에 그것만큼은 분명합니다. 여러분도 비유 금지법이 처음 발효되었을 때에는 말을 골라내는 데에 급급하여 언어생활 자체가 어딘지 어색하고 불편했겠지만, 또 그 불편을 제공한 시장에 대해 하실 말씀도 많았겠지만, 막상 그 법으로 제 옷을 해 입은 듯이 혀가 익숙해지니 더 이상 그런 건 중요하지 않게 되어 버린 게 아닙니까. 할 수 있는데 안 하는 거라는 말만큼이나 무책임한 변명을 넘어선 허풍은 없습니다. 안 하는 게 아니고 못한다는 걸 인정하고 사는 게 차라리 덜 부끄러운 일입니다."

손님은 헝클어진 머리를 긁으며 딸꾹질했다. 핏발 선 눈흰자위와 잘못 끼워진 셔츠의 맨 위 단추 하며 셔츠 군데군데 튄 소스 얼룩까지는 그러려니 했는데 그가 머리를 긁

을 때마다 잔에 비듬이 떨어져서 시인은 슬그머니 시선을
돌렸다.

"생각하기 좋아하는 자들의 채무감이나 죄의식에 대해
서는 내 알 바 아니지만 시인 선생이 하나는 잊지 않으셨
으면 좋겠네. 말을 꼭 해야 할 때 했던 사람들이, 그…… 조
금 전에 하신 말씀처럼 댁 같은 양반들이 소위 사건이란
걸 있게 하고 거기에 의미를 발라서 세계를 바꾸기도 했
다는 건 알겠다고. 그런데 문제는 세상 대부분의 사람들이
얄팍하게 펴 바른 그 의미를 고작해야 땅콩버터로밖에 볼
수 없다는 거요. 세계를 바꾸는 게 그렇게 잘난 일인가. 그
빌어먹을 세계가 통째로 불살라지지 않게 지켜 내거나, 혹
이미 살라진 마당에 잿더미를 일구고 근근이 유지시켜 온
건, 입을 열지 않고 아무런 사건도 만들지 않고 있었던 절
대다수의 인간들이란 말이오. 댁 말씀대로라면 그래, 말할
줄 몰랐던 인간들이라고 마음대로 생각하셔도 되지만, 사
건이라는 게 뭐 그리 대단한 거요? 춘하추동 절기에 맞게
씨를 뿌리고 물을 주고 거두는 일을 지루하게 반복하는
것이 사건이지."

"토대를 그저 지켜 내는 게 완전히 무가치하다는 건 아
닙니다. 그러나 우리 다음으로 태어날 사람들은 그런 세계
의 껍데기를 유지하느니 차라리 전소되는 게 낫다고 생각
할지도 모르지요."

"그렇게 된다면 또 그러라지. 모두가 같은 방식으로 말하거나 행동할 수는 없소. 우리에겐 우리 나름의 방법이 있어 왔고 지금도 그렇소. 반드시 신을 향해서가 아니라도 기도가 그런 거 아니겠소. 논리도 물리도 눈썹 한 오라기만큼도 안 통하는 최악의 상황에 가서야 당신네 먹물들이 한 번쯤 단말마처럼 찾곤 하는 말의 마지막 힘 말이오. 보통 사람들은 미신이나 주술이라고 부르지만 그 허황된 것에 의지하지 않고는 살아갈 수 없지."

주인은 손대지 않은 접시 옆에 머리를 대고 잠든 손님의 어깨에 보풀투성이 담요를 아쉬운 대로 덮은 뒤 시인에게 가 보라고 손짓했다. 시인은 나서기 전에 주인을 돌아보며 덧붙였다.

"그러니 저는 무엇을 하든 반드시 이리로 돌아오겠습니다. 시장을 못 만나면 못 만난 대로, 주인께는 꼭 와서 아무런 소득도 없이 문간에서 돌아섰노라고 말씀드리겠습니다. 그게 저에게 어렵게 긴 얘기 들려주신 데 대한 작은 보답이라고 생각합니다. 아마 앞서가신 분들도 실은 별일 없었으리라고 믿습니다. 그분들은 분연히 떠난 데 비해 얻은 실패의 크기를 굳이 밝히고 싶지 않아서 차마 돌아오지 못한 거라고 보거든요."

주인은 사다리를 버티고 올라가 간밤의 폭설을 갈퀴로

긁어냈다. 허벅지까지 덮을 만큼 눈이 많이 온 것은 적어도 그가 살아온 동안에 한해서는 처음이었으며, 라디오 방송에서는 약 60년 만의 폭설로 교통을 비롯한 주요 시장 기능이 마비되어 있다고 알렸다.

자연의 힘으로 눈이 녹아 사라지도록 놔둘 때가 아니었다. 두꺼운 눈 더미의 무게에 슬레이트 지붕이 이미 상당히 아래로 휘어 불안한 곡선을 그리고 있었고, 그대로 두었다가는 무너져 내릴 터였다. 갈퀴 날 사이사이로 눈은 부질없이 빠져나갔지만 그것 말고는 지붕을 훑을 수 있는 다른 도구가 마땅치 않았다.

멀리서부터 흐느적거리며 다가오는 사람의 모습이 눈에 띈 것은 그때였다. 갈퀴질을 여남은 번 더 하고 지붕이 간신히 그 무게를 지탱할 만큼 남은 눈의 양이 줄었을 때, 주인은 가까이 다가온 그 모습이 3주일 만에 돌아온 시인이라는 걸 알았다. 강풍에 부러지기 직전의 꽃대처럼 흔들리는 두 다리는 그가 육체적 또는 정신적으로 작지 않은 충격을 받았음을 보여 주었지만 일단 외상은 없는 듯했다.

"무사하셨군요."

주인은 갈퀴를 사다리 아래로 미끄러뜨리고 시인에게 손짓했다.

"오세요. 조금 전에 막 영업이 끝났습니다."

시인은 두 손바닥 사이에 두꺼운 사기 머그잔을 끼우고, 거기 담긴 검은 커피 위에 형성된 유성의 막이 가볍게 흔들리는 걸 내려다보며 한동안 침묵했다. 주인은 그에게 무엇을 보고 왔는지, 또는 누구에게 무엇을 말하고 왔는지를 묻지 않고 가게 바닥을 걸레질하다가 문득 실소가 터지는 소리를 듣고 시인이 앉은 자리로 고개를 돌렸다. 시인은 어깨를 들먹거리면서 때로는 손가락으로 부산하게 금속 식탁을 두드렸다. 웃음소리는 흐느낌과 구별되지 않았다.

"좀 눈을 붙이시지요. 바 안쪽에 작은 소파가 있습니다."

주인의 권유에도 시인은 일어나지 않았다.

"……그건 근세 이전의 성 같았습니다."

웃음소리의 여진이 가시기도 전에 시인은 띄엄띄엄 입을 열었다.

겉으로 보기엔 호화롭고 웅장하고 그 앞에 서는 것만으로도 사람을 압도하는 규모에 연꽃무늬를 비롯한 인상적인 조각들이 새겨진 장식 기와들, 그러나 가까이 다가가 들여다보면 천장과 벽감 구석구석이 동물의 앞니에 쏠린 듯 부서지고 갈라져 있어서 음울한 세월의 흐름을 보여주고, 지하 깊은 곳 어디쯤에서는 누군가의 비명이 들려올 것만 같은, 대체로 암살과 감금과 유폐 내지는 음모로 이루어졌던, 가시 장미가 둘레를 에워싸고 그 안에 100년째 잠든 공주가 있어서 사람들이 저주받은 성이라 일컬으며 함부로 가까이 다가가지 못했던, 옛적의 성 말입니다.

시청이라고 하면 그 앞에 하루치의 삶을 견뎌 내려는 사람들의 활발한 움직임으로 북적거릴 줄로만 알았습니다. 이마에 맺힌 생활의 땀방울까지는 아니더라도, 최소한의 생존을 위해 오가는 바쁜 발걸음 정도는 있을 줄로만 알았다고요. 그런데 신기하게도 그곳은 인적이 거의 없다시피 했고 문 앞을 지키는 사람 하나 없었답니다. 나중에 알고 보니 제가 거기 도착했을 때는, 필시 전시 행정일 테지만 어쨌든 '시민 개방의 날'이라서 누구나 시청의 최상층까지 드나들어 견학할 수 있도록 감시 관리인이 따로 없었던 것인데요, 그렇게 문을 열어 놓았는데도 그리로 드나드는 사람이 극소수였다는 것입니다. 아무리 시청에다 대고 할 말이 없다 해도 사람들은 어쨌든 누군가의 출생이나 사망 또는 결혼 사실을 등록하러 오게 마련인데, 그런 일상의 업무가 모두 정지된 듯이, 아니 어쩌면 일상 자체가 존재하지 않는 듯이 아무도 얼씬거리지 않았다는 겁니다. 시청은 이름만 시청일 뿐 거대한 폐가처럼 보였어요.

그래도 그 안에 들어가 안내 데스크에서 저는 전에 알고 지내던 이를 하나 만났습니다. 그 친구는 한때 매우 시적인 감수성이 넘치는 희곡을 썼던 친구인데요, 제가 떠나 버리기 전 국립극장에서 공연할 극본을 쓰고 있는 모습까지 보았으니 지금쯤 무언가 예술적으로 크게 되도 되었겠구나 — 어디까지나 주인께서 하신 이야기를 듣기 전에 — 생각했더랬지요. 그는 마침 출장을 가는 길이라며 묵직한 트렁크를 끌고 나오던 참이었는데요, 광택이 나는 맞춤 정장을 입고 웃옷 주머니에는 금빛 명찰을 달고 있었습니다. 제가 한때 예상했던 방향과 일치하지는 않지만 크게 되기는 한 모양이었습니다. 명찰의 직책 부분에는 '언어정책 홍보비서관'으로 적혀 있었거든요. 저는 그걸 보자마자 문제의 이야기를 꺼내기에 더 좋은 상대는 없겠다는 생각이 들어서, 가벼운 악수만 나눈 뒤 서둘러 로비를 빠져나가려는 그를 붙들었습니다. 그런데 그는 저의 말을 겨우 두어 마디 듣더니 어깨를 두드리고는, 시장님께서는 항상 자네와 같이 발전적인 의견을 피력할 줄 아는 인재를 학력이나 연고 불문하고 기다리고 계시며 언제든지 적당한 절차를 밟아 소개시켜 줄 수 있지만 나는 지금 몹시 바쁘니 다음에 약속을 다시 잡아 오라고 말한 다음 빠져나갔습니다.

말을 들어 줄 만한 사람이 사라진 자리에는 적요만이 남았습니다. 그래도 그 적요가 저라는 존재를 충분히 가리는 그늘이 되어, 저는 꼭대기 층에 있는 시장의 집무실까지 어렵지 않게 올라갔습니다. 아무도 저를 막는 사람이 없었고, 거기에 시민 개방의 날이라고 한 걸 보면 이런 날은 시장이 출근해 있을 리가 없다 싶기도 했습니다. 어디에 반대자들이 포진해 있을지 모르는데 군이 그들 앞에 목을 내놓을 리 없다고요.

그런데 말입니다, 놈이 집무실에 있었던 겁니다. 저는 집무실 문틈으로 새어 나오는 하얀 형광등 불빛 앞에 서서 문을 두드리고는, 이 도시의 비정상적인 언어 규제 정책에 대해 듣고 드릴 말씀이 있어 왔다고, 처음부터 다 밝혔어요. 그래도 될 것 같았다고요. 경비원들도 없으니 그리 쉽게 완력으로 쫓겨나지는 않으리란 생각이 들어서요. 그런데 없는 것은 경비원만이 아니었습니다. 비서도 없고 사무원도 없고 그 어떤 살아 있는 사람도 그의 옆에는 머물지도 존재하지도 않는 것 같았습니다. 아무튼 안쪽에서 대답이 없는 거예요. 그러니 어쩝니까, 손잡이 돌려 보니 문은 열리는데.

저는 저도 모르게 한 손에 지탱하고 있었던 장우산 손잡이를 꼭 움켜쥐었습니다. 안에는 도무지 출처를 알 수 없으며 성분조차 짐작하기 힘든 고약한 냄새가 배어 있었고, 그것이 이 보잘것없는 우산으로라도 내 몸을 지켜야겠다는 경계심을 한시도 늦추지 않게 해 주는 음산한 분위기를 조성했거든요. 운동장 같은 집무 책상과 티 테이블, 소파, 벽에 걸린 액자를 포함하여 집기 하나하나마저도 그 사용자의 마음속에 상존하는 교활한 적의가 고스란히 전염되어 묻어 있는 듯했습니다.

놈이 저를 바라보았기에 저도 침착하게 제 할 말을 다 했습니다. 저는 장기 부재중이었으나 엄연한 이 도시의 시민이고, 새로 선출된 시장님께 인사를 드리러 왔는데, 어떤 말로 인사해야 할지 쓸 수 있는 말이 너무 줄어 버려서 알 수가 없다고요. 그건 당신들이 언어를 담을 수 있는 괄호를 다 닫아 버렸기 때문인데, 사람의 말이 하나 이상의 의미를 가지지 않고서는 어떤 다양하고 유용한 의미도 산출될 수 없으며, 장기적으로 보았을 때 당신이 꿈꾸었던 이상적인 형태의 도시 발전도 불가능하다, 당신이 이 언어 도단의 규제에 계속 집착한다면 그건 실은 도시의 쇠락과 시민들의 불행을 바란다고밖에 볼 수 없다, 어쩌면 당신의 진짜 목적은 이 도시의 가시적인 상태를 준수한 정도로 빠르게 회복시켜 다른 도시에 비싸게 팔아넘기는 데 있지 않느냐, 그런 식으로 급조된 성장이라면 팔아 치우기도 전에 파는 자의 본색이 드러나게 마련이며, 그런 거래를 조금이라도 오래 지속시키고 싶다면 괄호부터 남겨 두는 게 도움이 될 거라고요. 말하는 내내 놈의 이마에 맺힌 송진 같은 땀방울과 심각한 비타민 부족으로 보이는 잿빛 안색을 비롯하여 윤기 없이 푸석거리는 털과 같이 지엽적인 데에 집중하려고 노력했습니다. 결코, 결코 그 등 뒤에 보일 듯 말 듯 파닥이는 손바닥만 한 날개와, 안락의자 밖으로 늘어뜨려진 꼬리를 보지 않으려 했습니다.

무슨 말인지 아시겠어요? 저는 분명히 말했습니다, 놈이라고요. 이게 무얼 뜻하는지 아시겠냐고요. 놈은 이미 사람의 말이 통하는 상태가 아니었던 겁니다. 거기엔 주인께서 묘사해 주신 그대로의, 조류인지 포유류인지 알 수 없는 동물이, 어쩌면 동물이라기보다는 괴물에 가깝지 싶지만, 있었다고요. 미무르는 정말로 있었어요. 한때는 사람이었을지도 모르는 흔적이 귀나 입의 생김새에 조금은 남아 있었지만, 일단 제가 본 것은 인간이 아니었어요. 그리고 비로소 그때 이해했지요. 먼저 떠난 두 분이 왜 다시 돌아오지 않았는지를. 그분들은 놈의 배 속에 먹혀 버렸거나, 그러지 않으면 사람의 말을 이해하지 못하는 상대에게 사람의 말을 하러 갔다는 사실 자체에 수치와 회의를 느끼고 떠나 버린 거예요. 사실은 저도 못 견디게 그러고 싶었으니까요. 저는 오로지 주인께 했던 약속이 떠올라 애써 돌아온 것뿐입니다.

그러고 보니 제가 그 집무실에서 무탈히 돌아 나온 걸 생각하면 앞서간 분들도 후자의 경우일 가능성이 크겠군요. 아니, 그건 어떨지. 놈이 언제부터 사람이 아니게 되었는지를 알 수 없으니 단언하기는 힘드네요. 미무르인 놈은 제가 무슨 말을 하는지 몰라서, 상당히 신경질적인 태도를 보이긴 했으나 결국 저를 그냥 돌아서게 내버려 두었을지도. 오히려 사람이었고 제 말을 알아들었다면 그 자리에서 제 목을 물어뜯지 않았을까요.

본인부터 도저히 의사소통이 불가능한 상태인 데다 주위에 다른 누구도 없어서 결국 그 이유와 경위를 알아내지 못했는데요, 시장은 대체 언제부터 미무르가 된 걸까요. 어쩌면 처음부터 미무르였는데 사람들이 착시에 사로잡혀 있어서 몰랐던 걸까요. 아니면 정말로 아이들이 뜻 모르고 부른 노래에 그 부모들의 기원이 담겨 있어서, 그것들이 입 밖으로 나와 쌓이는 동안 눈에 보이지 않는 에너지를 생성하고 그리하여 그 말들이 지정하는 대상의 실체가 조금씩 변해 온 걸까요.

어떤 자장가

찬 외기에 뒤틀려 네 귀가 잘 맞지 않는 철제 현관문 사이로, 투우사가 나부끼는 붉은 천에 머리를 들이대고 달려드는 소처럼 외풍이 들이닥친다. 회색 페인트가 갈라져 벗겨진 자리마다 시멘트 가루가 날린다. 얇게 들떠 수선이 덜 된 옷자락처럼 보이는 페인트 조각은 바람이 문을 두드릴 때마다 가늘게 팔랑거려서 팽팽하게 펼친 날개를 떠는 벌레 같은 소리를 낸다. 현관 안쪽으로는 와인색 구식 신발장의 여닫이문이 3분의 1쯤 열려 있어서 미처 다 쑤셔 넣지 못한 붉은색 아기 신발 한 짝의 뒤축이 보인다.

현관 왼쪽으로 난 쪽방에는 걷어 놓은 지 오래되어 먼지가 앉기 시작한 빨래가 흩어져 있고 그중 사이즈 65호 팬티에는 꿀 묻은 발을 핥는 곰돌이 푸가 그려져 있지만 아이보리색 이케아 책상 다리가 푸의 얼굴을 밟고 있어서 표정이 보이지 않는다. 책상 옆에는 파랑과 빨강 걸상이 서로 니은 자를 이루며 넘어져 있는데 이들은 이케아 책상과 한 세트이며 재질과 마감이 동일한 플라스틱이다. 책상 위에 입을 벌린 와코도 과자 상자 안에는 개별 비닐 포장된 철분 비스킷 가운데 두 개의 봉지가 뜯어져 있고 비스킷은 각각 반쯤 먹다 만 채로 남아 부스러기와 함께 뒹군다. 바닥에 나동그라진 각 티슈 상자에서 천진한 장난의 결과로 뽑혀 나온 휴지가 더미를 이루고 그중 일부는 재활용할 수 없을 정도는 아니지만 절반은 색색의 크레파스로 그은 자국과 함께 미세한 펄프의 결을 따라 찢어져 있다.

쪽방 맞은편으로 일자형 부엌이 있다. 은색 알루미늄 싱크대는 표면에 무거운 주방용품이 모서리부터 떨어진 충격으로 가운데 부분이 움푹 찌그러졌고, 거기 기름띠를 두른 뭔지 모를 국물이 삼각 표창 모양으로 얕게 고였으며, 고인 국물 옆에 파리 한 마리가 앉아 앞다리를 비비고 있다. 벽의 일부를 감싼 싱크대 측면에는 신일상사라는 형압 글자가 멋없게 돌출되어 있다.

싱크대 옆으로는 기름때가 두껍게 쌓인 2구짜리 린나이 가스레인지가 있으며, 그 아래로 5년 동안 딱 한 번 써보고 그대로 문손잡이에 기름과 먼지가 엉켜 앉은 오븐레인지가 있다. 가스레인지는 1단 점화 상태로, 불꽃 위에서는 유아 속옷 빨래가 담긴 커다란 삼숙이 냄비가 하얀 솜사탕 같은 옥시크린 거품을 물고서 뚜껑을 달싹거리고 있다.

냉장고는 오프라인 매장에서는 구하기도 어려운 350리터짜리 단문형이다. 여자는 원래 양문형 냉장고를 사고 싶었다. 마주 닿은 두 개의 손잡이, 차갑고 청결하게 직선으로 떨어지는 마감, 베이지 톤 외곽 테두리 안에 우아하고 화려하게 핀 흑장미 문양을 입힌 문. 그러나 현관부터 거실 겸용 안방까지 복도처럼 이어진 일자형 14평형의 집에 그만한 크기의 물건을 들여놓을 공간은 없었고, 결국 여자는 가장 무난하고 특색 없는 작은 연회색 냉장고를, 실물 기능을 점검하지 못하고 인터넷으로 주문했더랬다.

여자는 안방이자 거실 벽을 바라보고 앉은뱅이책상 앞에 앉아 있다. 책상다리 하나는 휘어서 덜렁거리고 나머지 세 개의 다리가 엄청난 양의 복사지 묶음과 책들을 간신히 지탱하고 있다. 단행본은 얼마 없고 거의 다 감색 양장본으로 된 논문들이며 한 권 한 권은 얇지만 합지를 쓴 표지 때문에 거추장스럽고 무겁다. 한 권의 논문을 꺼내기 위해 그 위에 얹힌 일곱 권의 논문을 두 손가락만 써서 끄트머리를 들어 올리다가, 문자메시지 알림 벨이 울려 흠칫하는 바람에 모두 떨어뜨리고 만다. 그래 봐야 이 시간에 오는 문자라곤 온라인 바다이야기에서 잭팟을 터뜨려 보라거나, 1577로 시작하는 대리운전 광고, 촉촉한 그녀 상시 대기 중 같은 것들일 가능성이 크지만 어쩌다가 하필이면 이 시간에 독촉 문자가 찍히는 수도 있으니 일일이 확인하지 않을 수가 없다. 이번에도 그렇다. '저기요리포트아직안됐어요?' 여자는 전화기를 닫고 복사지 위에 던진다. 밑도 끝도 없이 리포트가 안 됐냐고 물어보면, 내가 너를 전화번호만 갖고 찾으란 말이냐. 기본적인 사항도 알려 주지 않아서 다시 이쪽에서 품을 들여 문자를 보내게 만드는 아이들이 꼭 있다. 그녀는 미소 이모티콘을 섞어 가며 빠르게 답신한다. '고객님성함과제목을알려주세요' 업체에서 제공하는 고객 관리 프로그램을 돌려서 전화번호를 넣어 찾을 수도 있지만, 지금 그녀가 켜 둔 것은 워드와 인터넷을 아슬아슬하게 감당하는 저사양의 구식 노트북으로, 아직까지 부팅이 되는 게 놀라울 정도다. 인터넷과 워드, 도표나 사진 등 그림파일 삽입 때문에 의외로 자주 필요한 포토샵 외에 공연히 셋 이상 프로그램을 가동하고 싶지 않다.

학과와 분량에 따라 걸리는 시간 차이가 크지만 학부생들의 교양과목 리포트 정도는 최소 하루에 한두 편은 소화해야 한다. 건당 요금 약 3만 원꼴이다. 경제경영이나 정치학, 사회학 등 묵직한 전공 리포트로 넘어가면 그제야 5만원쯤 된다. 경쟁업체가 늘고 개인 간 재능 거래 매칭 사이트가 활성화되면서 가격 파괴 바람은 늘 불어오는 법이라

리포트는 10년 전 가격과 같다. 그나마 여러 가지 자료를 구하거나 복사하는 비용은 보존용 마이크로필름 같은 특별한 매체에 손대는 경우가 아니면 별도로 청구하기가 눈치 보인다. 애들 리포트 서너 장 쓰는데 무슨 자료 비용이 이렇게 많이 드는지, 인터넷에 널린 게 자료인데 어떻게 티나지 않게 잘 엮느냐가 여기서는 재주의 척도인데 수완이 부족하다든지, 전통적인 방식으로 도서관 방문을 하더라도 눈으로 슥 보고 오면 그만인 걸 꼭 복사까지 하는 이유가 뭐냐는 실장의 타박을 견디기가 힘들다. 여자는 어서 자질구레한 리포트를 마무리 짓고, 분량의 압박만큼 생계에 도움 되는 석사 논문을 대필하고 싶다고 생각한다. 특히 교육대학원 논문은 환영이다. 자신이 학부 시절에 교직 이수를 했으니 다른 과목보다는 조금 더 익숙하다. 교육대학원은 이미 교사로 재직 중인 이들이 추가로 학위가 필요해서 가는 경우가 대부분이고, 교사들은 학교에서 기본 수업 외의 행정 잡무에 시달리느라 석사논문을 쓸 시간을 내지 못한다. 한 달 안에 한 권의 석사논문을 대필해 주면 120만 원이 생기며, 그들은 교수들에게 지불할 심사 거마비도 드는 마당에 학위를 사는 데에 드는 그만한 비용을 아끼지 않는다.

여자가 정말로 쓰고 싶은 것은 자기 논문이다. 한 달 안에 벼락치기 수준으로 대강 모양새만 갖춰 주는 형식적인 논문 말고, 주제를 결정하는 데에만 3년이 걸렸던 자기 자신의 박사논문. 그토록 형이상학적이고 우아한 꿈을 꾸는 여자가, 가방끈의 길이와 그에 못지않게 꽉 찬 가방의 내부를 자존감의 척도로 삼는 여자가, 한편으론 길에서 세 대 중 한 대 비율로 눈에 띄는 150만 원짜리 스토케 유모차를 눈여겨보기도 하며, 톤 다운된 연녹색과 인디고블루 조합이라는 시그니처 색조가 돋보이는 에르고 아기띠를 검색하기도 한다. 여자는 자신이 가지지 못했고 앞으로도 가질 수 없는 세상의 모든 것들에 대해 초조해하면서 습관적으로 볼펜을 돌린다.

오른손 엄지손가락 위에서 돌아가던 볼펜이 순간 미끄러져 날아간다. 허공에 포물선을 그리더니 뽀로로가 그려진 유아용 매트에 가서 꽂히는 바람에 볼펜과 매트는 60도의 경사각을 이룬다. 볼펜이 꽂힌 자리 바로 옆에 있던 아이의 작은 발바닥이 순간 반사적으로 움츠러들어 족상을 따라 잔가지처럼 주름이 잡히고, 원색 나무 블록을 쌓고 있던 아이는 동그랗게 눈을 뜨고 여자를 물끄러미 올려다본다.

"계속 놀아, 신경 쓰지 말고."

여자는 말하며 매트에서 볼펜을 잡아 뽑는다. 꼬마 펭귄 뽀로로의 얼굴에 검은 상처가 작지만 깊게 패어 있다. 아이는 뽀로로의 얼굴을 손바닥으로 문지르며 말한다.

"펭귄 아야해."

"응, 아야해도 괜찮아."

"펭귄 병원 가야 해?"

"병원에는 환자가 너무 많아. 펭귄까지 들어갈 자리가 없어."

"펭귄 호 해 줘야 해?"

"펭귄은 파상풍에 걸리지 않아."

여자는 때마침 도착한 답신 문자를 확인한다. 바짝 달라붙어 집중해야 하루에 한 편의 리포트를 끝마칠 수 있을 정도로, 이 일은 들이는 품에 비해 결과물이 소박한데 이렇게 중복되는 독촉 문자도 이 사소한 일을 하루 이상 지체시키는 요인 가운데 하나다. 그러나 그건 수많은 원인들 가운데 가장 아무것도 아닌 것 중에서마저도 아무것도 아니다.

"엄마, 나 집 지었어요."

여자는 복사한 소논문의 두 번째 페이지를 눈으로 훑다가 아이가 부르자 흘끗 돌아보며 대답한다.

"응, 그래. 예쁘게 잘 지었네."

그 말에 마침표를 찍기도 전에 여자는 다시 논문으로 눈을 돌리는데, 팽팽하게 긴장했던 안구가 한번 흩어진 시선의 중심을 다시 잡지 못하고 이미 보았음에 틀림없는 첫 페이지부터 잃어버린 글 줄기를 찾기 시작한다. 아, 이건 조금 전에 이미 검토했던 데다. 뒤늦게 깨닫고 다시 다음

단락으로 서둘러 눈을 옮긴다.

"엄마, 우리 집 몇 층이에요?"

"우리…… 14층."

대답하다가 여자는 자신이 아까 어디까지 읽었는지를 다시 놓친다.

"엄마, 우리 집 지붕 보라색이에요, 빨간색이에요?"

"우리는 지붕 없어. 옥상 있지, 옥상."

"옥상이 뭐예요?"

"아파트 맨 위에…… 지붕 대신 있는 거."

여자는 세 번쯤 읽었던 행을 다시 읽고 만다.

"옥상에 가면 뭐 있어?"

"옥상에는 못 올라가. 철문에 자물쇠를 채워 놨어."

"왜 자물쇠 채웠어?"

"엄마가 그런 게 아냐. 그리고 옥상을 열어 놓으면 사람들이 계속 올라가서 아래로 뛰어내리기 때문이야."

"뛰어내리면 안 돼?"

"안 되는 건 아닌데 머리가 박살나."

여자는 해당 단락에 크게 유의미한 내용이 없음을 간신히 확인하고 다음 장으로 복사지를 넘긴다. 문자메시지가 한 번 더 오지만 여자는 전화기를 보지 않는다. 어차피 왜 답문이 없느냐는 동일 인물의 독촉일 터다. 그러다가 여자는 생각을 바꾸어 답문을 보내 주기로 한다. 지금 답문을 넣지 않으면 전화가 걸려올 것이다. 지금 시각은 새벽 2시다.

고객님 부탁하신 리포트는 오늘 중으로 완성되어 이메일로 보내 드릴 예정이오니…….

"엄마 나 쉬야."

"응, 잠깐만. 이거 좀 보내고."

"빨리, 빨리, 빨리!"

아이가 엉덩이를 바닥에 비비며 재촉한다. 여자는 찍다만 문자를 종료하고 아이를 안아 일으키며 한숨을 쉰다.

"아까 쉬하라고 할 때는 안 마렵다더니."

여자가 욕실로 가서 변기를 열고 유아용 커버를 끼우자아이가 도리질한다.

"아니, 거기 말고. 뿡뿡이한테. 뿡뿡이랑 할래."

"너 이제 다 컸어. 뿡뿡이한테 안 해도 돼."

"싫어, 싫어, 싫어, 뿡뿡이!"

여자는 욕실에서 다시 나와 두더지인지 다람쥐인지 모를 캐릭터가 환하게 웃고 있는 유아용 플라스틱 변기의 뚜껑을 연다. 아이가 뿡뿡이를 고집하는 게 마음에 들지 않는다. 욕실 변기는 볼일을 본 뒤 물을 내리면 그만이지만 뿡뿡이는 살균 세척제로 매번 씻어 내야 하고, 여자는 하루에 한 편씩 리포트를 마칠 시간이 부족하다. 아이의 속옷을 벗겨 주고 뿡뿡이한테 앉히기까지 적잖이 달가닥거리는 소리가 났으나 벽 쪽으로 돌아누운 남자의 등은 움직이지 않는다. 그는 야근수당은커녕 저녁 식대도 나올까 말까 한 회사에서 하루에 열세 시간을 노동하고 3인 가족 최저생계비의 1.5배쯤 되는 월급을 탄다. 그런 그가 이 정도 소리에 눈을 뜬다면 그게 오히려 이상한 일이다.

아이는 평소 이르면 자정에 잠이 든다. 그때 무사히 잠에 떨어지지 않으면 오전 2시, 3시로 넘어가는 게 보통이다. 예방접종을 하러 소아과로 아이를 안고 갔을 때, 의사는 아이의 체중과 키를 재고 평소 취침 시간을 묻더니, 아이의 성장호르몬이 밤 11시 무렵부터 나온다는 건 요즘 젊은 엄마들이면 다 아는 상식인데 정말로 엄마 맞느냐고 냉소적으로 핀잔을 주었다. 여자는 그때 누군가의 무용학과 석사논문 마무리 작업 때문에 49시간째 깨어 있다가 아이를 둘러업고 나올 틈을 낸 것이었고, 그 말이 끝나기도 전에 울음을 터뜨렸다. 아이가, 아이가 잠을 자지 않아요. 그렇게 말하면서도 여자는 삼사 년 전부터 누적된 불면의 입자가 모이고 뭉쳐서 단숨에 폭발하는 바람에 눈물이 아니라 뇌수가 눈과 코로 흘러내리는 것 같았다. 당황한 의사는 엄마가 되어 가지고 울면 어떡해, 라고 한 번 더 핀잔을 준 뒤 마침 내일모레 방송하는 「오늘의 가정 진단」이라는 심야 프로그램을 보면 도움이 될 거라고 알려 주었다. 여자는 자신이 절반은 진행했던 리포트 한 건을 다른 외주자에게 토스하고 그 70분짜리 방송을 보았으나 그중

52

45분은 아이가 주문하는 대로 그림책을 읽어 주거나 동요를 불러 주거나 색종이로 비행기나 배를 접어 주면서 보냈다. 남자는 자기도 방송을 보고 참고해야겠다고 하다가 광고 도중 역시 오늘처럼 벽을 보고 돌아누워 잠들었다. 그래도 여자는 중간중간 전문가들의 이야기를 들으면서 방송의 요지는 거의 다 파악할 수 있었다. 증가하는 맞벌이 부부, 그들을 위해 발달하는 밤 문화, 그들의 활동 시간에 맞춰 늘어나는 24시간 영업 마트와 편의점과 배달 서비스, 구독이라는 개념의 24시간 방송 체제, 밤새 꺼지지 않는 거리의 불빛, 이런 것들이 우리의 아이들을 잠 못 자게 만들고 있으며 세계에서 잠 안 자는 아기들 1, 2위를 다투게 만들었고, 결론은 특별한 내장 질환이 원인인 경우 전문적이고 적극적인 치료를 병행할 것이며, 그 밖에는 자녀에 대한 부모의 지속적인 관심과 생활 습관 관리만이 해법이라는 얘기였다. 방송이 끝나고 잠깐 들어가 본 시청자 게시판에는 아 그걸 누가 몰라?, 로 시작하는 글들 아니면 각자 자신의 경험과 아이 재우기 성공담을 제공하는 글들이 100여 건 올라와 있었다. 그날 여자가 얻은 성과라고는 세상에 같은 고통을 겪는 사람이 생각보다 많다는 데서 비롯하는 사소한 위안뿐이었다. 그중 몇몇 게시물을 클릭해 보았으나, 밤에 일해야만 살아갈 수 있는 여자에게 도움될 만한 이야기는 딱히 눈에 띄지 않았다. 밤이나 새벽에

짧게라도 숙면을 취하고 다음 날 일터로 나가야 하는 사람들의 경험담이 대부분이었다. 그 무렵 어린이집에서 보내온 알림장에는 아이가 낮잠 시간에 또래 다른 아이들보다 낮잠이 길며, 집에서는 늦어도 밤 10시쯤 집 안의 모든 불을 끄고 아이가 잠들 분위기를 조성해 주시라는 교사의 친필 당부가 적혀 있었다.

아이의 옷을 끌어 입혀 준 다음 여자는 플라스틱 변기를 욕실로 갖고 가 내용물을 양변기에 버리고 물을 내린 다음 전용 세정제로 세척한다. 그때그때 씻어 두지 않으면 좁은 집에 금세 냄새가 밴다. 몇 번 잊어버렸다가 다음 날 가스 점검을 하러 나온 직원이 벽지 가까이 코를 대고 킁킁거린 적이 있다. 애기 엄마, 가스가 새는 건 아닌데 집 안에 어디 좀 문제가 있는 것 같아요. 하수구 쪽은 보셨는지.

욕실에서 나와 잊기 전에 가스레인지를 끄고 코크를 잠근다. 이 삼숙이도 역시 불에 올려놓은 채로 잊어버렸다가 빨래를 모두 못쓰게 된 적이 있다. 그리고 또다시 잊기 전에, 내일(실은 오늘) 어린이집에 보낼 칫솔과 양치 컵과 물컵을 소독하기로 한다. 또다시 잊기 전에, 내일(실은 오늘) 아침 준비를 위해 쌀을 씻어 두어야 한다고 생각한다. 잊지 말아야 할 것들을 손가락으로 꼽다가 정작 잊어버리고만 중요한 신호음이 다시 울린다. 결제 대금에 맞게 리포트를 토해 내라는 학생의 독촉이다. 지금 빨리 답 문자를 보내 두지 않으면 그다음 문자는 해요체마저 생략한 너네 먹튀하는 사기꾼들이지, 인터넷에 알려서 공론화하겠다, 가 될 것이다. 여자가 전화기를 열고 아까 보내다 만 문자가 저장되었나를 검색하면서 머릿속으로는 복사물의 몇 번째 챕터부터 보아야 하는지 뒤적거리느라 뇌 주름이 꿈틀대는 느낌을 받을 때, 아이가 다시 말한다.

"엄마, 꼬마 기관차 토마스 읽어 주세요."

"오늘은 그만 코 자야지. 아침에 읽어 줄게."

"싫어요. 지금 읽어 주세요."

"엄마 지금 할 거 많은 거 보이지? 아침에."

"읽어 줘!"

"토마스도 잘 시간이야. 너 말고는 세상 모두가 다 잠들었어. 기차를 억지로 깨우면 사고 나."

"안 잠들었단 말이야! 안 사고 나!"

그 순간 여자의 머릿속에서 실핏줄이 뚝 끊어진다. 여자는 전화기를 내던지고 아이를 번쩍 안아 올려 다용도실로 간다. 통돌이 세탁기 뚜껑을 열고 아이를 그 안에 넣는다. 아이의 작은 몸은 빨아 놓고 너는 걸 잊어 물때 냄새가 나는 빨래 더미들과 엉킨다.

여자는 보통 일주일에 세 번, 한 달에 열두 번, 아이 옷과 어른 옷을 구분하지 않고 한데 몰아넣어 세탁기를 돌린다. 구분 빨래를 한다면 일주일에 다섯 번은 세탁기를 돌려야 할 것이다. 그런데도 실제로 여자는 일주일에 다섯 번 세탁기를 돌리는 때가 더 많다. 이렇게 바깥에 내다 놓고 말리는 걸 잊어버리기 때문에 기껏 다 된 빨래가 쉰내를 풍겨서 한번 빨았던 옷을 또 빨고, 다시 빨고, 마르다 만 옷들이 쉴 새 없이 합성세제 가루와 물세례를 반복해 받고 세탁기 안에서 돌아가면서 저희들끼리 부딪쳐 섬유 조직이 닳아 간다.

여자는 뚜껑을 덮으면서 말끄러미 자신을 올려다보는 아이의 동그란 두 눈이 욕실의 어둠 속에 빛나는 걸 본다. 뚜껑을 닫자 철컹, 하고 자석끼리 붙어 잠기는 소리가 난다. 전원 버튼을 누르고 세제의 양과 물의 높낮이, 온수와 냉수 균형을 조절하는 버튼을 차례로 누른 뒤 작동 명령을 내린다. 세탁기 안으로, 아이의 머리 위로 물이 떨어지는 소리가 들린다. 물살이 아이의 속살을 파고드는 소리다. 온수를 섞었으니 그 물은 최소한 따뜻할 터다. 아이가 세탁기 문을 콩콩 두드린다. 여자는 돌아보지 않는다. 집요한 고객에게 답 문자를 보내야 한다. 빠르게 양손 엄지 손가락을 움직여 필요한 최소한의 글자를 적은 뒤 전송 버튼을 누른다. 메시지 전송이 완료되었음을 알리는 벨소리가, 줄곧 안쪽에서 세탁기 문을 두드리던 아이의 손이 소용돌이 모양으로 형성되는 물살에 휘말리는 소리를 덮어 버린다.

언제부터 아이가 밤에 잠을 안 자기 시작했는지 여자는 기억나지 않는다. 태어났을 때부터였던 것도 같고 경험자들이 흔히 일컫는 '공포의 백일'이 지난 뒤에 진정한 공포가 시작되었는지도 모른다. '공포의 백일'이었는지 '백일의 기적'이었는지 기억나지 않고 양자는 정반대의 뜻이다. 밤에 한 시간마다 한 번꼴로 아이가 깨어나 울면 여자는 하던 일을 멈추고 바로 이부자리에 모로 누워 젖을 물림으로써 아이의 입을 다물게 했다. 고여 있던 젖이 가슴에서 콜콜 빠져나가는 소리를 들으며 여자는 머릿속에서 탈출하여 허공에 분해된 여러 이론과 학설을 두서없이 주섬주섬 거둬 모으곤 했다. 아이를 바라보고 누운 채로는 등 뒤에 놓인 노트북에 손이 닿지 않아, 그 논지들은 간신히 그럴듯한 언어들로 엮이려다 맥주잔에 뜬 거품처럼 사그라졌다. 아이는 입이 짧고 몸이 약해 목만 조금 축이고는 바로 돌아눕기 일쑤였고 여자는 그게 반복되어 습관성으로 젖의 양이 줄어들지 않도록 유두에서 피가 날 때까지 남은 젖을 힘주어 짜냈지만, 스물네 시간 유축기를 가슴에 붙이고 있을 수는 없어서 한두 번 무심코 거르다 보니 젖의 양은 줄어들었고 아이의 짧은 입에 맞추어지다가 얼마쯤 지나서는 당연한 수순으로 모자라게 되었다. 아이가 자라나는 동안 여자는 두 시간 이상 잠들어 본 적이 없었다. 늘 얕은 선잠에서 꿈의 가장자리 어디쯤을 맴돌다가 아이의 울음소리에 곧바로 몸을 일으킬 수 있도록, 얇은 요 패드 한 장 깔지 않고 바닥에 모로 누워 무릎을 접고 칼잠을 자곤 했다. 그 무렵 여자는 두 다리 건너 아는 사람의 석사 논문을 대행하고 있었기에 평소 모르는 사람들의 논문을 대필하는 것보다 더 공을 들이고 있었다. 결과적으로 지금은 무슨 주제였는지 기억도 나지 않을 만큼 난삽한 논문을 꾸며 주고 말았지만(그럼에도 상대는 석사학위를 무사히 받았다.) 쓰는 동안에는 헤겔인지 니체가 머릿속을 헤매고 다니다가 정신을 차려 보면 한 팔에 잠든 아이를 안은 채 목을 90도로 꺾고 있는 자신의 모습을 발견할 수 있었다. 아이가 돌을 맞이할 때쯤 여자는 고무 패킹이 닳은 수도꼭지에서 물 한 방울이 새어 개수대에 떨어지는 소리에도 눈을 떴고, 온몸을 숫돌로 갈아 다듬은 것처럼 피부는 거칠어지고 신경 줄이 첨예해졌다.

자라면서 아이는 여자가 자신을 재운 뒤 다시 부스럭거리며 일어나 무언가를 한다는 걸 조금씩 눈치챘으며, 그 무언가가 마치 비밀스러운 제사나 의식이라도 되는 줄 알고 그 현장을 놓치지 않기 위해 점점 더 오래 깨어 있기 시작했다. 그러나 깨어서 버텨 본들 아이 눈에는 오랜 노동에 짝짝이로 굽은 여자의 등뼈만 보일 뿐이었다. 작은 화면을 들여다보며 양손을 써서 자판을 두드리고, 쌓인 책을 팔랑거리며 넘기고 곳곳에 형광펜이나 색연필로 밑줄을 긋는 뒷모습은 단조로웠다. 아이는 얼마 지나지 않아 여자의 머리카락을 잡아당기거나 여자를 밀어내고 자기가 화면 앞자리를 차지하고 앉기 시작했으며 그와 함께 금이 간 지 오래였던 여자의 정신적 토대에 맹렬한 단층 작용이 일어났다. 남의 논문을 대필하는 지루하고 기계적이며 보람 없는 일이라도, 자신의 삶이 완전히 형편없지는 않으며 아직까지는 사고가 완전히 정지하지 않았다고 믿게 해 주는 보루 같은 거였다. 그럴듯한 언어 위에 덧대어 기워서 여자 눈에는 너덜거리는 누더기라는 게 보이는데도 일을 의뢰한 이들은 학위를 받거나 학점을 받는 데 문제가 없다면 그 사실에 크게 신경 쓰지 않았다. 여자는 수료 전까지는 나름대로 기대주였고, 공부를 마치지 못한 자신의 아쉬움과 역량을 대필에 쏟아 부었으므로, 아무리 보잘것없는 언어라도 꾸준히 현금으로 환산되는 걸 확인하는 일은 절망을 잠깐이나마 잊게 해 주었다. 자신이 철저히 비경제적이고 비실용적인, 인간 이하의 인구, 하나의 입에 지나지 않는다는 자각을.

여자는 아이에게 다양한 종류의 증기기관차들이 의인화된 그림책을 천천히 읽어 준다. 석탄을 연료로 움직이는 구시대의 유물들을 보면서 아이는 손뼉을 치며 좋아하는데 그때마다 허공에 물방울이 튀고 아이의 머리카락에서도 물이 떨어진다. 부글거리다가 머리카락 속으로 녹아든

세제 거품이 조금씩 꺼져든다. 오른쪽 뺨이 함몰된 입으로 아이가 까르륵거리자 웃음소리가 기묘하게 뭉개진 입 밖으로 새어 나오고 왼쪽 다리는 바깥쪽으로 둔각을 이루며 꺾여 있다……. 그래서 그날부터 기차들은 사이좋은 친구가 되었습니다. 마지막 문장을 읽으며 여자는 책을 덮는다.

"다 끝났다. 착한 아이는 이제 자야지."

"안 착할 거야. 나쁠 거야."

"나쁜 아이도 한참 전부터 잘 시간이야. 지금 너 말고 깨어 있는 아가는 아무도 없어."

"깨어 있어. 다! 깨어 있단 말이야."

"아냐, 다 자고 있어. 아기가 잠을 안 자면 귀신이 오거든. 이 아기는 잠이 필요 없구나, 그리고 눈알을 뽑아 간대. 눈알이 뽑히면 아무것도 볼 수 없어서 심심하잖아. 그러니까 이제 그만 코."

"안 뽑아 가! 나 계속계속 깨어 있을 거야."

"그럼 블록 쌓고 놀아. 아니면 이제 그림책은 너 혼자 읽어. 너 다 읽을 줄 알면서 왜 만날 읽어 달래. 이제 엄마는 아침까지 해야 할 일이 있으니까 너 혼자 놀고 방해하지 마. 알았지?"

"방해할래요."

"아침에 일찍 일어나서 어린이집 가야지. 너 벌써 많이 늦어서 또 늦잠 자고 가면 꼴등이겠다."

"어린이집은 하나도 안 갈 거예요."

그 와중에 하나도 안 갈 거예요가 아니라 절대로 안 갈 거예요라고 정정해 주고 싶은 충동을 울화와 함께 걸어 잠근 여자는 마지막 인내심의 문고리를 부여잡고 최대한 상냥하게 낮은 목소리로 미소를 띠면서 말한다.

"닥쳐, 이 새끼."

"안 닥쳐. 엄마가 닥쳐."

여자는 아이를 들어서 어깨에 짊어지고 부엌으로 간다. 오븐 문을 열고 아이를 그 안에 밀어넣는다. 캄캄한 오븐 안에 앉아 엄마를 올려다보는 눈동자는 반들거리는 연체 동물의 점막 같다. 여자가 오븐 문을 철컹 닫고 여자의 손바닥은 기름 먼지로 끈적거린다. 여자는 조리 종료 시각을 설정하고 가로로 다섯 개 일렬로 놓인 수동 다이얼을 차례대로 조작한다. 재료에 맞는 올바른 조리 기능이 선택되었음을 알리는 녹색 등이 들어온다. 14평형의 집에 들어갈 만큼 크기가 작고 구조가 간단한 이 오븐은 안전장치가 잘되어 있는 데다 문이 단단하고 두껍다. 안에서 식품이 조리되는 소리가 외부로 선명하게 전달되지 않는다. 기능과 옵션 면에서 다소 뒤떨어져서 내용물이 얼마나 잘 가열되었는지 밖에서 확인할 수 있는 내부 조명이 없고 거기서 나오는 모든 결과물을 지정한 시간에 의존해야 한다.

오븐 열선이 가열하기 적당한 온도에 도달했음을 알리는 주황색 표시가 점등되고 조금씩 기름이 끓어 튀는 소리가 간간이 들리지만 그 안에서 어떤 일이 벌어지는지 여자는 확인할 수 없다. 오븐 문을 열지 않고서는.

여자는 손을 씻는다. 수세미 통 옆에 세워 둔 연녹색 펌프 용기를 기울여 자연풍을 두어 방울 손바닥에 떨어뜨리고 거품을 내는데 오래된 기름때가 쉽게 빠지지 않는다. 물소리를 들으며 시계를 올려다본다. 고장 난 시계추는 이미 재작년부터 진자운동을 그만두었으나 시간 표시만큼은 정확하다. 새벽 2시 55분. 리포트 구매자는 알아들었는지 어떤지 다시 연락이 없다. 핑거 스냅과 같은 기름 튀는 소리는 검은 문 너머에서 여전히 일정한 리듬을 유지하고 희미하게 들려온다.

여자도 한때는 그런 적이 있었다. 피셔프라이스의 촉감발달용 애벌레를 물어뜯는 아이의 연분홍빛 잇몸을 바라보며, 거기에서 조금씩 돋아나기 시작하는 앞니와 초극세사로 만든 원색 애벌레 인형에 나는 상처를 번갈아 바라보며, 가로 세로 높이 5센티미터의 정육면체로 용량은 100밀리리터들이인 투명한 이유식 큐브 안에 담긴 정체불명의 죽을 깨끗이 비운 아이의 볼에 오르는 살결의 부드러움을 느끼며, 여자가 화장실에 다녀온 짧은 동안 거실에 엎드려 있던 아이가 어느새 현관문 앞까지 기어간 걸 포착했을 때, 이제 자신의 어떤 성취나 욕망보다도 이 모든 소소한 것들이 더 그럴듯해 보이며 당위성을 띤다고 믿고 싶었던 적이 있었다. 여자는 늦은 밤 시간의 사교육 현장에서 영어를 가르치기보다는 아이와 함께 집에 있으면서 할 수 있는 일을 찾았다. 남의 논문을 쓰다 보면 자신의 논문도 느릿하게나마 조금씩 쓸 수 있는 감각을 되찾을지 모른다고 순진하게 믿으며. 그것은 아직 아이가 누워서 겨우 뒤집기를 시도하거나 목을 가눌 때 결정했던 일이었다.

아이가 일어나고 입을 열면서부터, 그럼에도 불구하고 일일 활동량에 비해 밤잠도 늘지 않게 되면서 애초의 계획은 하루 걸러 궤도와 규모가 수정되기 시작했고 여자는 급변하는 생활의 굴곡면에 적응하지 못했으며 어느새 자신이 내년 후의 자기 모습을 그리는 건 고사하고 오늘 하루치의 삶을 버티는 에너지조차 부족하다는 사실을 깨달았다. 처음 이 대필 소속 업체에서 여자의 이름은 신속 정확 신용을 상징했으나, 드문드문 쪽잠 포함 하루 평균 세 시간을 자면서 일하는데도 점점 하루씩 이틀씩 일이 밀리더니 나중에는 누구에게나 필요할 때 빨리 보낼 수 있도록 '조금만기다려주세요죄송합니다'라는 휴대전화 문자가 저장되었다. 저장 문자를 불러내야 할 일은 꾸준히 늘었고, 여자의 몸에 이런저런 참견하기와 훈수 두기를 좋아하는 전문가들이 천연 면역제라고 일컫는 모유의 약발도 떨어진 아이가 잔병치레를 시작하자, 집필 중이던 논문을 다른 인력에게 넘기는 일도 잦아졌다. 이때 여자는 도중 포기를 했기에 그전까지 틀을 다 잡아 놓은 일에 대해서는 보수를 받지 못했다. 여자의 입 주변에는 붉고 노란 뾰루지가 한 번에 예닐곱 개씩 돋아나다가 흉터를 남기고 사라지기를 반복하며 얼굴 곳곳에는 전체적으로 얼룩덜룩한 색소 침착이 보였다.

이러다간 '맞벌이 부부 일가족, 지속된 불면으로 급사'라는 헤드라인을 단 기사의 주인공이 될지 모르겠다고 남자가 그랬다. 남자는 밤새 몸은 움직이지 않았지만 아이와 엄마가 이것저것 달그락거리며 내는 소리를 자주 들었기에 그 역시 깊은 잠을 이루지 못하고 업무 차질을 빚곤 했다. 마침 그때 어린이집에서 보내온 알림장에도 아이가 병든 닭처럼 조느라 다른 친구들과 어울리지 못하고 놀이 활동에 참여를 잘 하지 않으며, 점심 식사 뒤 비교적 긴 낮잠을 잔다는 교사 관찰 기록이 적혀 있었다. 이 무렵 여자는 당일치기 리포트가 아닌 몇 주 동안의 여유가 있는 석사논문을 잡고 있었으므로, 육아 고수들의 충고대로 밤 10시에 불 끄기를 시도했다. 불을 끄자 아이는 불 켜, 켜라고, 소리 지르다가 나중에는 제발 불 좀 켜 주세요, 라고 세상에서 가장 서럽고 억울한 사연의 주인공이 된 것처럼 흐느껴 울었다. 남자와 여자는 아이를 가운데 두고 각자 다른 방향으로 돌아누워 모른 척하며 울음이 잦아들기를 기다렸다. 몇십 분쯤 지나자 아이는 포기했는지 아무 말 없이 누워서 자기 발가락을 만지며 장난 친 손가락을 입에 넣고 쪽쪽 소리가 나게 빨기 시작했다. 혀와 손가락이 마찰하여 일어나는 가벼운 침 튀기는 소리가 일정한 리듬을 갖고 들려오자 여자는 졸음이 밀려왔다. 처음 생각으론 잠든 척만 하고 아이가 잠든 뒤 보조 스탠드를 켜고 다시 일을 할 예정이었다.

그로부터 몇 시간이 지났는지 알 수 없을 때쯤 여자는 어둠 속에서 눈을 번쩍 뜨며 지금 잠들면 안 돼! 마음속으로 비명을 질렀다. 남들과 같은 시간에 잠들면 결국 남들과 같은 일밖에 할 수 없거나 그보다 못한 일상 언저리에서 맴돌 터였고, 그것은 이미 포기 단계에 접어들긴 했지만 그래도 그 존재 자체를 잊지는 않았던 자신의 논문으로부터 한 걸음 더 멀어짐을 뜻했다. 논문이 통과하여 학위가 나온들 삶이 획기적으로 달라지리라 기대하지는 않았지만 지금으로선 그게 최소한 헛살아 온 건 아니라고 자신의 가치를 긍정하는 유일한 방법이었다. 종류 불문 모든 자격증은 그걸 취득한 자의 내실과 무관하다는 현실은 우선 모른 척하고서라도.

여자는 몸을 벌떡 일으키기 전에 신중하게 어깨를 축으

로 하여 몸을 반대편으로 뒤집었다. 이미 손가락을 빠는 소리는 들려오지 않았으므로 아이도 지쳐서 잠에 떨어졌으리라고 생각했지만 이불자락 한 번 펄럭이기만 해도 아이가 다시 깰까 봐서였다.

그러다가 외마디소리를 지를 뻔했다. 어둠 속에서 아이의 동그란 두 눈이 여자를 빤히 바라보고 있었다. 손가락을 빠는 소리가 나지 않았던 건 이미 손가락이 물기에 불어 자글자글 주름이 잡히고 손목까지 흥건하게 젖어 마찰이 크지 않아서였다. 여자는 한숨을 삼키고 아이의 머리를 토닥거리다 자신도 잠든 척했다. 아니 이제는 죽은 척했다고 보는 게 맞았다.

마침내 아이가 손가락을 문 채로 잠에 들었을 때는 4시였다. 여름이었다면 갓밝이에 가까운 시간대였다. 여자는 아이의 손가락을 빼 주고 조심조심 상으로 기어가 노트북 전원을 넣고 보조 스탠드의 스위치를 눌렀다. 다행히 남자도 아이도 깨어나지 않았지만 그것을 켜는 순간 여자의 시신경과 간상세포들이 다 같이 비명을 질러 댔다. 이런 식으로 갑작스러운 빛에 망막이 찔리기를 반복하다가는 머지않아 눈이 멀어 버릴 터였다. 일정 부분 일을 포기하고 2주 정도 이 과정을 반복했지만 불을 끄고 강제 취침 모드에 들어갔다고 해서 아이가 제시간에 잠드는 데 딱히 도움이 되지는 않았으므로 여자는 2주일 뒤 그 짓을 그만두었다.

원목으로 만든 브리오 미니카를 잡고 앞으로 밀었다 뒤로 끌었다 하면서 놀고 있는 아이의 얼굴에는 열선과 같은 모양으로 기이한 곡선을 그리며 검게 탄 자국이 남아 있다. 얼굴의 일부는 탔고 대부분은 노릇하게 익었으며 온몸의 땀구멍에는 육즙과 기름이 맺히다 흘러내리다 하고 있다. 여자는 가제 수건으로 아이의 얼굴과 팔다리에서 기름과 검댕을 걷어 낸다. 아이는 브리오가 싫증이 났는지 그것을 곧 구석으로 밀어 둔다. 대신 동네 문방구 폐업 세일 때 여덟 개 한 세트에 만 원을 주고 산, 미감도 마감도 형편없는 플라스틱 미니카를 하나씩 집어 같은 동작을 반복한다. 처음에는 불도저, 그다음은 지게차, 지금은 쓰레기차를 갖고서 찬 바닥에 납작하게 엎드린 채로 앞으로 밀었다 뒤로 당겼다 한다. 여자는 이제 아이가 지쳐서 엎드린 자세 그대로 잠들 것을 예감하고 왼손으로는 자판을 한 글자씩 두드리며 오른팔을 등 뒤로 뻗어 아이의 어깨를 토닥거린다. 그러자 아이가 손을 뿌리치며 말한다.

"난 다 깼어. 지금 아침이에요."

그렇게 말하는 아이의 눈은 점점 크기가 줄어들고 검은 자위가 조금씩 밀려 들어가려 하고 고개도 두어 번 까딱거린다.

"맞아. 정말 아침이 되어 가. 그러니까 이제 눈 감아. 네가 자지 않으면 나는 아무것도 할 수 없으니까."

"아무것도 하지 마."

여자는 토닥거리던 손바닥으로 아이의 어깨를 퍽 소리
가 나도록 내리누른다.

"그래. 그렇구나. 그럼 너도 아무것도 하지 말고 이제 자.
네 덕에 나도 아무것도 하지 않을 테니까."

"쓰레기차 가지고 놀 거예요."

"그럼 언제 자?"

"왜 매일 자라고만 그래!"

"그건 당연하잖아. 사람은 매일 자지 않으면 죽어. 모든
고문 가운데 제일 잔인한 게 잠을 안 재우는 고문이야."

"안 재우는 안 고문이야."

"너 고문이 뭔지 알기는 알아? 지금 네가 하는 짓이 고
문이야. 깨어 있는 사람이 아무것도 할 수 없게 만드는 거.
하루는 24시간이고 인생은 길어야 80년인데 너는 그중 몇
년 동안이나 엄마를 쓸모없는 쓰레기로 만들고 있어. 네가
지금 붙들고 갖은 염병을 떠는 그 쓰레기차, 엄마를 거기
처박아 버린 게 너야. 엄마는 재활용이나마 되려고 이 짓
을 하는데."

여자의 말이 길어지고 빨라지자 아이는 이해하지 못하
고 다만 여자를 올려다본다. 그 눈은 반쯤 녹아 있어서 사
실상 검은자위와 흰자위가 구분되지 않는다. 여자는 한 손
으로 아이한테 노란 차렵이불을 뒤집어씌우고 머리 위까

지 끌어 올린다. 아이가 두 발로 허공에 가위질을 하며 이
불을 차 낸다.

"이불 안 덮어."

"감기 걸리잖아. 이불 안 덮으면 뭐 할 건데?"

"아무것도 안 덮어. 아무것도 안 해."

"그놈의 아무것도 소리는 그만둘 수 없어?"

"아무것도 안 자."

여자는 아이를 한 팔로 안고 냉장고 문을 연다. 냉장고
안을 한 손으로 휘젓자 김치통과 물병, 요구르트 따위가
우수수 쏟아져 내린다. 연달아 픽, 픽 하고 용기가 터지면
서 바닥에 내용물이 흘러내린다. 여자는 아이를 그 안에
밀어 넣고 냉장고 문을 닫는다. 안쪽에서 문이 열릴 리가
없는데도 여자는 냉장고 문에 기대어 선다.

"이불 덮는 거 싫어했으니까 그 안은 시원하겠구나. 잠
도 잘 오겠네."

이만큼 두꺼운 철제문이니 안쪽까지 들릴 것 같지는 않
지만 여자는 기댄 채로 중얼중얼 노래를 부른다. 아이가
잠들 때까지 부르곤 했던 자장가 메들리다. 브람스의, 모차
르트의, 슈베르트의, 김대현의 자장가에 이어 마더구스 시
디로 반복해 들었던 럴러바이 베이비까지 부르고 나면 가
사 밑천이 떨어져서 박자와 멜로디가 조용하기만 하다면
뭐든 부르곤 했는데, 그나마 지금보다는 좀 나았던 시절에

는 한 서른다섯 곡쯤 부르면 아이는 스르르 눈이 감기곤 했다. 여자는 에델바이스와 파란 마음 하얀 마음, 과수원 길을 이어서 천천히 구슬프게 부르다가 조금씩 다리를 접고 냉장고 문에 기대앉는다. 추리닝에 김칫국물이 스며들어서 다리를 적시는 걸 느끼며, 가사를 한두 마디 까먹다가 어느새 자기도 모르게 냉장고 속의 아이보다 먼저 고개를 떨어뜨리고 눈을 감는다.

자명종 소리에 남자는 눈을 뜬다. 머리맡을 더듬어 자명종 버튼을 누르고, 여전히 가수면 비슷한 상태로 옆은 돌아보지 않은 채 몸을 부스스 일으켜 욕실로 간다. 욕실 문을 열다가 한 박자 늦은 후각이 비로소 조금씩 깨어나, 이루 말할 수 없이 공격적이고 발작적인 냄새가 집 안을 가득 채운 걸 느끼고 이웃집으로 이 요동치는 냄새가 건너가기라도 한다면 민원이 들어올 텐데, 생각하며 그 진앙을 찾느라 나머지 절반만큼 눈이 떠진다.

돌아보니 냉장고 문이 열려 있고 안에는 내용물이 거의 없다. 바닥이 기울어져서 냉장고 문은 아무리 활짝 열어보았자 저절로 닫히게 되어 있지만, 바닥에 뒹굴던 그릇에 문 모서리가 걸려 있음을 남자는 확인한다. 바닥은 김칫국물에 요구르트에 유통기한을 알 수 없는 음식물들이 흘러서 퍼져 있고, 크고 작은 그릇들도 여남은 개 떨어져 화학 변화가 종료된 내용물을 드러내고 있다. 남자는 간밤에 일어난 일을 짐작할 수 없어 고개를 갸우뚱하면서 발로 그릇을 슬슬 밀어내고 일단 냉장고 문부터 닫는다. 그걸 닫고 나니 이번에는 오븐 문이 살짝 열려 있는 게 보인다. 거기 작은 틈에서도 파괴적이고 농밀한 냄새가 스며 나온다. 평생 가도 그걸로 요리 따위 안 할 것 같던 오븐을 가지고 여자는 간밤에 무얼 했단 말인가? 문을 열자 그 안에는 검게 탄 기름 덩어리가 하나 들어 있다. 지난여름에 여자는 아이한테 먹이겠다고 삼계탕을 끓이려다가 막상 조리할 시간이 없어서 배달 음식을 주문해 먹고는 미리 샀던 닭을 그대로 냉동해 두었는데 그게 냉동실에서 끌려나온 모양이다. 그러나 한밤중에 누구더러 먹으라고 이 큰 닭 한 마리를 통째로 구웠는지 남자는 알 수 없다.

남자는 한 발을 들어 널브러진 그릇들 위를 까치발로 종종 넘어간다. 이것저것 뒤적거리느라 출근 준비 시간이 줄었다는 걸 깨닫는다. 오늘은 얼굴에 물만 바르고 나가야겠다고 생각하며 욕실 문을 여는데, 세탁기 뚜껑이 열려 있는 게 보인다. 어제만 해도 분명 탈수된 옷들이 들어 있어서 급한 대로 그중 몇 벌만 꺼내 널어야겠다고 생각만 하고 잠들어 버리는 바람에 실행에는 옮기지 못했는데, 지금 보니 세탁기 안에 그 옷들이 다시 물에 잠겨 있다. 세탁 코스를 한번 돌렸는지 그 물은 맑고 투명하지 않으며 손가락을 대니 미끈거리는 걸로 봐서 세제를 한번 풀었던 것 같다. 한밤중에 세탁기까지 돌렸으면 아랫집 민원이 올라올 테지만 이번이 처음 있는 일이고 계속 그래 왔던 게 아닐 것이며, 민원이 들어오는 시간대에는 어차피 남자가 회사에 있으므로 큰 충돌은 없을 것이다.

이쯤 되자 간밤에 대체 무슨 일이 있었냐고 여자를 깨워 묻고 싶다. 남자는 욕실에서 나와 마주 보고 꼭 껴안은 채로 잠든 모자를 내려다본다. 둘 다 곤히 잠든 평화로운 그림이다. 그때 아이가 입술을 오물거리며 돌아눕는 바람에 여자의 팔에서 빠져나온다. 그러더니 이불을 걷어차다가 여자의 목에 다리를 척 얹어 놓고 손가락으로 자기 목을 긁는다. 무슨 역동적인 꿈이라도 꾸는지, 여자의 가슴과 얼굴을 연속으로 걷어차면서 제자리에서 360도 회전을 하며 자기 잘 자리를 찾아간다. 그걸 바라보다가 남자는, 매번 느끼는 거지만 세상 모든 아이들의 얼굴은 잘 때가 제일 예쁜 법이라고 맘속으로 말하며 여자를 깨우지 않고 욕실로 들어가 문을 닫는다.

재봉틀 여인

그것은 그리 섬세하지 못한 어른들의 관용어. 아이들을 배려할 줄 모르며, 자신이 한때 아이였다는 사실을 백묵처럼 하얗게 잊어버린 자들이 즐겨 쓰는 시쳇말.

"뭘 잘했다고, 이 새끼가."

건조한 손바닥이 공기를 가르며 소년의 귀싸대기에 날아온다. 소년이 울면서도 순발력을 발휘하여 몸을 피하자 담임교사는 붕 소리만 일으키며 헛손질을 한다. 그는 소년의 귀를 잡아 칠판에 밀어붙인다. 둔통과 함께 소년의 머릿속에 타종 소리가 울리고, 소포제 속의 두부처럼 뇌가 흔들린다.

"어쭈, 피했다 이거지. 까딱 잘못해서 엉뚱한 데 맞으면 고막 나간다? 알아? 오늘 어디 한번 너 죽고 나 죽자."

이 지경쯤 되면 보통 처음에 무슨 일로 맞기 시작했는지 이유가 없어지게 마련이다. 소년은 몸 구석구석에 산포한 미량의 에너지를 끌어모아 힘껏 비명을 지르고 울부짖는다. 복도 끝 남의 반 교실까지 울려 퍼지도록. 갈퀴 같은 손아귀에서 빠져나오려 몸부림친다. 귓불이 떨어져 나가는 듯한 아픔과 함께 상대의 손을 떨쳐 냈다고 생각한 다음 순간, 소년은 머리카락이 한 줌 잡힌 채로 칠판에 한쪽 뺨이 짓이겨진다.

지켜보는 아이들은 그 자리에 얼어붙은 채로 공연히 말려들지 않기 위해 눈앞의 장면을 외면한다. 무언가를 촬영할 수 있는 휴대전화는 매일 등교 때마다 전용 수거 바구니에 제출해서 아직 돌려받지 못했다. 그러나 전화가 없음을 아쉬워하는 아이들은 극히 일부로, 대부분은 그러거나 말거나 관심이 없다. 반에서 인기 있거나 눈에 띄거나 공부를 잘하는 아이가 아니라 말없이 홀로 노는 아이, 숙제를 안 해 오는 아이, 수업 시간에 중얼거리기나 해서 방해가 되고 옆에 앉으면 냄새도 나는 것 같아서 누구도 짝꿍이 되고 싶어 하지 않는 아이를 위해 쓸 신경은 없는 것이다.

소년의 뺨이 칠판에 쓸리자 뺨과 칠판 사이에 무슨 이물질이 끼어 있기라도 했는지, 숟가락으로 알루미늄 그릇을 긁는 듯한 끔찍한 소음이 나서 아이들은 귀를 막는다. 담임은 다시 소년의 어깨를 끌어내고 소년은 그대로 뒤로 나자빠져 엉덩방아를 찧는다.

소년은 이제 엉금엉금 기다시피 하여 그 자리를 피하려
한다. 담임이 소년의 뒷덜미를 잡아 일으키고, 이번에는 그
머리를 교탁에 갖다 꽂는다. 쿵 소리와 함께 바구니가 밀
려 떨어지고, 들어 있던 휴대전화들이 바닥에 우수수 쏟
아지며 달그락달그락 소리를 낸다.

"왜? 어디 더 해 봐. 더 울어, 더!"

그렇게 부추기지 않아도 이미 걷잡을 수 없는 울음이
꾸역꾸역 소년의 입 밖으로 터져 나오는 중이다. 상반신이
억지로 구부려져 있으므로 울음 사이사이로 호흡을 고르
느라 들숨과 날숨이 통제 가능한 수준을 벗어난 박자로
교차된다. 헐떡거리다 눈물을 삼키다 하느라 흑, 흑, 소리
가 입천장을 흔들고 머리를 울린다.

"이 새끼가 어디서 뭘 잘했다고 울어? 네가 잘했어? 잘
했냐고? 대답해, 응? 뭘 잘했는데 울고 지랄이야. 억울해?
네가 잘해서 이러는 거 같아! 억울하냐고! 대답 안 하지,
이 새끼가."

울음소리 때문에 대답은 나오지 않고, 소년은 그저 고
개만 가로저어서 자기가 할 수 있는 최대한의 굴종을 보이
고자 한다. 그걸 보이면 상대가 만족하여 이 시련이 금방
그치리라는 걸 본능적으로 알고 있다. 그런데 머리가 교탁
에 처박혀 있기에 고갯짓조차 할 수 없다. 표현의 수단을

잃은 소년의 입에서는 나오느니 흐느낌뿐이다. 아니, 내가 언제 억울하댔어. 언제 내가 잘했댔어.(실상 최초의 이유는 이미 표류 상태.) 울면 안 되는 거야? 그냥 무서워서, 고통스러워서, 그건 눈물의 이유가 되지 않는 거야? 이렇게 머리가 몇 번이나 깨지는데도 안 울면 그게 인간이야?

똑똑, 소리가 들린다. 우악스러운 손아귀가 머리에서 떨어져 나간다. 교감이 미닫이문을 열어 천천히 손가락으로 두드리고 있다. 교감의 머리 뒤로 구원자 내지는 성령의 증거 같은 오렌지색 후광이 보인다.

"도대체 선생님, 이게 지금…… 옆 반에 지금 젊은 학부모가 와서 일일 수업하고 있는데…… 비명은 들리지 않게 해 주셔야……."

한 손으로 불곰도 때려잡을 것 같던 담임은 입가에 미소를 띠며 태도를 바꾼다. 그 미소는 온화하기보다는 깎지 않은 콧수염과 턱수염 때문에 게걸스러워 보인다.

"네, 교감선생님. 금방 끝납니다. 시끄럽게 해 드려서 죄송합니다. 웬만큼 말을 안 듣는 녀석이어야 말이지요."

교감이 무언가 더 할 말이 있는 듯, 담임에게 가까이 와 보라는 손짓을 한다. 두 사람은 얼굴을 가까이 대고 귀엣말을 나눈다. 무슨 이야기인지 아이들은 들을 수 없으나, 중간중간 평가와 학부모 그리고 위원회 같은 낱말들이 귀에 걸린다. 소년은 자신이 그와 같은 낱말들에 일찌감치 해당 사항이 없다는 걸 안다. 자기한테서 조금만 향긋한 냄새가 난다면, 건조한 입술이 부르터 늘 피딱지를 달고 다니지만 않는다면, 허구한 날 벅벅 긁은 목이 코끼리 피부처럼 두꺼워지지 않는다면, 부모의 적극적이고도 정성스러운 관리를 받는 티가 나는 아이였다면, 오늘 같은 일은 일어나지 않았을 거라고 어렴풋이 짐작한다.

이쪽에는 신경 쓸 겨를이 없는 담임의 등을 바라보다 아이들은 너도나도 슬금슬금 교탁 쪽으로 기어 나와 자기 휴대전화를 챙긴다. 교감과의 밀담에 열중하느라 담임은 그걸 보지 못한다. 그사이 소년이 옷소매에 코를 닦으며 뒷문을 슬그머니 밀고 나갔다는 사실도, 반대편 복도 끝으로 달려가선 층계참을 끼고 달아났다는 사실도 알지 못한다.

시장 골목으로 들어선 소년은 무지갯빛 생선 기름이 동동 뜬 물웅덩이를 밟으며 걷는다. 분식집 큰딸이 철판 위에서 익어 가는 떡볶이를 나무 주걱으로 휘젓고 있다. 그 옆의 커다란 스텐 사각 냄비에서 어묵 국물이 끓어오른다. 소년은 침을 삼키고 국물 속에 담긴 꼬치 묶음과, 어묵을 둘러싼 채 퐁, 퐁, 실로폰 같은 소리를 내는 거품을 곁눈질한다. 떡볶이를 사 먹을 만한 돈을 가져 본 적이 없는 소년이 이런 식으로 서성거릴 때면, 다시다를 가득 푼 국물을 주인아주머니가 한 국자 떠서 종이컵에 담아 내밀곤 했지만 오늘은 자리를 비운 모양이다. 소년은 천천히 가게 앞을 지나친다.

옷 가게 앞에 내놓은 행거에는 얇은 여성용 요가 바지들이 걸려 있다. 가게 안에 틀어 놓은 선풍기의 회전을 따라 펄럭거리는 바지 끝단마다 잿빛 먼지가 달라붙어 있다.

나무 상자에는 빨갛고 노란 곡물들이 담겨 형광등 불빛에 알알이 빛나고 있다. 통통한 파리들이 날아와 곡물 위에 앉았다가 이내 푸르른 등을 떨며 다시 날아오르기를 반복한다. 다섯 번째 파리가 날아가는 곡선 궤도를 눈으로 쫓다가 소년은 다음번 가게로 눈길을 돌린다.

쇼윈도에는 쑥색 시트지가 붙어 있어서 틈새로 불빛만 새어 나올 뿐 안쪽 모습은 보이지 않는다. 다만 시트지 위에는 검정색 절연테이프를 뚝뚝 끊어 '뭐든지 꿰매 드립니다'라는 문구를 만들어 붙여 놓았다. 꿰맨다고 하면 소년은 구멍 난 양말이나 떨어진 단추 같은 것만을 떠올릴 수 있다. 안쪽에서는 빠른 8분의 6박자로 규칙적인 기계음이 흘러나온다.

고개를 들어 간판을 올려다본다.

만물 수선.

소년은 '당기시오'라고 적힌 입구 아크릴판 위에 손을 대고 힘 있게 밀어 본다. 문은 금속과 고무 패킹이 맞닿아 일으킬 수 있는 최소한의 마찰음조차 내지 않고 열린다.

드륵드륵드륵드륵. 재봉틀 돌아가는 소리가 요란하다. 한 여인의 손 밑에서 흰 천이 일정한 간격과 속력을 갖고 밀려 나간다. 여인은 몸집이 크고 투박하다. 손은 태어나 한 번도 바늘에 찔리거나 칼에 베어 본 적이 없으리라는 확신이 들 만큼 고운데, 살갗의 부드러움이 피부가 아닌 눈으로 촉지될 정도다. 소년은 천을 꿰뚫는 바늘의 상하운동을 내려다본다. 바늘에 꿰어지는 공기가 실에 걸려 눈부신 속도로 천 속에 스며든다. 긴 생머리를 반으로 가른 여인의 가르마는 바늘로 그어 놓은 것처럼 희고 반듯하며 고르다.

이윽고 재봉틀 소리가 멎고, 여인은 박음질이 끝난 천을 재봉틀 밑에서 빼내어 허공에 펼쳐 본다. 작고 아담한 크기의 옷에 피부와의 접촉을 고려한 듯 매끄럽고 세심한 시접이 눈에 띈다. 반쯤 지어진 아기 배냇저고리 같다. 여인은 천을 내려놓고 소년에게 묻는다.

"무엇을 꿰매 드릴까요?"

폴크스바겐에 부딪친 청년의 몸은 몇 미터 밖으로 날아가 허공으로 솟았다가 곤두박질한다. 폴크스바겐은 코너를 돌던 참이라 속도를 충분히 줄여서 그나마 다행이었는데 부상은 작지 않은 듯, 청년이 누운 자리에 붉은 동심원이 그려진다. 사람들이 비명을 지르며 모여든다. 폴크스바겐의 주인은 차 문을 열고 나온다. 그는 번거로움과 불쾌감 가득한 얼굴로 청년을 내려다보는데, 그 전까지 하던 통화를 포기하지 않은 듯 아직도 휴대전화를 귀에 대고 있다.

청년은 의식을 유지하고 있으나 그 얼굴에는 희미한 고통의 잔금조차 그어져 있지 않다. 직전에 발생한 고통이 자신에게 어떤 흔적도 남기지 않았다는 듯, 외마디 비명도 입술의 경련도 없으며…… 무엇보다 눈물을 흘리지 않는다. 신경계의 정상적인 전달 흐름 작용을 나타내는 그 어떤 표지도 없다. 언뜻 보면 눈뜬 채로 정신을 잃은 것도 같다. 청년의 눈이 폴크스바겐 주인과 마주친다. 그 눈을 내려다보던 폴크스바겐은 — 이제부터 그를 바겐이라고 부르기로 하자 — 수화기에 대고 중얼거린다.

"야, 나 보험사랑 통화해야 해. 나중에 다시 건다."

바겐은 청년이 눈 뜨고 죽은 줄로 안 모양이라, 그의 오해를 풀어 주기 위해 청년은 천천히 윗몸을 일으켜 앉는다. 정수리에서부터 솟은 피가 이마를 타고 세 갈래로 흐르는 사람이 아무런 표정 없이 일어나자 몰려섰던 구경꾼들은 직전보다 더 기겁하는 소리와 함께 뒷걸음질한다.

바겐은 한 손을 들어 올려 이어지는 움직임을 저지한다.

"이봐요. 괜찮아요? 거기 지금 다쳤어. 이대로 움직이지 마요. 구급차 부를 테니까. 그러게 왜 신호 걸렸는데 튀어나와, 나오길."

그때 군중 속에서 맑고 분명한 목소리가 튀어나온다.

"거기는 딴 데 정신 팔고 있었잖아요, 핸즈프리도 없이."

사람들이 길을 터 주자 그 사이로 한 여자가 걸어 나와 바겐을 올려다본다. 여자는 야구 모자를 거꾸로 썼고 얇은 바람막이 점퍼와 면바지 차림이었으며, 한쪽 어깨에는 크로스백을 메고 다른 쪽 어깨에는 기둥 모양으로 둘둘 만 인쇄용 필름 뭉치를 걸쳐 든 채 비틀거리고 있었다. 딱 봐도 갈 길이 바쁘고 힘겨워 보이는, 과로사 직전의 노동자였다. 여자는 화장기 없는 얼굴을 쳐들고 바겐을 향해 가까이 다가갔다.

"다 봤어요. 운전하면서 전화하고 두리번거리는 거."

바겐은 억울하다는 듯 과장스러운 어깻짓을 둘러선 사람들에게 보인다.

"이봐 아가씨. 그 무거운 거 들고 뒤뚱거리면서 보긴 뭘 봤다는 거야."

"안 무겁고요, 여기 다친 분이 원하시면 증인 출석이라도 해 드릴 수 있는데요."

"아니 이게 정말 어디서 시비질이야. 지금 둘이 짜고 나랑 어떻게 좀 해 보겠다는 거야?"

"언제 봤다고 반말이에요? 누굴 사기꾼 취급하는 건데. 거기야말로 지금 남 탓하면서 어떻게 면피나 할까 자갈 굴리고 있던 거 아냐."

옥신각신하는 두 사람을 올려다보며 청년은 어떻게 해

야 할지 갈피를 못 잡고 있다. 그러나 그 당황스러움은 얼굴에 나타나지 않는다. 청년의 얼굴은 어디까지나 무표정이다. 흘러내린 피의 양을 보나 발가락조차 움직일 수 없는 하반신으로 보나 다치기는 크게 다친 것 같은데, 청년은 자기한테 벌어진 일임에도 어떤 반응을 보여야 할지 알 수 없다. 아니, 이미 연습해 둔 반응이 제때 제대로 나와 주지 않는 것뿐이다. 크게 다쳤거나 아플 때는 얼굴을 일그러뜨리고 비명을 지르며 울부짖어야 한다는 것을, 그 언젠가 지옥도 같은 교실에서의 경험을 통해 분명 알고 있는데도 관련 지식을 온몸으로 출력할 수가 없다. 청년은 자기의 몸이 아닌 일종의 오브제를 내려다보는 느낌으로 기묘하게 뒤틀린 다리와 발목을 응시한다.

누가 신고했는지 구급차 소리가 들려온다. 청년의 호흡이 거칠어지고 입김에서 식기 전의 용암 같은 열기가 뿜어 나온다. 다음 순간 오장을 토해 내는 듯한 큰 기침과 함께 입 밖으로 핏덩어리가 쏟아져 나오고, 청년은 뒤로 다시 자빠진다. 쿵, 머리가 바닥을 찧자 깔끔한 동심원을 이루었던 피웅덩이는 순식간에 어긋나게 찍힌 데칼코마니처럼 퍼져 나간다. 그 지경이 되고서야 청년은 자기가 크게 다쳤다는 걸 느리게, 한없이 느리게 인식한다. 청년은 자신이 감각을 통한 지각에 있어서는 나무늘보만도 못하다는 걸 안다. 그랬다, 규칙적으로 일정한 리듬과 힘과 기울기를 갖고 돌아가는 재봉틀 소리를 듣던 그때부터.

드러누운 그의 얼굴 위로, 말다툼을 멈춘 남녀의 얼굴과 다른 구경꾼들의 얼굴이 다시금 게임기에서 튀어나온 두더지처럼 옹기종기 모여든다. 사이렌이 점점 가까워진다.

— 무엇을 꿰매 드릴까요?

재봉틀 소리가 멈추고, 여인의 물음은 가게 안의 정적에 그대로 스며들었다. 그보다는 여인의 모습, 여인의 존재 자체가 바늘로 수놓아진 자수처럼 가게의 일부를 형성하고 있었다. 소년은 일어선 여인의 육중한 몸집에 압도당해 두어 걸음 물러섰다. 침묵은 열기와 점성을 품더니 눈에 보이지 않는 부피까지 갖추어 소년의 피부를 압박했다. 열려 있던 온몸의 숨구멍이 사막에 적응하는 선인장 가시처럼 첨예해졌다. 그러게, 왜 여기 들어왔을까. 소년은 평소 시장 골목을 자주 배회했다. 그러고 있으면 각 점포의 주인들이 서로 눈짓하고 귓속말도 나누다가 손짓하면서 뭔가 먹을거리를 쥐여 주거나 목도리를 둘러 주곤 했다. 집에 들어가기 싫은 소년에게 시장은 무언가를 둘러보며 시간을 죽이기 좋은 곳이었고, 나중에는 시장이 집인지 집은 어딘지 자신은 어디서 먹고 자고 하는지 헷갈릴 정도가 됐다. 그러다 평소 이 자리에 없었던 걸로 생각되는, 원래는 흑염소 약재상이 있었던가, 아무튼 낯선 가게가 보여 들어섰을 뿐이다. 자신에게 무엇이 제일 절실한지, 여기서 무엇을 살 수 있는지 그런 생각 따위 없이.

그때 여인은 소년이 입은 셔츠를 가리켰다.

—그것 때문에 온 건가요?

남방셔츠의 옆구리 부분 솔기는 한 뼘만큼 터져 있었다.

—어, 네, 맞아요.

담임한테 멱살을 잡혔을 때 찢어졌나 보다고 짐작하면서, 소년은 일단 남방셔츠의 단추를 한 개씩 풀었다. 아무 일도 아니라고, 잘못 찾아왔다고 말하고 나가 버리면 그만이며 사실 솔기쯤 뜯어진다고 못 입을 게 아닌 데다 애초에 그만한 훼손에 신경 써 본 적 없지만, 만약 뭔가 뚫리거나 찢긴 걸 메우고 때우려면 꼭 여기서 해야만 할 것 같았다.

제비의 등뼈같이 유려한 곡선을 지닌 구식 재봉틀 한 대와, 옷가지가 쌓인 바구니, 왕골로 짠 예스러운 문양의 반짇고리, 그 옆 책상 위에 놓인 커다랗고 날이 선 재봉 가위. 스치는 무엇이든 잘게 썰어 버릴 것만 같은. 여인의 등 뒤에는 특정 지역으로의 접근을 불허하는 금줄과도 같은 커다란 커튼이 쳐져 있었다.

소년은 마지막 단추를 잡고 동작을 멈추었다. 나 돈 있던가? 보통 수선비 같은 건 얼마나 하더라? 아니 그보다도 아마도 내가 꿰매고 싶었던 건 이게 아닌데.

여인은 말없이 바늘겨레에 꽂힌 바늘을 손끝으로 만지작거리며 기다리다가, 소년이 커튼에 시선을 주는 걸 보고 입을 열

84

었다.

　—원하시면 뭐든 꿰매고, 붙이고, 만들어 드려요. 이를테면 손님의 찢어진 뺨도.

　소년은 담임이 끄는 대로 칠판에 쓸려 긁힌 얼굴의 상처를 손등으로 문질렀다.

　—생살도 바늘로 꿰맨다고요?

　—글쎄요.

　여인은 꽂혀 있던 여남은 개의 바늘 가운데 한 개를 뽑았다. 바늘은 백열전구 빛에 금색으로 빛났다.

　—이렇게 눈에 보이는 뾰족한 것만 바늘이라고 생각한다면, 뭐 이걸로도 꿰매 드려요. 하지만 좀 더 섬세하고 덜 아픈 작업을 바란다면 내가 저 커튼 뒤에서 다른 방식으로 꿰매 드리지요.

　—꼭 커튼 너머로 들어가야 해요? 거기 뭐가 있어요? 뭘로 꿰매는데요?

　—저 뒤로 들어가는 사람은 반드시 눈을 감아야 해요. 무엇으로 꿰매는지는 몰라도 된답니다.

　—하지만 조금 전에는 재봉틀 갖고 뭐 만들었잖아요?

　—그건 사람이 입을 옷이니까요. 평범한 걸 만들지 못하면 특별한 것도 만들 수 없습니다.

　—그러면 특별한 수선을 부탁해도 들어준다는 거죠?

　—어떨까요, 그 사람에게 꼭 필요한 수선이라고 생각이 들

면요.

—이런 것도 꿰매서 막아 줄 수 있다고요?

소년은 눈 아래 살을 손가락으로 조금 끌어당겨 눈물점이 드러나게 해 보였다. 이것 말고도 눈꺼풀 위쪽으로는 눈물샘이 있을 것이고, 코를 타고 눈물관이 흐를 것이다. 이런 해부학적인 일도 해 줄 수 있을까? 여인은 고개를 갸웃하며 소년의 눈을 들여다보았다.

—안 되는 건 아닌데, 눈물이 필요 없나요?

—네, 오늘 이것 때문에 담임한테 맞아 죽을 뻔했거든요.

그리고 소년은 말했다. 생리적인 조건과 자극 반응에 따라 생길 수밖에 없었던, 지극히 자연스러운 신체 작용과 기능 때문에 두 배 세 배로 보태진 부당한 폭력을. 아주 잠깐이면 끝날 수 있었을 일들이 자신도 통제할 수 없는 몸 때문에 줄기차게 이어진 억울함을.

—뭘 잘했다고…… 그렇군요, 그런 말들 많이 하죠, 어른들이.

—그렇죠? 담임만 그런 게 아니에요, 엄마도 그래요. 할 말 없으면 그 소리예요. 세상 모든 인간들이, 약속이나 한 듯이 그렇게 똑같은 말을 해요. 뭘 잘했다고 울어? 뭐가 억울하다고 울어?

거기까지 말하다가 소년은 문득 엄마를 마지막으로 본 게 언제 적인지, 엄마의 얼굴이 어렴풋한 윤곽으로만 남아 맴돌아서 멈칫했지만, 머리를 너무 맞아 일시적으로 그런 거라고 믿으며 고개 저었다.

— 그런데 잘해서도 억울해서도 아니거든요. 그냥, 이미 시작됐으니까. 그걸 멈추려면 숨을 좀, 가다듬어야 하잖아요. 그럴 시간을 안 주고 연달아서 더 패요. 그때부터는 숨쉬기가 더 힘들어지고, 비명을 질러야만 숨을 쉴 수 있게 되는 거죠.

그러니 눈물이란 얼마나 귀찮고 번거로운 일이며 오해의 근원인가. 소년은 눈물을 흘리지 않게 된다면 비명도, 항의도, 어른들이 눌러 죽이려 하는 그 어떤 꼬투리가 잡힐 만한 신체 작용도 딸려 나오지 않게 되리라 여겼다.

— 어려운 일은 아닌데, 눈물샘을 꿰매 버리면 나중에 기쁨과 슬픔 그리고 감동이나 분노 같은 건 어떻게 나타낼 거지요?

— 정확하게 말로 하면 그만이지요.

소년은 사실 그런 것을 솔직히 표현하는 행위와 표정 자체가 지금까지의 생활에서 불리하게 작용했으므로 앞으로는 되도록 두려움 외로움 노여움 같은 마음을 겉으로 드러내지 않고 침묵으로 일관할 것이며 눈물을 흘리지 않게 되는 것이야말로 그 시작일 거라는 말은 하지 않았다.

— 자신은 정확하다고 믿어 의심치 않겠지만 때로는 말보다 눈물이 더 구체적인 이야기를 할 때가 있어요. 그것보다도 오히려…… 눈물이 없어지면 점점 그에 맞춰서 표정이나 말도 없어질 수 있는데요.

여인의 친절한 설명에도 소년은 그거야말로 오히려 다행스러운 부작용이라고 생각하며 고개를 끄덕였다.

—눈물은 눈을 마르지 않게 끊임없이 적셔 준답니다. 어쨌든 눈물샘을 꿰매서 막아 버리면 눈이 뻑뻑해질 거예요. 그게 계속되면 실명까지 올 텐데.

앞을 보지 못하게 될 수도 있다는 말에 소년은 가슴이 덜컹했다.

—그래도 억지로 꿰매 막는 게 손님에게 도움이 되나요?

소년은 생각했다. 눈물이 마르는 것과 눈물이 흐르지 않게 하는 것은 분명 다른 일 같았다. 눈물이 있더라도, 밖으로 흐르지만 않으면 되는 거 아닌가? 눈물을 발생시키는 곳을 꿰매 버리면.

—그러면 심장을 꿰매 줄 수는 있나요?

—심장을요?

—아니, 뇌인가? 어디가 나을 것 같아요?

눈물이 생리적인 작용을 하더라도, 그것이 흘러넘치지 않게 감정을 꿰매 막을 수만 있다면.

—눈물이 자극의 반응이라는 점을 생각해 본다면 그 어느 쪽이라도 해당되겠지만요…….

여인은 재단감의 견적을 재는 듯한 눈길로 소년을 훑어보며 말을 이었다.

—그 무엇도 완전한 방법이라고는 말 못 해요. 우리 몸의 어디에 마음이 들어 있는지, 어디서 마음이 생겨나는지 모르니

까요…… 심장이나 두뇌에도 있다고 할 수는 있지만. 그러고 보면 어디 있는지 몰라서가 아니라 너무 많은 데에 분포해 있기 때문에 어렵다고 말하는 게 맞겠네요.

—너무 많은 데라면 또 어디 말이에요?

—이런 거요.

여인은 소년의 머리카락을 조금 집어 허공에 끝 부분을 들어 올렸다.

—잘려 나가도 아픔을 느끼지 못하는 머리카락이나 손톱, 온몸의 털끝 같은 거예요. 사람의 세포 하나하나마다 수많은 정보와 감정을 간직하고 있으니까요. 심장이나 두뇌를 꿰맨다고 해서 사람의 온몸에서 솟아나는 감정을 완전히 막을 수는 없는 거예요. 어느 정도는 효과를 보겠지만. 그래도 할 건가요. 뭐든지 꿰매 드리겠다고는 했지만 날마다 죽고 새로 태어나기를 반복하는 세포 하나하나를 꿰매는 건 보통 일이 아니랍니다. 장기적으로 내다봤을 때 실패 확률도 적지 않고요. 꿰맨 상처가 힘을 주면 다시 벌어지듯이.

여인은 소년의 머리카락을 쥔 손가락에 힘을 풀었다. 사르륵, 머리카락이 공기를 가르는 소리마저 들릴 것처럼 수선집 안은 고요했다.

소년은 흔들리는 눈동자에 힘을 주면서 자신의 확고한 의사를 내보이고, 여인은 살며시 웃은 다음 두껍고 커다란 안쪽 장막을 천천히 걷었다.

—이리로.

청년은 대걸레 자루를 들어다가 양동이에 넣고 위아래
로 흔들며 물을 적신다. 면사 걸레가 물속에서 올올이 몸
을 풀며 춤을 춘다.

청년은 2주일 전부터 청소용 로봇과 공기 청정기 등의 소
형 가전을 취급하는 중소기업에서 일하고 있다. 회사 주인
은 바겐이다. 청년이 폴크스바겐에 치인 것이 넉 달 전이다.
바겐은 그를 시내 병원의 1인실에 입원시켜 치료비 전액을
부담했다. 전치 12주, 흘린 피의 양에 비해 상태는 양호한
편이었다. 입원실에서 장기 체류를 하는 바람에 청년이 그
때까지 다니던 대형 마트의 소고기 판매 코너에서 밀려나
자, 바겐은 퇴원한 청년을 회사의 관리부에 넣어 주었다.

청년은 창고 관리직으로 일한다. 반품된 물건이 들어오
면 창고로 나르고, 상태를 검수하고 포장을 새로 깨끗이
한다. 총무부에서 준 발주서에 따라 상자에 운송장을 붙
이고 트럭에 싣는다. 회사에 온 우편물과 택배 상자를 분
류하고, 동전을 먹고서 커피를 토해 내지 않는 자판기나
휴지로 막힌 변기나 정수기 등 회사 내 시설물에 문제가
생기면 그것을 해결한다. 총체적 관리직이다. 관리부 명함
이 누브지(紙)에 박혀 나오며, 4대 보험도 들어 준다. 직원
은 청소 로봇 포함 기타 자회사의 모든 전자제품을 정가

의 35퍼센트 할인된 가격에 살 수 있다. 그러나 청년은 두 사람 누울 자리나 간신히 나오는 가겟방의 면적을 떠올리고, 자신에게 필요한 물건을 딱히 찾지 못한다. 그는 작동 버튼과 여러 기능 옵션 버튼이 점등되어 어둠 속의 고양이 눈처럼 빛나는 청소 로봇을 내려다본다. 청소 로봇은 환기가 잘 되지 않는 창고의 먼지를 모두 빨아들이기에는 역부족이다.

이 15층 건물에는 바겐의 회사 말고도 게임 회사, 애니메이션 회사를 비롯한 다수의 콘텐츠 관련 벤처 회사가 입주해 있어서인지 건물 안팎의 분위기는 대체로 젊다. 사람들의 이목구비, 옷차림, 태도 모든 것들이 젊음의 입김을 발산한다. 거기에 한 가지 더하자면 부(富)의 공기. 부를 이미 획득했거나 그것을 추구하는 자들의 전투적인 열기. 주로 지하실 창고에서 일하는 청년은 그 열기에서 철저히 배제되어 있다. 청년은 개의치 않는다. 일찍이 가져본 적 없었고 앞으로도 그럴 일이 없는 자본의 카테고리, 그 안에 몸을 담는 꿈을 꾼 적이 없다. 그는 일과 중 대부분 빛을 받지 못하지만 원하면 언제든 지상 옥외로 올라와 커피를 뽑아 마실 수 있고, 담배를 태우는 한 무리의 사무실 직원들을 구경할 수 있다. 싸구려 밀크커피 한 모금, 소소한 평화의 표지. 그들은 먼지 앉은 청자색 작업복을 입은 청년을 힐끔 돌아보다가 다시 자신들의 화제에 집중한다.(그 장면 때문에 19금을 먹어서, 아니 캐릭터 옷을 좀 바꿔 입히면, 홍보팀에서 하는 헛소리 따위, 시안 오케이 아직이야?)

그녀는 종종 이 건물에 들르곤 한다. 청년이 다쳤을 때 목격자가 되어 준 여자다. 그러나 그녀는 자신의 목격담을 풀 기회를 잃었다. 막상 구급차가 옆에 왔을 때, 계산기를 두드리던 바겐이 — 보험회사로부터 받을 급여와 관련 손익 계산을 하고 있었던 모양이다 — 자신의 잘못을 깨끗이 인정하고 그녀와 함께 구급차에 올랐기 때문이다. 바겐은 그 뒤로도 기본적인 보험 처리 외에 청년에게 최대한 편의를 제공했다. 형사처벌 관계가 어찌 되는지 생각하기 번거로운 청년으로서는 불만이 없다.

그녀는 청년이 입원해 있는 동안 세 번쯤 병문안을 와 주었다. 생면부지의 사람에게 베풀기에는 과도한 성의다. 이제 굳이 나서서 증언할 일도 없고, 청년이 후유증을 겪고 있지 않은데도 그녀는 그렇게 들러서 날이 궂으면 쑤시는 데가 없는지, 일은 할 만한지 등 더 이상 특별할 것 없는 청년의 근황을 묻곤 했다.

"아, 부담 갖지 마시고 편하게 대하세요. 저도 의뢰인하고 약속 시간까지 비어서 그러는 거니까요. 혹시 일하는 데 방해가 되면 말씀하세요."

그녀 말로는 외근이 많은 일을 하고 있어서, 지나가다

시내 중심부인 이곳에 들르는 수가 많다는 거였다. 나중에 안 일이지만 그녀는 여러 기업체의 사보를 만드는 일을 하고 있으며, 그중 두 곳의 거래처가 이 건물에 있다고 했다. 즉 그녀는 바겐과는 오다가다 수차례 같은 엘리베이터를 타거나 스쳐 지나간 적 있고, 얼굴이 눈에 익었던 탓에 그가 천천히 운전하는 차를 시선에 포착할 수 있었던 것이다.

청년은 그달치 월급 수령표에 동그라미를 치면서 그녀를 떠올린다. 9층 회사의 다음 달 사보의 가제본을 갖다 주러 그녀가 다시 들를 때쯤 되었다. 청년은 그녀에 대해 잘 모른다. 단단하고 생기 있어 보이며 붙임성 좋은 사람이라는 것 말고는. 만성화된 결핍의 표지를 감지하기 어려운 평온하고 부드러운 미소. 감정을 서랍에 수납하는 대신 기꺼이 갓 짠 견직물처럼 펼쳐 보이는 유형의 사람. 자신과는 인연이 없는 세계에 존재하는 허구의 이미지 같은 사람이다.

아무리 아는 게 없는 상대라 하더라도, 청년은 최소한의 지적 사회적 판단을 할 줄 안다. 그녀는 사고 현장에서 자신을 도와주려 한 사람이고, 그녀의 성의에 물질적인 보답으로 인사해야 하리라는. 그런 인지상정의 준거 외에 그녀에 대한 다른 감정은 생기지 않는다. 청년은 이미 오래전에 감각을 불러일으키는 세포 하나하나를 폐매 버렸다. 그가 얻는 모든 육체적 정신적 자극은 더 이상 뉴런을 통해

운반되지 않는다. 이제 그에게 남아 있는 거라곤, 경험과 학습으로 간신히 유지시키는 사회적 관계망의 형성에 대한 요구 정도다. 그는 그녀에게 어떤 선물을 해야 할지, 그 또래 여성들이 어떤 맛집을 선호하는지 검색한다. 이건 어디까지나 그녀와 어떻게든 되고 싶어서가 아니라 상대에게 성의를 다함으로써 이 일을 완결 짓고 싶은 마음이니까, 한 번쯤 분에 넘치게 출혈해도 괜찮겠다고 생각하면서.

그러나 한 번은 그 한 번으로만 끝나지 않았다. 그녀는 벨벳 상자 안에 꽂힌 팔찌를 보고 눈을 휘둥그레 떴고, 그걸 보자 청년은 자신이 뭔가 일반적이지 않은 물건을 고른 것 같다고 생각했다. 그녀는 손을 내저으며 마다하는 대신 이렇게 제안했다.

"이런 과분한 보답, 그냥은 받을 수 없어요. 다음번에 나한테도 갚을 기회를 줄래요?"

가볍게 문턱을 넘어오는 경쾌한 몸짓과 목소리에 청년은 그 전까지 자신의 세계를 이루었던 무감각과 무감동, 무반응, 모든 없음에 작은 파문이 이는 것을 느꼈다.

"그 뭐랄까 좀, 우리가 지금 이 상태에 다른 이름을 붙일 때도 되지 않았어요?"

다음 달 사보를 본사에 배달하고 돌아가다가 그녀가 문득 물었다. 얼마 전에 바겐의 회사에서도 사보 창간 준비호가 발행되었고, 욕설과 시비로 시작된 관계였으나 그녀가 업무를 의뢰받는 입장이라 지금은 비교적 나쁘지 않게 지내려고 노력 중인 것 같았다.

청년은 고개를 돌린 채 머뭇거린다. 어떤 말을 해야 가장 자연스러울지 알 수 없다. 이미 그녀와의 간헐적인 만남은 예닐곱 차례 가까이 지속되었다. 별 뜻 없이 소개로 만난 상대라도 일상의 취향과 호불호를 넘어 기록으로 남기지 않은 과거나 회복할 수 없는 상처의 표면 정도는 웬만큼 들여다볼 수 있을 만한 횟수이기도 하다. 빛의 속도로 관계가 형성되고 감정이 전송되는 시대일수록. 그러나 그들은 음악을 듣고 영화를 보고 식사를 하는 동안 아직 거기까지 상자를 열어 본 적이 없다.

"왜…… 그런 말을 하지요."

"그냥, 지금의 그쪽이 쟤들이랑 크게 다르지 않아 보여서."

그녀는 바닥의 먼지를 흡입하는 청소 로봇을 가리킨다. 청소 로봇은 점등 부분이 밝게 빛나 눈 코 입과 같은 모양을 이루고 있다. 이럴 때는 실없는 소리도 다 한다는 식으로 가벼운 반응을 보이는 게 제일 낫다고 생각한 청년은, 억지로 입술 가를 끌어올려 피식, 바람 빠지는 소리와 함께 웃어 보인다. 그러나 그녀는 포식자 단계에 해당하는 조류의 부리처럼 예민하게 그의 진의를 잡아챈다.

"그것 봐요, 입만 웃고 있지. 정말 웃음은 눈이 저절로 같이 따라가는 법이에요."

그렇게 말하며 그녀는 청년의 양쪽 눈꼬리에 손가락을 대고 힘을 주어 아래로 끌어당긴다. 그때 그녀의 손가락이 닿은 곳에서 수십만 개의 세포가 분열하고 확장되는 것을 청년은 느낀다. 이럴 리가 없는데, 청년은 당황한다. 오래전 세포 밖으로 감각이 탈출하지 못하도록 꿰맸던 마녀의 실밥이 한 올씩 툭툭 끊어지는 소리가 들린다. 퇴화된 몸속의 뼈마디가 고대에 자신이 꼬리였다는 사실을 희미하게 기억하듯, 속으로 오그라들어 붙어 버렸거나 마모되었으리라 믿었던 감각이 오래전 무제한의 분방함을 띠고 되살아나기 시작한다. 그 느낌이 점점 범위를 넓혀 갈 때, 전화벨 소리가 울린다. 공기가 탁한 창고의 정적을 흔드는 소리에 흠칫 놀라 그녀는 청년에게서 떨어진다. 청년은 책상위 전화에 깜빡이는 내선 번호를 본다. 바겐이다.

"뭐 하다가 지금 받지? 오늘 아침 옥션 주문서가 다시 안 들어갔나? 출고 안 됐다고 난리야. 창고에서 하는 일이 대체 뭐야? 얼른 체크하고 내보내. 그리고 하나 더."

바겐은 낮은 목소리로 덧붙인다.

"거기 알짱거리는 분한테도, 전해. 남의 회사에 와서 근무 태만하지 말고 들어가시라고."

청년은 수화기를 내려놓는다. 소리가 크게 울리는 공간이라 그녀는 통화 내용을 다 듣고 일어나면서 중얼거린다.

"네네, 알았습니다. 방해 안 하지요."

그녀는 접의자에 걸쳐 두었던 재킷을 집어 든다. 그녀가 옷을 입을 때 찰랑 소리가 난다. 어둑어둑한 창고의 조명을 받아 손목에 건 팔찌가 빛난다.

그녀는 창고 문을 열고 나가기 전에 청년을 향해 돌아선다.

"우리는, 친구인가요?"

청년이 머뭇거리자 그녀는 어깨를 으쓱하곤 철문을 연다.

"다음에는 안 물어볼게요."

지금 그녀에게 손 내밀지 않으면, 붙잡지 않으면 그 목소리도 발걸음도 영영 사라지고 말 것이었다. 청년은 그것을 알고 있었다. 정말이지 더없이 잘 알고 있었다. 한편으로는 덧없이 알고 있었다. 지금 드러내지 않으면, 앞으로 함께할 날은 오지 않을 것이었다. 그러나 이상하게도 그녀에게 다가서려 할 때마다 그는 자신이 무엇을 하려는 것인지 그녀와 어떻게 되고자 하는지 알 수 없었다. 자신이 슬픔도 고통도 아쉬움도 분노도 밖으로 꺼낼 수 없는 영원한 저주에 걸렸다는 사실을 말할 수 없어, 청년은 그녀에게 손을 가볍게 흔든다. 그가 눈물과 표정을 비롯한 거의 모든 반사 작용을 잃은 것이, 실은 오래전 어느 날 철없던 시절에, 재봉틀을 돌리던 육중한 여인에게 부탁하여 얻어진 결과라고 말해 보았자 그녀가 믿을 리 없다.

여느 때와 다름없이 청년은 1층 옥외의 차량에 물품을 싣다가 문득, 나란히 걸어 건물 안으로 들어가는 바겐과 그녀의 뒷모습을 발견한다. 바겐의 손가락이 그녀의 이마를 가볍게 쿡쿡 찌르나 싶더니, 그녀는 눈살을 찌푸리곤 바겐의 팔뚝을 퍽 하고 친다. 바겐이 짐짓 아프다는 시늉을 하면서 맞은 데를 슬슬 문지르다가 그대로 팔을 들어 그녀의 어깨에 툭 걸쳐 놓는다. 청년의 가슴속에서 술렁임이 일어난다. 그녀가 자신 앞에 있었을 때는 열리지 않았던 온몸의 감각들이, 그녀가 저편에 있음으로 해서 솟구친다. 피부가 따끔거리고 뜨거워진다. 소양증과 열기가 몸속 깊은 곳 어디다 두레박을 대고 분주히 우물을 긷는다. 그 모습을 못 본 척하고 몸을 움직여 물건을 싣는 청년의 등 뒤에서 몇몇 직원들이 수런거린다. 사장 이번 상대가 저 사람이래. 아니 별로 노는 애처럼은 안 보이는데. 그게 실은 이제 사장 나이도 있고. 저 사람더러 사보 편집실인가? 그거 그만두라고 그랬대. 그녀의 손목에서 팔찌가 빛나지 않은 지 한참 되었다. 대신 그녀의 손가락에서 반지가 빛난다. 사람들은 나름대로 결론 내린다. 오래 못 갈걸. 사귀자마자 일부터 관두라는 사람이랑 잘 지낼 수 있을 성격으로 보이냐.

물류 차량이 떠난 뒤 청년은 1층 로비에 줄곧 서서 중앙 엘리베이터를 바라본다. 창고 문을 활짝 열어 놓은 채라는 사실이 신경 쓰이지만 그따위 청소 로봇, 누구든 집어 가라지. 지금 그의 신경은 언제 그녀가 미팅을 마치고 내릴지 모를 엘리베이터를 향해 촘촘하게 곤두서 있다. 다만 확인하고 싶을 뿐이다. 꿀벌의 주둥이가 닿은 꽃처럼 펼쳐진 온몸의 감각들, 그로 인해 몸속을 휘젓고 소용돌이치는 감정들, 그것들의 이유를 알고 싶어서다. 그녀를 보게 되면 조금은 분명해질지도 몰라서. 자신이 영원히 가질 수 없는 무엇이라면 최소한 명료한 종결 부호를 찍기 위해서.

몇십 번이나 엘리베이터 문이 열리고 닫히기를 반복했을 때, 그녀가 로비로 나온다. 청년은 그녀 앞으로 한 걸음 다가선다. 그녀는 멈칫하다가 뭔가 딱하고 안쓰럽다는 듯 실소를 머금는다. 청년이 뭐라고 입을 열기 전에 그녀가 말한다.

"처음에는 응급실까지 가 주는 걸로 목격자의 의무는 끝이라고 생각했는데, 의사의 말을 듣고는 당신을 그냥 내버려 둘 수 없었어. 우리는 분명 머리가 깨지고 다리가 부러진 사람을 데리고 갔다고 생각했는데, 이 부상자의 몸에 오래 묵은 상처가 수없이 나 있다고 하니까. 무언가에 찔린 듯한 상처가."

의식 없는 부상자를 두고 의사가 그런 개인정보를 타인들에게 얘기했을 리 없다는 상식선의 생각을 하기에 앞서, 그녀가 예고나 조짐 없이 자신의 방을 열어젖힌 데 놀란

나머지 청년은 직전까지의 목적을 순간적으로 잊고 만다. 그녀의 묵직하고 느린 음성이 한 음절마다 강조점을 찍듯이 청년을 압박해 오고, 그녀의 목소리에 둘러싸인 채로 청년은 그 어느 때보다도 고립된다. 영원히 움츠러들어 소멸된 것만 같던 축삭돌기와 수상돌기가 팽창하면서 몸속 구석구석에 정보를 전달하여 청년은 그 과도한 전기적 신호와 진동에 몸을 가누기가 어렵다.

"동정심 반 호기심 반이었다는 건 인정할게. 하지만 동정이라고, 호기심이라고 해서 그것이 전혀 아무것도 아닌 감정은 아니라고 생각해. 실제로 다른 쪽으로 옮겨 가기도 했고, 당신은 원하지 않았던 모양이지만. 한때 잠깐은 기대하기도 했는데, 유효기간은 끝났어. 상대방한테 아무런 흔적도 남기지 못한 채로 벽 보고 얘기하는 기분으로만 기다리기에는, 내 다리가 그리 튼튼하지 않아서 말이야."

청년의 몸에 짜 넣은 억압과 강박의 실이 한 올씩 끊어져 나간다.

"당신은 그렇게 살아가도록 해. 당신이 실어 나르는 저 청소 로봇 같은 얼굴을 하고 살아가는 게 당신한테 가장 어울릴 것 같아. 한여름에도 몸을 꽁꽁 싸맨 그 작업복, 당신의 진실이나 진심은 그 속에 있든지…… 말든지 하겠지, 뭐. 이제 나랑은 상관이 없고."

다음 순간 1층 로비에 비명이 울려 퍼진다. 안내 데스크를 지키고 선 직원들이 달려와, 바닥에 쓰러진 여자와 그녀의 목을 한 손으로 누른 남자를 떼어 내려 한다. 한때는 고기를 썰었고 오래도록 물건을 날라 온 남자의 힘은 보통이 아니어서, 직원 둘이 금세 두 사람 속에 엉켜 넷이서 한 덩어리가 된다. 오가는 회사원들, 방문객들이 그들을 보고 주춤거린다. 누군가가 데스크로 달려가 전화통을 붙잡고 소리 지른다. 방범 직원들이 달려와 곤봉으로 청년을 제압한다. 간신히 풀려난 여자는 여전히 바닥에 주저앉은 채 목깃을 추스르다가, 경멸과 동정이 뒤섞인 눈빛으로 청년을 올려다본다. 청년은 양팔이 붙잡힌 채 질질 끌려가면서 그녀를 바라보지만, 그의 얼굴에는 표정이라고 부를 만한 양미간의 움직임이 없다.

시장 골목 구석에 쌓인 피륙과 쓰레기 더미에서 불길이 치솟는다. 발화 지점은 시장의 가게 가운데 하나다. 좁은 골목으로 소방차가 들어서는 동안 불꽃은 많은 가게를 삼키고도 충족되지 않은 혀를 길게 내밀며 과일과 그릇과 어패류 등을 핥고 지나간다. 분식집의 철판 냄비들이 숯덩이가 되고, 옆집의 요가 바지들은 잿더미가 되었다. 그 옆집에서는 곤충 시체들이 까맣게 탄 곡물 더미에 들러붙었다. 불길은 바로 그다음 집까지를 태우고 수습되었다.

상인들은 잿더미가 된 시장을 둘러싸고 저마다 네 활개

를 펼쳐 가며 방송사 마이크 앞에서 울부짖는다. 화재 전에 쓰레기 더미 옆을 떠나 어둠 속으로 모습을 감추는 총각을 보았는데, 그건 지금 타 버린 만물 수선집 아들이 틀림없다고. 그리고 이어서 상인들은 대성통곡 끝에 세상에 더 이상 존재하지 않는 무언가에 대해 분풀이라도 하듯이 떠들어 댄다. 있는 듯 없는 듯 조용하고 폐쇄적이어서 언제까지나 시장에 섞이지 못했던, 만물 수선집 여인의 차가운 얼굴과 육중한 몸집에 대하여. 한동안 밤마다 그 가겟방에서 어렴풋이 들려오던 소년의 비명과 울음, 무더운 한낮에도 늘 긴팔 옷이랑 긴 바지를 입고 다니던 여인의 아들을 연관시켜 저마다 주고받은 추측에 대하여. 언젠가부터 말수가 없어지고 얼굴에 웃음도 울음도 사라졌으며 상인들이 불러도 눈길을 피하기 시작한 그 아들에 대하여. 이어서 그 아들이 가겟방에서 잠자던 어미를 해치기 위해 불을 놓은 게 틀림없다는 상인들의 결론이 이어진다. 그러나 녀석이 아마도 헛다리 짚은 것이, 그 어미는 얼마 전부터 가게 문을 걸어 닫고 시장에 통 보이지 않았다고.

경찰들은 전소된 만물 수선집 안으로 들어선다. 가게 안은 단출하고 간소하다. 아마도 타기 전에는 재봉틀이었을 물건이 한 대 덩그러니 놓여 있고, 타 버린 옷가지와 반짇고리 상자의 잔해, 검게 그을린 가위. 시장의 목 좋은 곳에 있는 가게였으나 주인 여자에게는 일감이 별로 많지 않왔던 모양이다.

경찰들은 문득 타다 남은 커튼 조각이 너덜너덜하게 천장에서 흔들리는 것을 발견한다. 그 뒤에 뭐가 있는지 보기 위해 한 경찰이 커튼을 걷는다.

"여기 뭐 그냥 작업실인가 본데요, 별거 없지 않나요⋯⋯." 하고 커튼 뒤로 들어서던 경찰은 발밑에 걸리는 광물 덩어리를 보고 움찔한다. 거대한 석탄 같은 여인의 몸에, 역시 검게 변색된 수백 개의 바늘이 촘촘히 꽂혀 있다.

그리하여 그들은 언제까지나 알지 못한다. 오랜 옛날, 소년의 눈물샘과 모든 감각기관과 그것들을 살아 춤추게 하는 세포 하나하나를 꿰매 버린 재봉틀 여인의 존재에 대하여.

고의는 아니지만

　원아 A는 도배용 풀로 범벅이 된 양 손바닥을 내려다본
다. 노르끄름하고 끈끈한 풀에서 막 반죽하여 치대기 전
의 밀가루 냄새가 나는데 조금 있으면 정체 모를 괴물이
손바닥을 뚫고 나오기라도 할 것만 같다. A는 손에 무언
가 묻는 것을 견디지 못해서 손목을 타고 단물이 흘러 옷
깃을 적시게 마련인 수박도 먹지 않을 정도이며 한번 입에
넣은 알사탕이 계피나 인삼 맛인 줄 뒤늦게 알더라도 반사
적으로 손에 뱉는 일 또한 상상할 수 없다. 그러니 도배용
풀의 감촉에 얼굴을 일그러뜨리고 누군가 자기 어깨를 툭
건드리기라도 하면 그대로 의자 아래로 굴러 기절할 준비
가 되어 있지만, 조잡한 합성 화학물질의 냄새가 순간 허
기를 자극하는 바람에 하마터면 손가락을 입에 넣을 뻔한

장면을 마주 앉은 원아 B에게 들키고 말아서 굴욕감과 수치심으로 졸도하는 게 먼저일지 모른다는 생각도 한다. B는 A의 동작을 보자마자, 선생님 얘 풀 먹어요, 외치고 거의 입술에 풀을 바르기 직전이었던 A는 그대로 철퍼덕 소리가 나게 도화지에 손을 내리친다.

A와 B뿐만 아니라 원탁에 둘러앉은 나머지 아이들 모두 이 상황을 즐거워할 수 없는 것이, A만큼 공포에 가까운 강박까지는 아니더라도 애당초 손에 미끈거리면서 끈적거리는 지옥의 곤충 같은 풀을 바르는 감촉을 좋아할 아이들은 많지 않다. 물론 아이들은 맨손으로 진흙 장난도 치고 거기서 좀 더 우아한 수준으로 업그레이드되면 델타샌드 같은 교구로 성을 짓거나 동물을 만들며 손발과 옷을 버리기도 하지만 그건 어디까지나 모두가 함께할 때 — 모두가 평등하게 끈적거리고 더러워진 다음 손을 씻기 위해 줄을 선다는 약속이 있을 때 — 라는 전제가 깔려 있다. 지금처럼 정방형 탁자에 둘러앉은 열다섯 명이 깨끗하고 보송보송한 과정을 거쳐 작품을 만들어 나가는 동안 원탁 멤버 다섯 명만 손에 풀을 바르고 어쩌야 할지 몰라 낭패한 표정으로 서로의 얼굴만 바라보는 상태는 바람직하지 않다.

정방형 탁자의 원아 열다섯 명은 마분지를 잘라서 모양을 낸 별과 하트, 다이아몬드 조각을 도화지 위에 얹어 놓고 일어서서 수틀로 고정한 망사를 허공에 들어 올리고, 미리 준비한 칫솔을 팔레트에 짜 놓은 물감에 적신 다음 힘차게 망사에 대고 긁는다. 치키치키치치카치카치키치키치 칫솔이 망사 긁는 소리와 함께 색색의 물방울이 분무되어 도화지에 점묘화를 그려 나간다. 별과 하트는 습기를 머금 고 굴촉성 식물처럼 구부러지며 그것들을 걷어 내면 파스 텔 톤의 그림이 완성된다. 아이들의 손가락과 비닐 토시에 는 물감이 튀어 도화지에 뿌려진 모양과 닮은 점묘화가 그 려진다.

준비물인 수틀, 망사, 칫솔 들을 챙겨오지 못한 것은 나 머지 다섯 명이다. 유치원에는 모두가 공동으로 나눠 쓰 는 크레파스와 색연필, 물감 등이 있지만 종종 그 밖의 준 비물이 필요할 때 집으로 가정통신문을 보내는데, 또래보 다 어른스러워 알아서 척척 스스로 준비하거나 부모에게 똑 부러지게 요청하는 어린이도 있지만 평균적인 일곱 살 어린이는 부모가 이것저것 쑤셔 대고 참견하지 않으면 자 기가 무엇을 가져가야 하는지 무엇이 필요한지에 대한 개 념이 부족하다. 이 원탁에 둘러앉은 아이들의 부모들은 가 족과 함께할 시간이 턱없이 부족한 형편에 놓여 있다. 스 물네 시간 아이를 밀착 마크하고 관찰할 처지는 아니다. 이들 가운데 일부는 편부모 가정에 속해 있거나 조부모의 보살핌을 받고 있으며, 돌봄의 부담을 두 겹으로 진 보호자들이 아이의 가정통신문이나 알림장을 단 하루도 빠짐없이 체크하기는 어렵고, 이는 연역적 편견이 아니라 교사 F가 그동안 겪어 온 바에 따른 귀납적 추론일 뿐이다. 아이들은 부모에게 공작에 활용할 빈 페트병이나 다 쓴 두루마리 휴지 심이나 새 수건을 요구하기 위해 밤늦도록 잠들지 않고 기다려 보기도 하지만 대개는 자정을 넘기지 못하고 나가떨어지며, 이튿날 아침에 무언가 부탁하려 해도 부모는 통근 전철을 놓치지 않기 위해 "빨리빨리!"를 외치고 아이들의 등짝을 두드리거나 시계를 보며 외출복을 꿰는 형편이다. 결국 준비물에 대해 말할 틈도 없이 아이는 유치원 문 안으로 퀵 배송 서류처럼 밀어 넣어진다. 돈을 주고 살 수 있는 준비물이라도 아이 혼자서 물건을 고르거나 사는 일은 쉽지 않고, 필요한 물건이 색종이 한 묶음이나 흰 도화지 열 장처럼 명료하면서 접근성도 좋은 문방구에서 구할 수 있는 거라면 모를까 수틀(가정에서 수를 놓는 사람이 흔치 않아 수예점을 찾아야 한다.)이나 마늘 또는 양파를 쌌던 망사(이들의 각 가정에서는 반조리 밀키트를 배송받아 요리하거나 밑반찬만 사다 먹는 간편 제일주의의 실용적인 외주형 식생활을 하고 있다.), 다 쓰고 칫솔모가 벌어진 칫솔 같은 걸 하룻밤 새에 준비하는 일은 아이들 스스로 클리어하기 힘든 롤플레잉게임의 미션에 가깝다.

아이들은 안다. 그러니까 이건 자신들의 탓이며 자신들

에게 주어진 처벌이자 고문이다. 준비물을 가져오지 못한 친구들은 여기 둥근 탁자에, 나머지는 네모 탁자에 앉아 보자고 교사 F가 지시했을 때부터 아이들의 머릿속에는 저마다 여러 가지 불길한 예감이 떠올랐지만 그것이 이런 형태로 눈앞에 주어질 줄은 몰랐다. 교사 F는 원탁에 도화지 다섯 장을 올려놓고 그 위에 똑같은 붉은 물감을 한 번씩 짰다. 피 같은 물감 덩어리가 다섯 장의 도화지에 각각 얹어지고, 이어서 누가 먹다 토해 놓은 죽 같은 덩어리가 한 개씩, 빨간 물감 위에 제공되었다. 어리둥절해하는 아이들에게 교사 F는 말하기를, 손바닥으로 막 비벼, 알았지? 섞어서 비벼서 손가락으로 이리저리 그려. 누가 제일 잘 그리나 볼 거야. 뭐 그려요?, 라고 선생님한테 물어보지 말고 마음대로 자유롭게 무엇이든지 그리는 거야. 그러나 이미 단체생활에 익숙하고 창의적인 공상을 하는 대신 명백한 대상과 구체적인 행동을 지시받을 때 안도감을 느끼는 아이들은, 가시적인 성과를 위해서가 아닌 순수한 동작욕구 충족과 흥미 유발을 위한 핑거페인팅의 묘미를 느끼기에는 좀 많이 자랐다. 이 아이들은 손발을 더럽힘으로써 즐거워지는 36개월 미만의 영유아가 아니었고, 얼마 안 있으면 초등학교 입학을 눈앞에 두었으며 귀찮은 일과 해야만 하는 일과 굳이 안 해도 될 것 같은 일을 구분하는 요령이 생기는 나이였다. 진흙이나 달걀흰자의 감촉을 유희로 알기보다는 어서 과제가 끝나고 손을 씻고 싶다는 마음이 앞서는 때였다. 아이들은 한번 만지면 그대로 달라붙어 죽을 때까지 떨어지지 않는 네소스의 피, 히드라의 독을 바라보듯이 물감과 풀이 엉긴 덩어리를 내려다보았지만 준비물을 챙겨 오지 못한 이상 주는 대로 그릴 수밖에 없다는 현실을 인정하고 천천히 종이에 풀을 문대어 나가기 시작한다. 처음에는 동그랗게, 그러다 직선으로. 저마다 웩, 더러워, 콧물 같아, 중얼거리면서. 하릴없이 손바닥으로 문지르기만 하다가, 이런 조잡한 손자국으로 추상화라고 우기는 데엔 한계가 있으며 밤낮 이렇게 문질러 가지곤 이 시간이 끝나지 않을 것이고 해나 나무 한 그루라도 그리지 않으면 안 되리라는 사실을 깨닫는다. 아이들은 저마다 손가락으로 상단에 둥근 원을 그리고, 해님이 밝은 빛을 비추어 준다는 뜻으로 동그라미를 둘러싼 전각 길이의 줄을 여러 개 긋는다. 그런 뒤 약속이나 한 듯 밥공기 두 개를 엎어놓은 모양의 뒷동산을 그리고, 실제론 아무도 그런 모양의 집에서 살아 본 적 없지만 세모 지붕에 창문 두 개 현관문 하나 달린 고전적이고 상투적인 그림책 속 작은 집을 그린다. 집 주위에는 간혹 새나 고양이가 한두 마리 추가되거나 자동차 두어 대가 지나가기는 하는데, 질 나쁜 아교풀 위에 손가락을 써서 그리기에 고양이는 난이도가 좀 까다로운 동물이라, 뭔가 둥근 덩어리 두 개를 붙여서 그걸 고양이라고 우길 도리밖에 없다.

그러다 다섯 명 중 하나인 원아 C가 건너편 탁자를 넘겨다보고는 울음을 터뜨리기 직전의 목소리로 말한다. 야, 쟤네들 봐. 쟤들은 되게 예쁜 거 한다. 그 말에 원탁의 아이들은 우르르 일어나서 그들과 자신들 사이에 놓인 강의 폭과 깊이를 깨닫는데, 그건 곧 준비물을 가져온 아이들과 그렇지 못한 아이들의 미술 활동에 어떤 차이가 있는지를 구체적으로 목도하는 것이다.

일부러 자리를 이렇게 구분해 놓은 게 아니며 다만 준비물 유무에 따라 교사 F가 활동을 관리하기 용이하도록 나누었을 뿐인데, 순전한 우연으로 네모 탁자의 아이들에게는 공통점이 있다. 그들은 부모가 모두 있고 그 부모 중 한 사람— 주로 아빠가 일하며 대개 전문직이다. 엄마는 로코코풍 양식이 돋보이는 아치형의 유치원 정문 앞에서 일과를 마치고 나오는 아이를 기다렸다가 아이가 나오면 차 문을 열어 주고 타라는 턱짓을 하는데 영어나 미술, 태권도 학원으로 이동할 시간이 촉박해서이다. 그들은 원탁의 멤버들처럼 하원 뒤에도 오래도록 그네를 타다 어슬렁거리며 집으로 돌아가는 일이 없다.

영원히 끝나지 않을 것만 같던 미술 활동 시간이 종료되고 아이들의 그림은 공평하게 나란히 벽에 붙여졌지만 원탁의 아이들은 벽을 보지 않을 뿐만 아니라 그쪽으로 고개도 돌리지 않는다. F는 핑거페인팅이야말로 창의적이고 재미있는 그림이라고 칭찬하지만 아무리 어린아이들이라도 보는 눈이 있고 생각할 줄 아는 머리가 있다. 누구 하나 월등하지 않고 고만고만한 놀이 수준의 실력이라고 간주했을 때, 풀 먹여 다린 옷의 도련선과도 같이 깨끗한 도형을 이룬 분무화와 손가락으로 무성의하게 긋고 말아 버린 풀 그림 가운데 어느 쪽 결과물에 직관적으로 끌리는지 안다.

A는 점심시간에 식판을 숟가락으로 소리 나게 긁으며 B가 앉은 쪽을 계속 흘끔거린다. 선생님 얘 풀 먹어요. 거기서 A가 재빨리 도화지를 손으로 치지 않았다면, 선생님 얘 거지예요, 로 이어졌을지 모른다. 내일부터 유치원에 안 오고 싶지만 그러면 엄마가 회사에 출근할 수 없을 것이다. 엄마는 A가 열이 나는데도 해열제를 먹여서 유치원에 보내야 했을 만큼 바쁘고, 엄마 오늘 회사 안 가면 잘려, 일자리가 없어져, 너 좋아하는 치킨은 둘째 치고 우리 다 굶어 죽는 거야, 를 입에 달고 산다. 그런 엄마의 비명과 초조를 앞에 두고 A는 유치원에 가기 싫다든지 그런 투정을 한 번도 부려 본 적 없다. F가 숟가락 소리를 내는 A에게 주의를 주고는 아직 손가락 몇 개가 풀기로 끈끈한 C에게 손을 다시 씻고 오라고 지시한다. 미술 활동을 하느라고 임시로 구분되었던 자리는 어느새 그날 내내 지정석이

되었으며 그들 중 누군가가 변덕을 부리거나 기분 전환을
하고 싶어 하지 않는다면 앞으로도 당분간은, 어쩌면 꽤
오래도록 그대로 정착될 것이다.

그럼에도 어쨌거나 불변하는 단 하나의 전제가 있다면,
F는 아이들을 준비물 이외의 기준을 적용하여 갈라놓지
않는다는 것이다.

F는 아이들 하나하나에 대해 세심한 배려를 잊지 않았
으며 가정에서의 준비 및 관리가 부실한 원아일수록 관
심 갖고 지켜보는 성실한 교사의 표본이었다. 예를 들어 얼
마 전 단체로 실내 워터랜드에 갔던 날, B가 수영복이 아
닌 다른 옷을 가져왔을 때였다. 월간 계획표는 식단과 함
께 이미 그 전달 말에 가정으로 배부했고 부모들이 아이
의 체형에 맞는 수영복을 준비할 시간을 주기 위해 일주일
과 사흘 전에 한 번씩 총 세 번의 가정통신문을 보내기도
했다. 그러나 실제로 가정통신문을 읽어 보지 않는 부모가
많다는 사실을 F는 알고 있었는데, 그들 부모는 그 전날
돌려보낸 물통이나 유아용 젓가락 등 개인 식기를 설거지
하여 돌려보내는 것을 자주 잊곤 해서 다음 날 가방을 열
어 보면 붙은 밥알이 말라 굳은 젓가락이나 덜 씻긴 치약
이 묻은 칫솔과 양치 컵이 그대로 위생 팩 안에 들어 있곤
했었다. 그래도 F는 준비물 누락 상습범 목록을 따로 만

들어 놓고 그 부모들에게 일일이 전화를 거는 일은 되도록 지양했으며, 설령 그런다 해도 상대방이 전화를 받으면서, 네 선생님 죄송합니다 잊지 않고 챙기겠습니다 — 누군가의 눈치를 보며 통화 중인지 다급하고 나지막한 목소리와 서둘러 전화를 끊고 싶다는 듯한 어조로 빠르게 대답한 뒤 이튿날 또 까마귀 고기를 구워 먹곤 했기에, 이건 담임 교사 한 사람의 세심한 배려로 바꿀 수 있는 습관이나 구조가 아니었다.

B는 엄마가 가정통신문을 확인 못 한 경우가 아니었다. 3년이 짧다면 짧지만 유치원 교사 생활에서 나온 F의 경험적 통계에 따르면 독신 아빠에 비해 독신 엄마가 원생 수첩과 가정통신문과 아이 가방 속 물건을 좀 더 잘 살폈고 그중에서도 B의 엄마는 꼼꼼한 편에 속했는데, 그날 B의 가방에서 나온 것은 나일론과 폴리우레탄 재질의 제대로 된 수영복이 아니라 민소매 상의와 반바지로 구성된 일반 어린이 실내복으로, 그 재질은 얇고 거친 판촉용 수건을 만들 때나 쓰이는 쭈리면 타입의 성긴 타월지였다. 한눈에 보아도 이날을 위해 마련한 게 아니고 집에서 입던 옷을 가져왔음을 알 수 있었는데, F의 난감한 표정을 보고 B가 먼산바라기를 하며 선수 치기를,

엄마가 그냥 이거 갖고 가래요. 이것도 수영복이래요. 이거 입고 물에 들어가도 된대요.

B는 더 이상의 설명은 생략한다는 듯 입을 꾹 다물고 서 있었지만 F는 알 수 있었다. 일일 평균 근무시간이 열두 시간에 이르는 B의 엄마는 늦은 밤 돌아와 다음 날의 준비로도 실신 직전인 상태에서 오로지 아이에게 수영복을 사주기 위해 도보 20분 거리에 있는 대형 마트에 다녀올 엄두가 나지 않았을 테고, 설령 어찌어찌 갔다 해도 3만 8000에서 5만 5000 사이의 숫자가 찍힌 라벨을 보고 돌아섰을 터다. B의 엄마는 자신의 옷이 다른 아이들과 다르다는 사실에 아이가 느낄 이질감과 수치심은 하루만 참아 넘기고 잊어버리면 되는 대수롭지 않은 일이라고 믿었을 것이며, 더 정확하게는 아이가 그런 걸 느낄지 어떨지 깊이 생각해 보지 않았을 테고, 아이의 몸은 자라게 마련인데다, 자라나서도 모녀가 물놀이를 떠나거나 아이가 정기적으로 스포츠센터에 다닐 여유가 없는 한은 일회성 행사를 위한 수영복 준비란 돈 낭비일 뿐이라는 결론을 내렸으리라.

F는 교육자로서 최선을 다했다. 사비를 털어 그 전에 누가 입었는지, 소독은 어떤 방식으로 되었는지 알 길 없는 수영복과 수영 모자, 물안경을 대여했고 그러느라 나머지 아이들은 원장의 감독 아래 대기 상태였다. B는 자신이 특별 취급을 받는 동안 기다리는 다른 아이들의 짜증 섞인 시선을 느끼곤 이리저리 핑계를 대 가며 빌려 온 수영복

같은 건 입지 않겠다고 고집을 부리면서 도망 다니기 시작했고, 규정에 어긋나는 복장으로는 물에 들어갈 수 없다는 풀장 경비원과 보조교사 두 명의 설득 끝에 별수 없다는 듯 탈의실로 끌려 들어갔다. 2열 종대로 선 아이들 틈에서 불만의 목소리가 터져 나왔다. 왜 우리를 여기 세워 두지? 아, 쟤 때문에 서서 기다리는 거잖아. 주는 대로 입어 좀.

정말이지 F는 B에게 수영복을 입히고 수영모를 씌워서 다른 아이들과 같은 꼴을 갖추는 것으로 자신의 의무를 다했다고 자부할 수밖에 없는 상황이었으며, B가 수치심이나 괴리감을 느끼지 않도록 남들 안 보는 데에서 그 일을 은밀히 진행해야 한다는 것까지는 생각할 여유가 없었다. 오늘 겪을 아이의 불편에 무감각했을 엄마를 속으로 탓한 게 바로 직전이었음에도 자신이 하는 일에는 충분히 그럴 만한 이유가 있고 다른 대안이 없다고 믿었는데, 그도 그럴 것이 F는 열다섯 명의 원아를 공평하게 돌보고 지도해야 했다. B에게만 과도한 보호막을 쳐 줄 수는 없었으며 이 아이들이 장차 이런 사회의 일원이 된다는 걸 생각하면 — 그사이에 사회가 뭐 얼마나 더 좋은 방향으로 바뀔지는 모르겠고 큰 차이가 없을 거라고 가정하면 — 그런 감정적 편의까지 제공하는 게 결코 도움도 되지 않았다. 이런 사회에서는 어차피 최대한의 편의를 누리기 어려울 터였고 세상은 어쨌든 불평등하며 어른이 된다는 건 자기가 필요한 도움을 얻는 대신 감수해야 할 작은 부당함에 익숙해지기 위한 일종의 훈련 과정이라고 믿었다. 그녀는 자신의 소신대로 B에게 대여 수영복을 입혀 양지로 끌어내고는 다른 아이들에게 B를 놀리거나 따돌려서는 안 된다고 단단히 주의를 주었으나 아이들은 그 말을 경청하는 대신 키득거리며 서로의 옆구리를 찔렀다.

대부분의 원아가 코앞의 여섯 글자짜리 외국어로 된 주상복합아파트에서 통학하는 데 비해 원아 C는 A, B와 마찬가지로 한 블록 뒤의 완공 32년 된 저층 아파트에서 유치원을 다녔다. 아침 7시에 출근하는 아빠를 따라 나오느라 매일같이 1등으로 등원하는 것까지는 좋았지만, 그러다 보니 필연적으로 일과 내내 대개는 가수면 상태로 친구들과 잘 어울리지 못했고 준비물을 챙겨오지 못하는 빈도로는 반에서 일이 등을 다투었다.

그날은 현충일을 앞두고 단체로 국립묘지에 가기로 되어 있어서 저마다 팔에 희고 노란 국화나 그 밖의 단정한 꽃다발을 안은 원아들이 대절 버스에 올라탔는데 지각생 몇 명을 기다리기 위해 정지 상태에서 비상 깜박이를 켠 버스 안으로 부모들이 두서너 명씩 오르내렸다. 대부분은 깜박 잊은 음료수 통이나 간식거리를 전달하기 위해서였으며 일부는 그 전날 미리 꽃을 준비하지 못한 부모들이 아침 일찍 문을 여는 역전 화원까지 꽃다발을 구하러 다녀온 것이었는데, 교사를 통한 간접 전달을 부탁드린다고 아무리 말해도 그 말을 듣는 이는 없었다.

그러던 중 마지막으로 꽃다발을 안고 오른 한 엄마가 자기 아이를 찾으러 버스 안을 휘둘러보다가 2인용 좌석에 아이들이 세 명씩 끼어 앉아 있는 것을 보고 교사에게 항의하기 시작했다. 한창 자라나는 아이들을 셋씩 앉히면 어떡하느냐, 불법에다 학대라는 거 알고 있느냐, 아이들이 다치기라도 하면 책임질 것이냐, 꼬박꼬박 원비 납부한 게 다 어디 갔기에 일을 이런 식으로 하느냐, 원비 집행이 제대로 되고 있는지 감사를 내려보내도 되겠느냐, 교육부에 아는 사람이 있다. 제한된 예산 내에서 차량을 섭외해야만 했던 F는 다만 머리를 깊이 숙여 보였고, 이제 와서 선생님이 무슨 죄가 있으시냐고 탓하는 건 아니라고 말하며 눈살을 찌푸리던 엄마는 곧 자기 아이에게로 다가갔는데, 또래보다 몸이 조금 큰 자기 아이가 원아 D와 C 사이에 엉거주춤 끼어 앉은 것을 보았다. 통로 쪽으로 앉은 D와 창가에 앉은 C도 있는 힘껏 몸을 옹송그리며 자리를 내주고는 있었지만 엄마의 눈에는 의자와 의자가 만나 이룬 선 위에 자기 아이가 엉덩이만 간신히 걸친 것으로 보였다. 아이는 살집이 조금 있고 만성비염으로 늘 숨을 씨근대듯이 쉬는데, 아토피 치료도 받고 있어서 수시로 팔다리를 긁어 대니 최소한의 공간 확보가 필수였다. 그때 문득 C의 손에 들린 한 송이 대국(大菊)이 모가지가 떨어져 나갈 듯 시들 시들해져서 대롱거리는 모습을 보고 아이 엄마는 C를 지 목했다. 너 얘랑 자리 바꿔. C는 처음 보는 아주머니한테 서 갑자기, 너 나가 죽어, 라는 말이라도 들은 것처럼 어리 둥절해했고 F가 난처한 얼굴로 다가와 어떻게든 만류해 보려는 몸짓을 취했으나 엄마는 손에 쥔 꽃다발을 판사 의 망치처럼 흔들어 대며 말했다. 얘 더워서 땀 뻘뻘 흘리 는 거 안 보이세요. 어디 우리 애를 이 더운데 가운데에 껴 놔. 창가 앉은 애랑 자리 바꾸라고. 야, 너 내 말 안 들려?

제비뽑기로 차지한 자리도 아니고 버스에 오른 순서대 로 교사가 지정해 주어 앉았을 뿐이지만 이미 창가의 선 들바람 맛을 본 C는 선생님도 아닌 옆자리에서 계속 씩씩 대는 아이의 엄마가 시키는 대로는 못 해 주겠다는 오기 가 생겨 못 들은 체하고 등과 엉덩이에 힘을 주었다. 어머 니, 버스 출발해야 합니다. 제가 알아서 자리를 정리할 테 니 이만 내려 주세요. F가 자세를 바로하고 말했지만 그 목 소리에는 강경한 학부모를 제압할 만한 힘이 실려 있지 않 았고 문제의 엄마는 아이 자리를 바꿔 주기 전에는 불도저 가 와도 여기서 한 발짝도 물러설 수 없다고 산성처럼 버 텼다.

운전기사가 출발을 종용하기 시작했고 더위에 버스 엔진 돌아가는 소음으로 모두가 인상을 쓰고 있는데 서둘러 수습하지 않으면 아이들이 단체로 발작을 일으킬 것처럼 보였기에 F는 마침내 모두를 위한 판단을 내릴 수밖에 없었다. 아이 엄마를 하차시키는 게 급선무였으므로 C에게 손짓하며, 자 일어나 볼까, 몸이 약한 친구한테 우리 한 번만 양보해 보자. 알았지? 몸이 약하다니 누구 얘기야, C는 코끼리와 맞장을 떠도 그리 꿀릴 것 같지 않은 씩씩이를 아연실색해서 흘겨보았다. C의 목구멍에서는, 싫어요 내가 운이 좋아서 이 자리에 먼저 앉았는데 어째서 양보해야 해?, 소리가 맴돌았으나 F와 다른 아이들의 눈이 자기한테 이렇게 말하는 것을 보았다. 너 하나만 희생하면 우리는 출발할 수 있어 어서 비켜 얼른 가운데로 바꿔 앉지 못해! C는 왜 나만 갖고 그래, 비명 지르고 싶은 걸 삼키고 자리에서 일어났다. 씩씩이가 마주 일어나 위치를 바꾸면서 둘의 몸이 스쳤다…… 정도가 아니라 C는 압착기에 짜부라지는 느낌이 들었고 내장이 터지기 직전 고개를 들어 보니 안 그래도 덜렁거리던 대국의 모가지가 어느새 D의 무릎에 떨어져 있었다. 이 한 송이 대국은 아무리 볼품없어 보이더라도 빈손으로 가는 것보다는 낫다고 아빠가 서둘러 손에 쥐여 준 것이었다. 대국 사망에 일조한 씩씩이는 미안하다는 말 한마디 없이 창가 자리에 이삿짐처럼 자기 몸을 부렸고 그제야 씩씩이 엄마는 고개를 끄덕인 뒤 하차했으며 버스 기사는 출발 안내를 했다. 모두 자리에 앉아 안전띠를…… C가 굵은 줄기만 남은 대국으로 씩씩이의 대갈통을 갈기기 직전 F가 손목을 붙들어 제지했고 C가 기어이 울음을 터뜨리는 옆에서 D는 자기 무릎에 떨어진 걸레 같은 대국 송이를 두 손가락으로 집어다 던져 버릴지 말지 고민하는 표정을 지었다.

우여곡절 끝에 도착한 국립묘지에서 아이들은 이름이 불리면 차례대로 나와 한쪽 무릎을 꿇고 허리를 굽힌 일률적인 자세로 이름 모를 순국선열의 묘 옆에 놓인 화병에 꽃을 꽂았고 이 장면을 보조교사가 1인당 2컷씩 찍는 절차를 거쳤는데, C의 차례가 왔을 때 F는 그 애 손에 들고 온 대국 줄기와 다른 쪽 손에 쥔 시든 대국 송이를 보았다. 분명 할 수 있는 범위 내에서 최선을 다해 구해 온 꽃일 테고 결코 꽃집에서 솎아 낸 하품(下品)을 주워 온 게 아닐 테며 아까 접촉 과정에서 더 시들어 버린 것일 테지만 그걸로는 어림 반 푼어치도 없는 그림이 나올 게 분명했고 그 아이에게 좋은 추억이 되지 않을 터였다. F는 임기응변의 묘를 발휘하여 이미 다른 원아가 대각선 뒤쪽 묘에 장식한 꽃다발을 집어서 C의 손에 들려주었다. C는 분명 자기가 갖고 온 꽃이 따로 있으며 순전히 씩씩이의 실수로 목이 떨어져 나간 데 대한 아무런 보상도 받지 못한 채 어째서 남의 꽃을 빌려다 연출에 써야 하는지 혼란스러웠지만 곧 누군가에게 발로 걷어차이기라도 한 듯한 얼굴로 자기 꽃을 버리고 남이 이미 사용한 꽃다발을 받아 들 수밖에 없었는데, 무거운 사진기를 손에 든 보조교사의 재촉과 더불어 아까처럼 무언의 목소리가 집단으로 들려왔기 때문이었다. 그 걸레짝 집어다 버려 빨리 찍고 끝내 왜 버티고 서서 우리를 기다리게 해 더워 죽겠는데!

F는 C에게 제대로 된 꽃으로 사진을 남겨 준 스스로의 신속한 행동력과 재치에 감탄했고 이걸로 C는 다른 아이들과 평등해졌으며 그 밖의 문제는 없으리라 안도했다. 그러나 이튿날 한 아버지의 전화를 받게 됐는데 그 아버지의 말인즉, 어째서 우리 아이가 갖고 간 꽃을 빼앗아 남의 집 아이에게 주었는지, 우리 아이가 순하고 둔하여 그 앞에서 차마 말은 못 하고 집에 돌아와 그 일로 얼마나 마음 상해서 훌쩍거렸는지 아느냐?, 이런 요지였는데, F가 빼앗을 생각은 절대 없었으나 아이의 눈에 그것이 빼앗는 것처럼 비쳤다는 걸 이해하고 그 점 매우 송구합니다만 아이는 이미 촬영을 다 마친 뒤여서 다른 준비 못 한 친구에게 베풀어 주는 의미로……까지 대답했을 때 상대방은 말을 자르더니, 남의 집 아이 상처만 생각하고 우리 아이가 받을 상처는 안중에도 없는가, 누구는 시간과 돈이 남아돌아 꽃

을 챙겨 보낸 줄로 아는가, 여유가 없음에도 필요한 물건을 빈틈없이 챙겨 간 아이들이 어째서 성의도 없고 준비도 안 된 아이들에게 자신의 노력을 무상으로 제공해야 하는가, 그것이 오늘날 포퓰리즘에 맛들인 사회가 일컫는 공정이자 평등인지 한번 대답해 보시라고 훈계조로 말했다. 자신은 학생이 아니고 학부모는 교사가 아니며 이런 상하 수직 관계를 연상하게 만드는 태도로 질문에 대답하기를 요구받는 것은 다소 모욕적인 방식이라고 생각되어 F가 가만히 있자 상대방은 헛기침하더니 이번에는 훈화조로 이어 갔다. 선생님께서는 혹시 성경에 나오는 다섯 명의 아가씨와 기름등잔의 비유를 아시는가, 준비된 다섯 명이 게으른 다섯 명에게 기름을 나눠 주면 모두가 불이 금방 꺼져 버리지만 이 세상은 마땅히 준비된 자만이 오래도록 등잔에 불을 밝혀야 하며……. F는 퇴근길 내내 그 일장연설을 들으면서 예, 그렇습니다, 아니요, 잘 살피겠습니다, 주의하겠습니다, 같은 말만 반복했다. 이미 촬영을 마쳤다고 해서 아이가 상처받지 않으리라는 보장은 없었고 그것은 이기심이 아니라 어린애의 작고 가벼운 소유 본능에 지나지 않았을 텐데, 좋은 의도였으나 누구에게도 가닿지 않은 것만 같았다.

F는 지하철 안에서 문에 머리를 콩콩 찧으며 귀에 쌓인 게으른 다섯 명과 기름등잔의 비유를 털어 냈다. 그래서

나더러 대체 어떻게 하란 말이야.

　몇 차례 학부모들과의 갈등이 있었음에도 불구하고 F는 블랙리스트를 작성한 게 아니라 다만 '관심 아동'으로 명단을 따로 모아 두었으며 그 아이들을 각별한 정성으로 살폈는데, 이들만 따로 모아 재롱잔치의 무용 팀을 별도로 구성한 것도 순수한 사명감의 소산이었다. 모두가 평등하게 재롱 잔치에 참가하고 즐길 권리가 있는 만큼 원아들을 두 팀으로 나누어 1팀은 원래 예정된 민속 원무를 그대로 진행하고 2팀은 상대적으로 준비가 수월한 다른 원무를 하기로 한 것이었다. 준비가 수월하다 하여 춤동작마저 쉽지는 않았고 교사 입장에서는 음악도 두 곡을 준비해야 함은 물론 서로 전혀 다른 두 가지 패턴의 춤을 동시에 지도해야 했으므로 더 번거로운 일이었다. 1팀의 과제는 남녀 원아 한 명씩 짝을 지어 둥글고 부드러운 원을 그리며 유치원 마당을 도는 네덜란드 민속춤으로, 모자와 재킷이며 드레스 등의 의상을 단체로 맞추었기에 비용은 신발 포함 세트당 4만 원이었는데 신발까지 네덜란드풍으로 맞출 필요가 있느냐는 학부모 운영위원회의 건의에 따라 3만 5000원으로 최종 결정되었다.

　그러나 F가 우려했던 대로 관심 명단에 속한 아이들은 기한일로부터 일주일이 지나도록 의상비를 납부하지 않았고 독촉장은 늘 가방 안에 그대로 들어 있었으며 연습에 들어가고 한참 뒤에도 마찬가지인 데다 그 학부모들은 전화조차 받지 않는 것은 물론 문자에도 대답하지 않았다. 생각다 못해 F는 무용을 두 팀으로 꾸려 의상비 문제도 적정선에서 해결하고 행사 콘텐츠의 다양화까지 추구했다. 학기 초 실내 체육 수업을 위해 단체 구입했던 검정 티셔츠와 검정 레깅스, 허리와 머리에는 농작물을 재배할 때 쓰는 비닐 노끈을 갈가리 찢어서 두르는 것으로 모든 의상 준비가 끝나고 얼굴에는 그림물감을 바르면 되는, 아메리카인지 아프리카인지는 굳이 집착하여 고증하지 않아도 되며 뭐가 됐든 원주민의 춤을 진행하기로 한 거였다.

관심 명단의 아이들은 갑자기 연습하는 춤의 내용이 바뀌어 당황하면서도 앞에서 F가 시범을 보이는 대로 따라 하기 시작했는데, 이 아이들은 어른들의 안색을 살피는 데에 익숙했고 눈치가 빨라서 얼마 지나지 않아 이 춤이 의상비를 납부하지 못한 자신들에 대한 특단의 조치임을 깨닫게 됐다. 그것은 집단 게임에서 누군가를 웃음거리로 삼거나 소외시키는 벌칙의 일종이었다. 이를테면 의자 뺏기 놀이에서 그다지 치열하지 않고 동작이 굼뜬 아이가 의자를 차지하지 못한 채 홀로 서서 커트라인을 통과한 아이들을 부러워하며 술래가 되어야 하는 것. 블록 쌓기나 숫자 부르기 놀이에서 진 아이는 앞으로 불려 나와 엉덩이로 이름을 쓰고, 어른은 엉덩이를 실룩거리는 동작이 귀엽다고 동영상 촬영도 하지만 아이들은 절대 자신만은 걸리지 않기를 바란다.

이 춤동작이 바로 그런 종류로, 어디까지나 장난이며 놀이라고 둘러댈 수 있을 정도의 가벼운 수치심을 주기 위해 작정하고 만들어진 것 같았다. 아이들은 춤이 바뀐 데 잠깐 재미를 느끼기도 했지만 이어지는 동작이 시종일관 엉덩이로 이름 쓰기와 비슷한 포맷을 지닌 데다, '다리 들고 허벅지 아래로 손뼉 치기', '둥그렇게 펼친 팔을 허공에 휘저으며 가랑이를 벌리고 한 발씩 번갈아 뛰기'까지만 해도 이미 원숭이 같다며 수군거리기 시작했고 '벌린 입을 왼손바닥으로 막았다 떼면서 아아아 소리 내고 오른손으로는 엉덩이 두드리기'에 이르러서는 노골적으로 불만을 터뜨렸다. 모두가 평등하게 긴팔원숭이처럼 움직이더라도 마땅치 않을 터에, 네덜란드 민속무용 팀이 연습하는 작은 새같이 가볍고 우아한 동작과 선명하게 대조되었기에 더욱 그랬다. 거기에 원주민 팀이 춤을 배우는 동안 잠깐 쉬던 네덜란드 팀은 비닐 끈 치마를 손가락질하곤 단체로 배앓이라도 하듯이 허리를 접어 가며 웃어 댔다. F는 열심히 춤을 배우는 친구들을 괴롭히면 안 된다고 주의를 주었지만 얼마 지나자 아이들을 통제하는 일에만 집중할 수 없는 갖가지 일상 돌발 상황을 맞닥뜨리게 됐고, 아이들은 비웃음과 야유에 박자와 리듬을 얹어 보내기를 마다하지 않았다.

그들 중 누구도, 들끓는 악의를 갖고 일부러 그런 사람은 없었다. 햇빛 아래서 네덜란드 아이들은 데친 시금치가 되어 작은 쾌감을 위해 비웃음을 배설했을 뿐이고, F와 원주민 아이들은 즐겁게 율동할 의욕을 점차 잃었을 뿐이다. F의 팔 동작은 크기와 각도가 작아졌고 이미 F는 몇 번이나 반복해서 보여 준 동작을 아이들이 아직도 기억하지 못하는 데 대해 — 정확하게는 기억하고 싶어 하지 않는 듯한 무반응에 — 초조가 극에 달해 있었다. 그런가 하면 원주민 팀에서 그래도 가장 활동적으로 움직이던 원아 D가 더이상 참을 수 없었는지 단지 피로와 무기력 때문이었는지 동작이 시들해지다가 몸에 쥐벼룩이라도 붙은 것처럼 비트는 동작이 되고 얼마쯤 지나자 결국 그 자리에 멈춰 섰다. D를 보고 나머지 아이들도 서로의 눈치를 보다가, 저 아이가 하지 않을 정도면 이것은 안 하는 게 맞겠다 싶었는지 음악은 흐르는 대로 놔두고 제자리에 의기소침하게 멈춰 버렸다.

너희들 말이야······.

유연한 마음과 평화를 유지하느라 애쓰던 F는 누구한테 휘둘러 버릴 것만 같은 주먹을 바지 주머니 속으로 감추고 마음 밑바닥의 흙탕물에 뒹굴던 관용을 끌어 올려 말했다.

이 연습이라도 제대로 하지 않으면 우리 엄마 아빠한테 보여 드릴 수 있는 장기 자랑이 하나도 없거든.

예상 밖의 반응은 아니지만 아이들은 서로 앞다투어 대꾸했다.

— 상관없어요.

— 안 보여 주면 그만이지.

— 어차피 엄마도 아빠도 못 올 텐데 뭘.

— 그냥 쟤네들만 하라 그러고 우린 구경하면 안 되나.

F는 심호흡했다. 이대로 아이들을 바라보고 있다가는 누구 하나 멱살을 붙잡을 것만 같아서 숨을 고르기 위해 잠시 주위를 둘러보았다. 얼기설기 철조망으로 된 담벼락 하나 건너 비좁은 초등학교 운동장이 시야에 들어왔고 철봉 옆의 탄성 소재 바닥이 뜯어져 나가 움푹 팬 것을 수리하는 일꾼들이 보였다. 그 옆에서는 또 다른 일꾼이 커다란 정원 가위로 나뭇가지를 정리하고 있었고 그네와 시소 등 칠이 벗겨진 곳이나 망가진 데를 수선하는 이들도 눈에 띄었다.

단체생활이니까 우리 조금 힘들어도 힘내 보자. 어떤 말이 아이들의 정서를 파괴하지 않으면서 명분도 그럴듯한지를 고른 끝에 F는 말했지만 아이들은 요지부동이었다.

— 하지만 불공평하잖아요. 쟤들은 예쁜 거 하는데 왜 우리만.

그러자 F의 머릿속에, 그동안 개개인의 사정을 두루 살펴 가며 최선을 다했음에도 돌아오는 거라곤 언제나 각자 다른 위치에서 다른 톤으로 쏟아져 나오는 불만과 항의뿐이었다는 사실이 스쳐 갔고, 임계점이 폭발한 F는 퍼붓기 시작했다.

이거라도 안 하면 뭘 하겠다는 거야? 아니 뭘 할 수는 있니? 이게 우스워 보여? 너희가 평소에 준비해 오라는 거 제때 착착 맞춰서 해 왔으면 누가 뭐라고 해? 하다하다 안 되니까 이렇게라도 하는 거잖아? 엉덩이 두드리는 춤 따위 추기 싫으면! 너희들 말하는 대로 예쁜 옷 입고 살랑거리고 싶으면! 납부를 해야 할 거 아니야!

첫마디가 끝나기도 전에 F는 자신이 실수하고 있으며 이런 식으로 말해서는 안 된다고 머리로는 알고 있었지만 한번 터져 나온 통성은 멈추지 않았고, 누더기가 된 마음은 진창에 빠져 허우적거렸다.

시키면 시키는 대로 하고, 가져오라는 거 가져오고, 말 좀 들어먹어! 그렇게 말 안 듣는 사람들 나중에 뭐가 되는지 알아? 너희도 커서 너희들 엄마 아빠처럼 저런 일 하면서 살고 싶어?

정적으로 뒤발한 공기가 유치원 앞마당에 넓게 깔렸다. 네덜란드 팀 아이들은 F의 격앙된 목소리에 긴장하여 동작 그만 상태로 들어갔다. 철조망 너머에 있던 인부들은 바닥을 수리하거나 나뭇가지를 치다가 다 같이 굳은 듯 멈추곤 철조망 사이로 이쪽을 빤히 바라보았다. 원주민 팀 아이들은 F의 얼굴에 순간적으로 떠오르는 후회의 빛과 그것을 감추기 위해 얼버무리는 모습을 보았다.

그러니까 선생님 말은…… 협조하지 않는 사람은 어느 정도 권리를 양보할 수밖에 없다는 거야. 알아들었으면 다시 대열 갖추고…….

아이들에게 있어서 가장 건드려서는 안 될 키를 눌러 버렸다는 자각과 함께 F의 목소리는 사뭇 부드러워졌지만 이미 그동안의 공든 탑이 무너지는 소리가 마음속에서 들려왔다. 그래도 탑 같은 건 다시 쌓으면 될 일이었다. 사람은 어차피 부족한 존재였고 실수를 쌓아 나가며 자신을 재구성하는 존재였다. 진심도 아닌 한마디 폭언이 누구의 인생을 끝장내는 건 아니었다. 인부 가운데 한두 사람이 내장에서부터 길어 올린 듯 큰 소리로 바닥에 침을 뱉고는 다시 하던 일에 들어가기 시작했고 F는 철조망 너머를 힐끔 돌아보다가 곧 못 본 척했다. 원주민 팀 아이들은 팔꿈치 하나 간격을 두고 원을 그리긴 했지만 이미 아이들의 마음은 바닥에 패대기쳐진 얄팍한 롤리팝처럼 금이 가 있었다. 부러지고 깨진 롤리팝의 가루 사이로 개미들이 꼬이며 불유쾌한 단내를 풍겼다.

무용 연습을 마치고 아이들이 일렬로 세면실 앞에 줄을

서 있을 때, F는 원주민 팀 아이들 하나하나 머리를 쓰다듬거나 안아 주면서 말했다. 오늘은 정말 열심히 잘했다. 너희도 잘 알지, 선생님이 화내서 미안해, 일부러 그런 건 아니란다. 진심도 아니었지. 그러니까 너희가 그 말에 신경 쓸 필요 없단다. 그리고 몇 번이든 말할 수 있지, 너희들 부모님은 모두 훌륭하고 자랑스러운 분들이라고. 실수와 패착을 인정하고 수정 의지를 밝힘으로써 F는 그전 보다 조금 더 단단해졌다. F는 내일이 오면 조금 더 나은 교사가 될 것이었다. 오늘의 잘못의 크기와 부피만큼, 돌봄과 노동에 대한 사명감은 커질 것이었다.

F는 맞벌이 부부 자녀를 위한 당직 근무를 마치고 밤 10시 30분에 퇴근하는 길이다. 오늘 교육자로서 치명적인 실수를 했으나 내일 새로운 기분으로 만회하리라고 결심하면서. 주말에는 교회에 가서 신에게 참회할 것이다. 저는 아이들을 사랑합니다 등과 가슴골에 연방 흐르는 땀줄기에 저마다의 머릿속 가르마와 겨드랑이에서 풍기는 악취에 잠깐 이성을 잃었습니다 그 자리에 온전히 버티고 선 것만도 주께서 주신 힘이었음을 압니다 부모들은 자꾸만 개인 휴대폰으로 전화를 걸어 댔고 으르거나 꼬장을 부리지 않으면 비아냥거렸고 그들의 목소리와 말투는 오로지 저를 죽이기 위해 존재하는 것 같았습니다 이유 따위는

집어치우겠어요 변명하지 않겠습니다 모두 제 잘못입니다 어떤 시험에 들었다 해도 아이들에게 그런 폭언을 해서는 안 되는 거였어요 굽어살피시어 죄 많은 영혼을 구하소서 내일부터는 무슨 일이 닥쳐도 밝게 웃으며 아이들에게 봉사하겠습니다 상처받은 아이들의 마음을 어루만지는 일을 부디 허락해 주소서 — 그 마음속 기도는 문득 뒤에서 들려오기 시작한 발소리와 취기가 고인 웃음소리 때문에 멎는다.

빌라 몇 채가 늘어선 골목길에는 정적이 흐르고 대로변 비슷한 곳으로 나와서도 철물점이나 오토바이 수리점 등의 가게가 모두 문을 닫아 전철역까지 가는 길은 으슥하며 외지다. F는 주님을 찾으며 걸음을 빨리한다. 낡은 단화가 내는 투박한 소리에 뒤에서 다가오는 다른 발소리들이 섞여 들고 이제 F는 거의 뛰듯이 걸음을 옮기다가 발소리가 가까워지자 본격적으로 달리기 시작하지만 얼마 못 가 F의 단화 소리는 짧은 외마디 비명과 함께 어둠에 삼켜진다. 어둠이 날카로운 이를 드러내어 F의 살을 찍는다.

아침 7시 30분, 변함없이 아이들은 엄마 아빠나 할머니 할아버지의 손을 잡고 유치원에 끌려간다. 그 손을 잡은 사람이 출근을 앞둔 엄마나 아빠라면 걸음은 조금 더 바쁘다. 엄마나 아빠가 전화기를 들여다보고 시간을 확인한

다음에는 더 빨라진다. 아이들은 가볍게 헐떡거리지만 어른의 템포를 맞추지 못한다.

원아 E도 걸음을 재게 놀리다가 엄마의 보폭을 따라잡을 수 없어 두 번쯤 넘어지고 마침내는 스스로 엄마의 손을 뿌리친 참이다. 아이가 느리다고 신경질적으로 앞서가던 한 엄마는 한번 뒤돌아보고는 곧 한숨을 쉬며 다시 E의 손을 잡고 아까보다 천천히 걷는다. 한 손으로는 아이 손목을, 다른 한 손으로는 전화기를 쥐고 10분 지각하겠다고 사무실 동료에게 문자를 보낸다. 문득 이 시간대 이 길목에 어울리지 않게 어수선한 인적에 고개를 들어 돌려 보니 대로변과 골목을 잇는 비좁은 길 중간에 스무 명 남짓의 인파가 모여서 웅성거리고 있다. 엄마는 대로변에 세워진 경찰차와 구급차를 발견하고, 누가 저지른 어떤 일인지는 모르나 이미 범죄자가 검거되었다는 사람들의 말을 듣는다. 최악의 경우 이사를 가거나 유치원을 옮길 생각도 하지만 지금은 그마저도 신경 쓸 시간이 없다. 늦어도 30분 뒤 엄마는 녹차와 우롱차 티백을 쌓아 둔 폭 60센티미터의 책상 앞에 착석하고 헤드셋을 써야 한다.

그러나 도착한 유치원 정문에 불안한 표정을 한 부모들이 모여 있다. 그들 가운데 일부는 아이를 유치원 안으로 들여보내기를 꺼리고 있으며 누군가는 원장과 다투고 있다. 도대체 이 사태를 누가 어떻게 책임질 것이냐는, 담당

자 문책론과 항의가 빗발치는 가운데, 부모들은 아이를 맡기긴 해야겠는데 선뜻 건네지는 못하고 애매모호한 진을 그리고 있다. 성토 가운데 창백한 얼굴을 한 원장이 홀로 서서 고개를 숙이고 있는데, 영문을 알 수 없는 E의 엄마가 다른 부모들을 통해 귀동냥으로 들어 보니, 오늘은 모두 혼란하여 아무래도 원을 열지 못할 모양이다.

유치원 앞에 모여든 부모들은 대략 세 가지 유형의 반응을 보인다. 겁나서 어떻게 아이를 믿고 맡기느냐, 이번 달은 유치원에 아이를 보내지 않겠으니 원비를 환불하든지 당장 대책을 마련해 달라는 부류. 다음으로는, 담당 교사한테 사고가 났으면 대체인력을 서둘러 모셨어야지 여태 무엇 하다가 이렇게 우왕좌왕하느냐, 당장 출근해야 하는데 여기 이러고 계속 세워 둘 것이냐, 아이들을 데리고 있어 주기만이라도 하면 안 되느냐고 발을 동동 구르는 직장인 부모들. 마지막으로 그런 인부들을 고용한 초등학교에 책임을 물어야 하는데 옆 학교 교장은 무얼 하기에 코빼기도 비치지 않느냐고 분개하는 쪽과, 어차피 하청 잡역이라 학교와 상관없으니 모르는 소리 좀 말라고 핀잔 주는 이들로 이루어진 부류. 그런 말들이 오가는 과정에서 사건의 본질과 무관한 이야기들이 돌출되며, 발견 당시 상태로 미루어 시신에 질식사 외의 다른 흔적이 있다는 데까지 나아간다. 만취 상태로 검거된 용의자는 범행 일체를 자백했고 그 선생이 담장 너머에서 자신을 모욕했기에 처음에는 훈계만 좀 하려던 것인데 그쪽이 술에 취한 사람의 말은 들을 가치도 없다며 반항하는 바람에 그만 홧김에, 같은 요지의 말을 횡설수설했다고 전해진다. 모욕이란 구체적으로 무엇인지, 그 전에 앙심을 품을 만큼 안면이 있는 사이인지 아니면 우연한 분풀이인지 좀 더 명확한 정황을 추궁하려 했으나 용의자가 자해를 시도하여 일단 병원으로 실어 나를 수밖에 없었다고 한다.

아이를 유치원 문 안으로 등 떠밀 수도, 도로 데리고 갈수도 없이 상황은 총체적 난국인 데다 부모들 모두 주저하면서도 현장 이탈 즉시 중요한 정보를 못 듣고 놓치게 될것만 같아 그 자리에서 뭉개며 원장에게 모종의 결단이나 행동을 촉구하고 있을 뿐이어서, 결국 E의 엄마는 한숨을 쉬며 휴대전화를 열고 사무실 동료에게, 오늘은 아무래도 출근할 수 없을 것 같으니 월차계를 대신 내 달라는 문자를 보낸다. 이미 아이의 유치원 행사가 있을 때나 아이가 아플 때 망설이면서 휴가를 냈는데, 전화로 불특정 다수의 고객을 응대할 비정규직 인력은 널리고 깔려 있으니 E의 엄마는 내일 출근해 보면 책상이 치워져 있을지도 모르겠다고 생각한다.

이미 범인은 검거되었으니 오늘은 안심하고 아이들을 맡겨 주실 분은 주시고 불안하신 부모님들은 댁으로 돌아

가셔도 좋으며 추후 정확한 사건 경과와 원비를 비롯한 각
종 조치 및 등하원 대책을 고지하는 가정통신문을 돌리겠
다는 원장의 입장 표명은 학부모들더러 그만 좀 들볶고 꺼
져 달라는 말의 완곡한 표현인데, 부모들은 누구도 유치원
앞마당을 선뜻 떠나지 못하며 아이들의 안전망에 대해 구
체적인 방안을 포함한 확답을 주기 전에는 물러설 수 없
다고 농성이라도 벌일 기세다. 그 무렵에는 이미 거의 모든
원아들이 등원해 있다. 이들은 각자 보호자의 손을 잡고
어리둥절한 눈빛을 서로 교환한다. 마주친 어른들은 아이
들이 서로 같은 반 친구이니 모른 척하기도 무엇하여 간단
히 수인사나 눈인사를 서먹하게 나누고 곧 원장 쪽으로 시
선을 고정한다. 아이들은 어른들의 지시가 떨어지고 자신
들의 거취가 결정되기 전까지 하나둘 모여 쎄쎄쎄를 하거
나 휴대전화를 꺼내 게임 어플리케이션을 실행시킨다. A B
C D E를 비롯한 변방의 아이들 무리도 자연스럽게 형성되
는데 이들은 어른들의 눈치로 무슨 일이 일어나거나 발견
되었는지를 짐작하면서 손장난이나 놀이도 하는 둥 마는
둥 서로를 바라보다가 누가 먼저랄 것도 없이 미농지 같은
미소를 짓는다.

정신이 들었을 때 각색의 구두 신은 발들이 먼저 눈에 들어왔다. 구두코들이 자신을 향해 둥근 호를 그리며 모여 있어서 그는 구두 가죽에 감춰진 고깃덩어리들이 자신을 밟으러 돌진해 온다는 착시에 순간 시달렸다. 실은 그 정도까지는 아니었고 그저 호기심과 머뭇거림이 그를 둘러싸고 있을 뿐이었다. 이 시점에서 그의 궁금증은 자신이 어쩌다 정신을 잃었으며 언제 어디서 필름이 끊어졌는지가 아니라, 누웠거나 엎어지지 않고 일어서 있는 자신의 눈높이가 어째서 고작 사람들의 발목에 머물러 있는지였다.

괜찮으세요? 정신 들어요? 눈앞을 둘러싼 몇 개의 발에서 물음들이 쏟아져 나왔고 곧이어 그는 쭈그려 앉아 자신에게로 눈높이를 맞추어 주는 사람들의 동정심 가득하면서도 아연실색한 눈빛을 둘러보았는데, 그 눈들은 그가 얼마나 난감하고 비상식적인 상황에 놓였는지를 확인시켜 주었다. 두려움과 불행과 우려가 사람들의 목소리와 눈빛을 입고 그에게로 쏟아져 내렸고 그중 일부는 그가 행위예술을 하는 중인지도 모르니 건드려선 안 된다고 말하기도 했다. 그는 자신의 배를 내려다보았다.

복부부터 하반신 전체가 인도 한복판에 깊이 처박혀 있었고 오른손은 밖에, 왼손은 하반신과 함께 땅속에 들어가 있었다. 자기 몸을 중심점으로 하여 성분 모를 크롬색 금속이 찌그러진 원 모양으로 퍼져 나간 채 굳어 있었다. 잠이 좀 덜 깨서는 자신이 간밤 만취하여 뚜껑 열린 맨홀에 빠졌나 보다 싶었지만, 하반신을 땅속에 결박한 문제의 구멍은 몸의 굴곡에 맞추어 특수 제작되기라도 한 듯 빈틈없는 주물로 짜여 있었다. 아무리 생각해도 도시의 맨홀이 이런 식으로 디자인되지는 않았을 것 같고, 그보다 아침저녁으로 익숙하게 다녔던 이 길에 하수구나 어떤 용도로든 구멍 자체가 있었는지부터 기억나지 않았다. 그의 모습은 도시 미관 정비와 수리를 위해 잠시 바닥에 내려놓은 뒤로 방치되어 용도 폐기된 근세 독재자의 흉상 같았다.

딱 봐도 헬스장에 오래 다녔을 것처럼 보이는 남자가 앞으로 나서더니 그의 오른 손목을 잡았다. 그 남자 뒤로 여남은 사람들이 아무런 약속이나 신호도 없이 한마음 한뜻으로 달라붙어 허리를 잡았다. 인간의 상식을 초월한 커다란 순무를 뽑으려 줄을 선 농부와 개들처럼, 황금 거위에 손대다 줄줄이 들러붙는 바람에 본의 아니게 무표정한 공주의 웃음보를 터뜨리고 만 이야기책 속의 평민들처럼. 타인의 재난에 기꺼이 손을 내미는 숭고한 장면을 놓치지 않기 위해, 제보를 받고 달려온 기자들의 카메라 플래시가 맹렬하게 터지기 시작하여 그는 눈을 감았다.

몸 좋은 남자가 심호흡을 한 뒤 기합을 넣으며 그의 팔을 잡아당기자 뒤에 줄선 사람들도 차례로 발끝에 힘을 주며 몸을 뒤로 젖혔다. 그러나 금속에 꽂힌 몸은 1밀리미터도 움직이지 않았고, 그가 비명을 지르자 남자는 어두운 표정을 지으며 팔을 놓았다. 전문가 아닌 이가 의기만으로 섣불리 덤볐다가 상대의 팔이 빠지거나 허리라도 부러지면 도리어 뒤집어쓸 것이었다. 어쩌면 이 모든 일이 일부 지각없는 콘텐츠 크리에이터들이 개인 방송에서 비슷한 방식으로 변주하는 지저분한 리얼리티쇼 같은 것으로, 그는 우연하고 비의도적인 희생양이며 머리 위 어디선가 몰래카메라가 돌아가고 있을지도 몰랐다. 시민들의 구조 시도는 연출의 일부로서 보잘것없는 일당에 불려 나온 엑스트라들이 곧 아마추어의 가면이 깨지면서 광증의 폭소를 터뜨릴지 모른다고……. 그러나 그러기에는 자신의 현재 상태가 심상치 않았을뿐더러 웃음을 참는 사람들도 눈에 띄지 않았다.

우선 그는 주물에 파묻힌 하반신이 처해 있는 환경부터 둘러보았다. 꽉 짜인 주물에 허리까지 갇혀서 감각이 둔하지만 완전히 마비되거나 하반신이 통째로 날아가지는 않은 듯싶고, 주물과 몸 사이에는 엉덩이와 다리를 간신히 꿈틀댈 만큼의 미세한 틈만 있는 듯했다. 최소한 자신이 쪼그리고 앉은 게 아니라 똑바로 선 채로 땅에 꽂혀 있다는 건 알 수 있었는데, 누구 짓인지 몰라도 구멍을 상당히 깊게 파고 주물을 부었다는 뜻이다. 그런데 이런 금속 주조를 하는 동안 사람이 깨어나지도 않은 데다 몸이 녹아 문드러지지도 않았다고? 이게 하룻밤 사이에? 아니 하룻밤이라는 보장은 있을까? 별다른 중장비 없이 할 수 있는 일이라고? 인적 없는 저수지에서 조폭들이 드럼통에다 시멘트 부어서 저놈 던져 버리라고 할 때처럼? 발을 움직일 만한 공간은 거의 없는 걸로 보아 깊고 좁게 파인 듯했고, 뭐가 됐든 하수도와 통해 있지는 않은 것 같았다.

누가 좀 도와주세요.

주물에 내장이 짓눌려 그의 목소리는 쥐어짜듯 힘없이 나왔다. 행인들은 동정의 표정을 짓기는 했지만 거기서 행동으로 이어지지는 않았고 다만 공연한 총대를 메기 싫어하는 공무원들처럼 서로의 얼굴만 흘끔거렸다. 이미 한 번의 실패를 목격한 뒤라 도와달라는 말 자체가 막연하고 공

허하게 들렸을 것이다. 뒤늦게 현장을 지나치던 이들은 도
시 퍼포먼스나 플래시 몹의 일부인가 보다고 고개를 갸웃
했으며, 실제 상황이라는 걸 듣고 나서도 도대체 이게 왜
실제인지, 어디까지가 실제이고 어디부터 속임수인지를 궁
금해했다. 자기 몸을 절단하는 마술사의 묘기를 보기라도
하는 듯한 눈동자들 사이를 헤치고 나온 한 기자가, 당신
이 지금 왜 여기 이러고 있으며 무슨 사고가 났는지 아니
면 특별한 형태의 시위 중인지 간밤에 무슨 일이 있으셨는
지 기억은 나시는지 등을 물었다.

구조대를 불렀으니 조금만 참아 보세요.

누군가 지품천사 같은 음성으로 격려하는 말을 들으며
그는 눈을 감았다. 구조대가 도착하기까지 자기에게 일어
난 일을 찬찬히 되짚어 볼 생각이었다. 사람들은 도심 한
복판의 황당한 재난이 어떤 결말을 맞이하는지 지켜보기
위해 출근을 미루고 함께 구조대를 기다려 주었고, 어떤
사람들은 사정 모르고 인도로 올라와 운행하는 오토바이
를 저지하기도 했다.

어젯밤 일이 그는 도무지 기억나지 않았는데 술을 마시
다 필름이 끊어져 너덜거리는 정도가 아니라 밤의 허리를
면도칼로 베어 낸 듯 그 시간이 깨끗하게 비워져 있었다.
그가 아는 한도 내에서는 전에 아무리 폭음을 한들 이런
경우가 없었고 그러기 이전에 폭음 자체를 즐기는 편이 아

닌 데다 전날 밤 술을 마셨던 기억도 없었으며 일단 마실 돈도 없었을 것이다. 마셨더라도 20대 이후로는 목이나 축이는 정도였고, 이렇게 지난 장면이 깡그리 지워질 만큼 건강이 나쁘지도 않았으며 평소 생활에서 감각이나 인지 수준에 위기를 느낀 적도 없었다. 그는 전날 언제나와 마찬가지로 고시원의 자기 방 안에서 일반 상식 인강을 들었고 누구를 만난 적 없으며 저녁으로는 컵밥을 하나 사서 먹었다. 먹는 도중 전세금 대출 문제로 집에서 전화가 두 통쯤 걸려 왔고 그 통화를 하느라 포장마차에서 나와 한동안 걸었을 것이다. 가족 외에 친구들과는 만나지 않은 지 오래였다. 마지막으로 두 명 이상의 지인들과 만난 게 재작년의 일로, 그는 총파업 주동자로 투옥된 누군가의 후원 주점에 들렀다가 안주를 한 접시 시켜 주고 소주를 딱 한 잔만 받고 물러 나왔다. 옆자리 누군가가 일어나는 그를 만류했지만 그때쯤 그는 거듭되는 낙방에 불안을 느낄 때라 자기 책상을 제외한 어느 장소에서든 오래 머물고 싶어 하지 않았다.

그는 자신이 누군가에게 원한을 샀을 가능성에 대해서도 생각해 보았다. 회사는 그만둔 지 한참 되었고 재직 중 척을 졌던 사람들도 지금은 이직했을 거였다. 6년째 공무원 고시 준비로 칩거나 다름없이 사는 사람을 무시하거나 동정한다면 몰라도 누가 원한을 가진단 말인가? 충동이나 증오와 관련되었다면 칼이나 쇠파이프, 망치를 놔두고 이렇게 눈에 띄는 길에 공들여 사람을 꽂아 놓을 이유가 없다. 격무와 박봉에 치여 늘 지치고 피로한 기색이 완연했던 아내 정도는 그에게 원한을 품을 만하나 아내가 이런 성분 모를 금속을 어디서 구하며 성인 남자를 기절시키고 가둘 만한 완력을 발휘할 것인지 의문인 데다, 심부름센터에서 해결사를 부른들 이렇게 번잡한 방식으로 괴롭히기보다는 이혼 서류를 보내는 게 더 빠르다. 자기 몰래 들어둔 보험이라도 있나 싶은데 그게 무엇이든 사망 시 보험금이 제일 높을 테고 자신은 지금 살아 있으니 이것도 제외했다. 그는 오래전 케이블티브이에서 사골을 우려내도 좋을 만큼 재방송된 영화의 한 장면을 떠올리며, 자기도 모르게 학창 시절 누군가에게 세 치 혓바닥을 잘못 놀려 상처를 준 일이 없는가도 생각해 내려 애썼지만, 거기까지 고려하면 자신이 이 주물에 15년은 붙들려 있는 걸 전제로해야 할 것 같아 서둘러 도리질했다. 지나친 상상이다. 그저 운이 나빴을 따름이고 전날 밤 기억의 공백 또한 지금의 낯선 상황과 구속된 신체에서 비롯된 충격 때문이며 곧 구조대가 오면 모든 일이 해프닝으로 마무리 지어질 것이니, 그런 결말을 맞이하기 위해서라면 그는 얼마든지 전날의 행적을 꾸며내어 자신을 부주의한 취객으로 가장할수도 있었다.

그러나 구조대가 와서 주물의 상태를 살펴보더니 난감하다는 듯이 고개를 저었다. 그냥 몸이 끼어 있는 정도가 아니라 사람을 먼저 구멍에 꽂아놓고 그 주위에 주물을 부어 식힌 듯 딱 달라붙어 빈틈이 없으며 사람을 중심으로 퍼진 주물의 여분 너비는 얼마 되지 않아서, 용단(熔斷)기 따위를 써서 금속을 해체하려 들다가는 시도하자마자 금속에 전달되는 고열에 맞닿은 살이 노릇하게 익어 갈지 모른다는 거였다. 일반적인 강철만 해도 녹는점이 섭씨 1500도라서 웬만한 고열로는 분해되지 않으며, 이 온도를 적용 시 안에 들어 있는 사람은 순식간에 근육이 드러나며 내장까지 녹아 뼈만 남을 수도 있다는 진단으로, 이 금속이 완벽한 절연체가 아닌 이상 시도하기 어려운 방법이었다. 애당초 절연체라면 이렇게 마그마가 흐르다 식은 듯한 모양으로 굳지 않을 테고. 워터젯 같은 절단기는 이런 인도에 휴대용으로 끌고 나올 만큼 작고 단순한 기계가 아니었다. 좀더 세밀한 조각과 같은 공정을 할 때 쓰는 것으로, 식탁만 한 크기의 본체 위에 가공할 금속 소재를 얹어 놓고 사용하는 것이라 땅에 묻힌 사람을 꺼내는 용도로 쓰기엔 부적합했다. 여러 구출 방법을 강구해 보기 이전에 사람을 죽이지 않고 이 주물을 어떻게 몸에 맞춰 붓거나 짰는지도 알 수 없는 일, 라이덴프로스트 효과를 보기 위해서는 우선 사람의 몸통을 찬물에 담갔다 빼야 하는데 그 과정에서 의식이 깨어나지 않을 수가 없었을 테고, 이 통행로에다 마취제니 욕조니 그런 준비를 한 걸로 보기는 어렵다고, 구조대원은 피해자의 귀에 들리지 않도록 장소를 이동하여 기자에게 말했다. 어쩌면 저분은 이미 허리 아래로 다 녹아서 뼈만 남아 있을 수도 있는데 투과 촬영 장치로 땅속을 찍어 보아야 정확히 알겠지만 지금은 그 가능성에 대해 모르고 계시는 편이 좋다. 곧 전문가를 불러 금속의 성분을 분석해 보겠지만 원형 톱이나 레이저 절단기 같은 일반적인 공법으로 다룰 수 있는 소재가 아닌 것으로 보인다고도 했다. 구조대원은 그 말을 기자들의 카메라 앞에서 두 번 더 반복했으며, 기자들은 잠시 컷 사인을 보내고 카메라 방향을 바꾸더니 아까 워터젯부터 다시 말해 달라고 요구하기도 했다.

그는 얼마 뒤에 부른다는 전문가가 대체 언제 도착한다는 것인지 알 수 없었고 사람들은 빛의 속도로 결론이 나지 않자 흥미가 식어 하나둘씩 그 자리를 뜨기 시작했으나 원래 인파가 적지 않은 보도인 만큼 그 자리는 다시 새로운 구경꾼들로 끊임없이 채워졌고, 유튜버들도 몇 명 다녀갔다. 그는 촬영하지 말라고 한 팔을 들어 얼굴을 가렸지만, 멀찍이서 셀카라도 찍는 것처럼 전화기를 들어 올려서 이쪽까지 프레임 안에 잡는 걸로 짐작되는 이들까지 심증만으로 제지할 수는 없었다.

신체 압박뿐만 아니라 긴장과 공황으로 그의 방광은 찢어지기 일보 직전이었다. 그는 묵묵히 요의를 참으며 지나가는 아무에게나 전화를 빌려달라고 했다. 바지 뒷주머니 오른쪽에는 전화, 왼쪽에는 지갑이 꽂혀 있을 테지만 꺼낼 수 없는 상태에다 만약 강도를 당한 거라면 그것들이 아직까지 거기 들어 있으리라는 보장도 없었다. 누군가 발을 멈추고 내키지 않는다는 듯이 전화기를 내밀다가, 그가 한 손밖에 움직일 수 없는 모양을 보고 동정심이 생겼는지 번호를 부르면 찍어서 내주겠다고 했다.

그는 상대방이 내준 전화를 귀에 대고 신호음을 들었다. 하필이면 이럴 때 아내가 받지 않는다. 어쩌면 뉴스가 나간 걸 보고 이 거리로 달려오는 중인지도 모른다. 낯선 번호가 뜬 걸 보고 받지 않는 것일지도. 신호음이 끝난 뒤 안내 멘트가 흘러나왔다. 음성사서함으로 연결하며 삐 소리가 나면...... 종료 버튼을 간신히 누르고, 계속된 내장 압박에 그가 갑자기 보도에 토악질하기 시작하자 전화기 주인은 비명을 지르며 뒤로 물러나면서도 전화기를 잽싸게 낚아채는 것은 잊지 않았다. 간밤에 대체 무슨 일이 생겼으며 아내는 어디로 갔단 말인가? 의도적으로 구토한 건 아니지만 이로써 간밤 먹은 음식의 형태를 알아볼 만하다면 최소한 단서가 될 거라고 생각하며 그는 눈을 떴는데 나온 것은 위액뿐이었다. 그는 턱까지 흘러내린 침과 위액을 닦아 주는 구조대원에게 물었다.

도대체 저는 언제 여기서 나올 수 있는 겁니까.

금속재료공학과 교수님하고 아직 연락이 닿지 않았어요. 경찰이 곧 올 겁니다. 조금만 참으세요. 구조대원이 대답했다.

오줌보가 터질 것 같단 말이오!

그냥 싸세요. 어쩔 수 없어요. 위급 상황이고 아무도 뭐라고 하지 않아요. 구조대원의 말이 떨어지기가 무섭게, 누군가가 그렇게 말해 주기를 기다리기라도 한 듯 그는 다리를 타고 흘러내리는 뜨끈한 물줄기를 느꼈다. 그 물줄기는 발끝까지 흘러내려 땅속 어딘가로 떨어지거나 스며들었고, 그는 어제 양말에 구두 대신 맨발에 샌들을 신고 나온 것이 그나마 덜 질척거려서 다행이라고 생각했지만 지금 자신이 여전히 샌들을 신고는 있는지는 알 수 없었다. 오줌 줄기가 타고 흐르는 느낌으로 하반신이 붙어 있다는 것만은 알았다.

경찰이 이름과 주소를 시작으로 그에게 세부 사항을 물었는데, 증인도 목격자도 없어 어쩔 수 없지만 거의 용의자에게 알리바이를 취조하는 식이었다. 언제부터 여기 이러고 있었는가? 모른다. 전날 음주를 했나? 모른다. 하지만 아닌 것 같다. 어제저녁 이후로 기억나지 않는다. 어제 마지막으로 만난 사람이 누군가? 고시원 인근 컵밥집 아주머니다. 저녁을 먹고 전화 통화를 하면서 걸어 나온 것까지 기억난다. 그 뒤로 고시원에 다시 돌아갔는지 어쨌는지를 모른다. 지금 집에는 누가 있나? 아내가 있어야 하는데 전화를 받지 않는다. 경찰이 인근 탐문에 들어가고 그의 주소와 아내의 전화번호를 본부에 불러 주어 연락을 시도하는 동안 기자들은 더 중요하며 긴급한 다른 사건 사고를 취재하기 위해 카메라를 철수시켰는데, 이쪽 일은 나중에 경찰이 조사 결과를 불러 주는 대로 받아 적으려는 모양이었다.

보도를 접하기 전에 경찰의 연락을 먼저 받은 아내는 대파와 무가 담긴 캔버스 천 장바구니를 어깨에 멘 모습으로 나타나 그를 내려다보았다. 토요일이라 마트에서 장을 보다가 연락을 놓친 모양이었다. 아내는 식재료들을 그 자리에 던져 버리지 않고 침착하게 따라온 모양이었으나 목소리는 겁에 질려 있었다. 이게 어떻게 된 건데요.

마침내 의뢰를 받은 금속재료 전문가가 급한 대로 정밀 분석기 대신 휴대용 금속 성분분석기를 들고 나타났다. 전문가는 독일에서 개발된 분석기의 장점과 기능에 대해 기자들 앞에서 먼저 설명한 뒤 문제의 주물을 내려다보고, 분석기를 대어 적용하고 배율을 높여 들여다보고, 안경을 벗었다 썼다 하면서 바닥의 흙먼지를 아랑곳 않고 거의 엎드리다시피 하여 관찰했으므로, 주물에 갇힌 그는 전문가가 이렇게까지 성의를 보여 주는 게 황송할 지경이었다. 이윽고 전문가는 긁어도 미세 입자가 묻어 나오지 않으며 용접 부분이 어딘지도 찾을 수 없을 만큼 매끄럽게 주조된 본 주물이 리퀴드메탈의 일종으로 보인다고 추측했다. 그러나 현재의 기술로 리퀴드메탈을 이렇게 두껍게 만들 방법이 없으니 무언가 다른 물질과 섞여 가공된 것이거나 나노기술을 응용한 미지의 신소재 같지만, 원소분석과 발광분석법을 적용하여 정확한 정체를 밝히려면 금속의 일부를 떼어 내지 않으면 어렵겠다는 거였다. 그 전문가는 그게 처음부터 가능한 일이었다면 구조대가 자신을 부르지 않았으리라는 사실을 알고는 있었는데, 자신이 실질적으로 도울 수 없음이 확인되자, 학문적인 방향으로 접근하고 싶은 것을 애써 참는 눈치였다. 그러나 나노 두 글자만 갖다 붙이면 뭐든 설명된다고 믿을 사람은 거기 없었고, 구조에 필요한 것은 연금술이나 신소재의 발견 여부가 아니라 어떻게 해야 사람을 다치지 않고 이 금속을 떼어 낼 수 있는지였다. 구조대는 크리스털라인과 아모르퍼스 두 원자구조의 차이점과 각각의 강도 및 경도를 열정적으로 설명하는 전문가를 카메라 앞에 밀어 두고 다음 대책을 강구했다.

 의뢰를 받은 공사용 중장비 차량이 와서 남자가 끼인 그대로 금속을 한꺼번에 뜯어내려고도 해 보았으나 금속과 시멘트 바닥은 처음 주조 시부터 함께한 것처럼 단단히 붙어 있었고, 그와 금속 주위의 땅을 한꺼번에 파내는 방법도 생각해 보았지만, 땅속 내시경으로 그의 하반신 사정을 살핀 결과 무릎 깊이까지 금속이 채워져 지각과 엉켜 있었고, 그에게 신체적인 안전을 보장할 수 있는 범위에서 멀쩡한 시멘트 보도를 파내려면 일정 수준 이상의 면적을 소비해야 하며, 그만한 깊이를 유지하면서 땅을 갈아엎으려면 제대로 양식을 갖춘 공사 허가 신청서와 견적서를 시에 제출하여 승인을 얻음과 동시에 공사 업체도 선정해야 한다는 것이었다. 이런 경우를 처음 당해 보는 공무원들은 신청의 주체를 누구로 해야 할지 알 수 없었고 오늘은 주말인 데다 그런 이득 없는 일에 선뜻 나서 줄 공사 업체를 찾기란 힘들어 보였으며 설령 뜻있는 사람들이 팔을 걷는다 해도 관공서를 끼고 일하기 시작하면 신속하게 해결되리라는 기대는 할 수 없었다. 이미 사람들은 그동안 관공서가 관련된 일에 한해서, 예를 들면 시의 예산집행 문제로 같은 자리의 땅을 몇 해 내리, 그것도 연말에 몰아서 파고 뜯고 다시 메우기를 얼마나 반복했는지 경험해 왔다. 결정적인 난관은, 그렇게 사람과 붙은 땅을 통째로 뜯어낸들 거기서 다시 사람만 분리해 내리라는 보장이 없다는 거였다. 기껏 꺼내 놓은 사람이 허리에 거대한 금속과 시멘트 덩어리를 두르고 여생을 보내야 할지도 모르는 일이었다.

그러는 동안 경찰은 멍하니 남편 옆 바닥에 앉아 장바구니 안에서 대파가 시들어 가도록 내버려 두고 있는 아내의 알리바이를 캐기 시작했지만 그녀는 뭔가 의미 있는 말을 하는 것조차 힘들어 보였다. 그런 아내에게서 기어이 몇 마디, 그것도 회사-편의점-집-마트-집에 불과한 그녀의 1박 2일 치 동선을 쥐어짜 낸 경찰은 보고를 위해 철수했고, 마지막으로 구조대원 몇몇이 어찌할 바를 모르고 그 자리에 남았다가 얼마 못 가서 사람이 모자란다는 화재 현장의 연락을 받고 떠나 버렸다. 그곳에는 그와 아내만이 남아 회전 초밥 테이블이 돌아가듯 계속 바뀌는 사람들의 시선과 질문을 감당해야 했다. 경찰도 구조대도 구체적으로 무얼 어떻게 해 주겠다는 말이 없었고 아내에게 그들 각각의 명함을 주기는 했으나 일단 주말이 지나 봐야 관공서도 움직일 테고 자기들도 어떻게든 수를 쓸 수 있을 것 같다고 못 박아 두었다. 선량한 시민이 이런 데에 갇혀 있는데 이 상태로 주말 내내 있으라는 말이오? 그가 소리치자 그들은 우리더러 어쩌란 말이냐는 듯 어깨를 으쓱해 보였다.

지나가는 사람들은 금속 구멍에 빠져 상반신만 나와 있는 남자를 보고 고개를 갸웃했다가 곧이어 옆에 앉아 고개 들지 않는 여자를 발견하고는 그녀에게 지폐 한 장의 동정을 베풀어야 하나 말아야 하나 고민하는 듯한 얼굴로 수 초간 머뭇거리다 아무리 봐도 이 기이한 광경이 구걸과는 관계가 없다고 판단하고 자리를 떴다. 에스엔에스를 하지 않는 이들은 신체 절단과 분신 등 자신의 온몸을 던져 창조하는 과격한 유파의 행위예술이나 티저 광고 내지는 2인 시위 중인가 보다고 서로의 일행에게 소곤거리며 지나쳤고, 개인 방송 제작자들 가운데 구독자를 모으려고 이상한 일을 하는 사람이 갈수록 늘어난다고 혀를 차는 사람들도 있었다. 에스엔에스를 하며 빠르게 소식을 접한 이들은 현장에 와서 구경한 다음 집단지성을 기다린다며 동일 소식과 사진을 계속 복사 양산하여 #주물남을_도와주세요 같은 해시태그를 실시간 트렌드에 올리기도 했다. 근본은 선량할 터이나 타인에 대한 궁금증이나 참견 본능을 도무지 참는 법이 없는 장년들은 가까이 다가와 이게 대체 무슨 일이냐고 묻기도 했지만 아내는 거기 대답할 여력도 의지도 없어 보였기에 그가 대신 자신도 알 수 없는 범죄에 연루된 것 같다고 얼버무리며 힘 빠진 미소를 지었다. 그런 일이 반복되자 아내는 근처 편의점에서 매직과 뜯어 낸 종이 상자를 얻어 와서는 크게 적었다. '범죄 현장 보존 중. 신경 쓰지 마시고 말 걸지 마세요.' 그러자 그다음에는 사람들이 굳이 다가와 무슨 범죄 현장이며 왜 이런 식으로 보존하는지를 물었다.

　그러는 동안 두 사람은 과도 한 개 정도의 틈만 두고 나란히 앉아 있었음에도 아무 말도 나누지 않았는데, 그건 그가 전날 밤의 기억이 없어서 이 일에 대한 설명도 해석도 할 수 없어서였지만, 이렇게 둘이서만 장시간 같이 있어 본 지가 오래되어 공유할 화제가 없어서이기도 했다. 더구나 땅에 하반신이 처박힌 채 뭇사람들의 구경거리가 되고 있는데 태평하게 대화라니. 아내는 세상의 알지 못할 모든 것에게 복수를 다짐하는 듯한 표정을 하고서, 근처 가게에서 상자를 몇 개 더 빌려 와 어설픈 푯말을 쓰고 세워 두었다. 가끔 인도로 올라오는 배달 오토바이에 남편의 몸이 반 토막 나지 않도록 '위험' 표지판을 세워 진로를 막는 것이었다.

해가 떨어지고 사람들의 물결도 빠져나갔을 때 먼저 입을 연 쪽은 그였다. 그거 장바구니 집에다 두고 어디서 저녁이라도 먹어. 이렇게 앉아 있는다고 해결될 것도 아니고 여긴 나 혼자 있어도 별일 없어. 집에서 눈이라도 붙이고 오든지.

초조와 불안, 의문과 당혹으로 채워 넣은 외투의 단추를 잠그고 아내가 천천히 일어나 장바구니를 집어 들었다. 돌아서는 뒷모습을 보면서 그는 순간 불안해졌다. 그녀는 아무 약속도 없이 일어섰다. 인근 파출소에서 심야에 질주하는 오토바이로 인한 안전을 우려하며 야광 표지판을 갖다주었고, 유튜버 몇 명이 찾아와 함께 밤을 새워 주었다.

아내는 이튿날 아침 간단히 싼 도시락을 가지고 그에게로 돌아왔다. 그사이 그는 그 차갑고 이물스러운 금속에 머리를 대고 엎드려 띄엄띄엄 눈을 붙이기는 했지만 거의 뜬눈으로 밤을 새우다시피 했는데, 사정을 모르는 노숙인들이 시비를 걸거나 취객이 사람 있는 줄 모르고 그 자리에 소변을 보거나 가래침을 뱉으려고 해서 그때마다 일일이 제지하느라 눈 붙일 틈이 없었다. 처음에는 유튜버들이 시비꾼들을 잘 달래어 돌려보냈지만 그들도 아침이 되자 영상을 편집한다고 돌아갔다. 박스로 만든 표지판은 몇 차례 실랑이 끝에 이미 그의 손이 닿지 않는 먼 데로 날아가 밟히고 찢겼고, 야광 표지판도 누구의 발에 채었는지 어디론가 사라졌다. 아내는 그의 충혈된 눈과 헝클어진 머리를 내려다보며 한숨을 쉬다가 몇 발짝 뒤로 물러섰는데 그건 그의 몰골 때문이 아니라 그를 가둔 금속의 냄새와 사람들이 오가며 공기 중에 남기는 온갖 체취가 섞여서였다.

심호흡을 좀 하다가 아내는 앞에 도시락을 펼쳐 놓고 그의 손에 포크를 건넸다. 그는 생각이 없다고 고개를 저었지만 아내는 이게 자신이 지상에서 완수해야 할 유일한 의무라는 듯 식사를 권했고, 그녀가 임무를 마치고 나면 곧 다른 세상으로 가볍게 날아갈 것처럼 보였기에 그는 더욱 힘주어 거절했으며, 자유로운 한 손으로 도시락 통을 쳐서 날릴 뻔한 걸 아직까지 바닥나지 않은 이성으로 참았다. 도대체가! 이 상황에 내가 배고파 보이냐고. 일요일이야, 사람을 여기다 버려두고 아무도 신경 쓰지 않고서 일요일! 내일이면 나는 여기서 나올 수 있을 거고 사람은 하루쯤 굶어도 죽지 않아! 이걸 먹어서 이 비좁은 시멘트 땅속에다 똥오줌을 처갈기고 싶지 않다고! 그가 소리 지르는 동안 그를 흘끔거리던 행인들 중 일부는 간밤의 사건 사고 소식을 통해 사정을 알고 있으니, 아 바로 그 사람, 하면서 고개를 끄덕이다가 외면했고, 처음 보는 이들은 뭔가 참견할 듯 다가서다 그의 서슬에 주춤거렸다. 아내는 도시락 뚜껑을 덮고 그의 옆에 물병과 함께 내려놓았다. 그는 아내의 마음속에서 꼬투리까지 말라 가고 있는 마지막 콩알만 한 의리를 감지했으며, 월요일에 무사히 이 구멍에서 빠져나오고 일이 정리되고 나면 그녀가 떠나갈 것을 예감했다.

육체가 한 장소에 정박해 있으면 시간은 거의 흐르지 않거나 비 그친 아스팔트 위의 지렁이처럼 포복 전진할 듯 말 듯 뒤틀린다. 시간은 자신의 몸이 움직이며 타인이나 사물과 부딪치는 데에서, 혹은 부는 바람을 적극적으로 온몸에 맞음으로써 비로소 생성되는 미미한 파장이다. 그는 쇠붙이 속에 자기 몸과 시간이 함께 결박되어 있는 동안 눈앞을 스쳐 가는 사람들과 자신 사이에 놓인 시간의 격차는 점점 부피가 커져 두 번 다시 겹치는 지점이 없으리라는 사실을 알게 되었다. 처음에는 그래도 뒤떨어져서는 안 되겠다는 그의 말에, 유튜버들이 그가 살던 고시원에서 공무원 교재를 갖다 주기도 했다. 심부름의 조건은 인도에 꽂힌 채 최악의 상황에서도 자신을 놓지 않는 그의 열정을 화면에 담게 해 달라는 것이었다. 그는 그렇게 했다. 반나절은 책을 펴 놓고 읽기도 했는데, 곧 한 손을 쓰지 못하는 상태에서 두꺼운 수험서를 펼치고선 밑줄을 긋기도 어렵다는 걸 알게 됐다. 공부에 시들해지고, 희망을 놓지 않는 일에 염증이 났다. 그는 점차로 행인들의 하반신에 집착하게 되었다. 본 지 오래되었기에 자기한테 이제는 붙어 있는지 어떤지도 확신할 수 없을 만큼 무감각해진 하반신. 다리를 가지고 걸어 다니는 이들을 이렇게까지 증오하게 되리라곤 생각지 못했다. 스커트, 레깅스, 스키니진으로 다리 선을 드러낸 사람들에 대한 부러움과 증오를 분별할 수 없게 됐다. 그들의 다리에 빈 페트병을 던지고 시비를 걸자 대부분은 눈살을 찌푸리며 서둘러 피했고 일부는 다가와 그의 얼굴을 걷어찼다.

아내가 남기고 간 도시락 뚜껑 주위로 파리가 날아다녔고, 그 상태를 견딜 수 없었던 환경미화원이 쓰레기봉투를 열고 그것을 거두어 갔다. 그동안 경찰이 몇 번 찾아와 그에게 기억의 각성을 촉구했고 그는 출처도 근거도 없는 원한 관계 여부를 거듭 확인했으며, 반복되는 질문에 지친 나머지 정말로 자신이 누군가에게 저지른 수습 불가능한 과오가 있는 게 아닐까 하는 생각마저 하다가 한계에 이르러서는 환각에 사로잡혀 헛소리를 시작했다. 그를 안타깝게 여긴 경찰 간부가 정식 수사 자료로 채택되지 않을 것을 감안하고서 최면술사까지 불러다 주었지만, 그의 잠재의식을 아무리 파고들어도 어린 시절에 문방구에서 청량 과자를 슬쩍하다 걸린 순간 주인의 표정이라든지, 전생에 사막을 가로지르는 대상의 행렬에 끼어 있었다든지 같은 아무래도 좋은 심층 기억만이 나왔다. 경찰이 얻어 간 소득이라고는 현재의 그가 아무리 털어도 비루한 일상의 먼지 외에는 나오는 게 없는 평범 이하의 삶을 살고 있다는 사실뿐이었다. 잔혹 강력범죄에 대응하기에도 인력이 모자라는 경찰은 어느새 오며 가며 들르던 발걸음도 뜸해졌는데, 도대체 시의 승인은 언제 나는 것인지 공사 업체는 확보했는지를 따져 묻는 그의 전화마저도 나중에는 받지 않고 피했다. 하루는 이혼소송 전담 변호사라는 이가 다가와 그에게 서류를 내밀었는데, 그건 집을 깨끗이 비우고 사라진 아내가 남겨 놓은 '더 이상 막막히 기다릴 수 없다'는 요지의 메모와 이혼 서류였다. 그는 써 달라는 대로 서류에 사인을 해 주고 지장을 찍었다.

그 전에 아내가 충전해서 갖다준 전화는 이미 방전되어

누군가의 발에 채어 사라졌고, 그는 전화기 안에 입력된 적지 않은 사람들의 연락처를 기억할 수 없었으며, 세상을 상대로 민원을 넣을 수 있는 유일한 통로는 그렇게 부서졌다. 그는 지나가는 사람들의 전화를 가끔 빌려 경찰서나 시청에 전화하여 욕을 하고 비명을 질러 댔기에 그 뒤로는 사람들이 선뜻 전화기마저 빌려주지 않았다.

참으로 이해할 수 없는 일입니다, 로 멘트를 시작하는 기자와 뉴스 방송 차량도 몇 번 다녀갔고 소식을 들은 시민들이 자발적으로 성금을 모으기도 했으나 돈으로 해결되는 문제가 아니다 보니 당장의 연명이 가능한 구호품만 지급되었다. 시청의 담당 공무원도 뒤늦게 다녀가서 약식으로 공사 허가를 내리겠다고 약속했고, 이익을 따지지 않고 주물남을 돕겠다는 공사 업체 관계자들도 다녀갔다. 그러나 그것은 그때뿐으로, 변성과 절단이 불가능한 정체불명의 소재라는 현실의 벽 앞에서 논의가 시들해지더니 시청에서는 후속 대책에 대해 얘기가 쑥 들어가 버렸고 공사 업체에서 사람이 다시 나오는 일도 없었다. '외계 방문객이 만든 현대의 오레이칼코스?', '길들일 수 없는 아다만트' 같은 제목을 달고 콘텐츠를 만든 유튜버들의 발길은 뜸해졌다. 그러던 중에도 금속산업이 더 발달한 외국의 전문가들을 데려와 이 소재를 분석해 보게 해야 한다는 얘기가 나왔고, 각지에서 전문가를 자처하는 사람들이 성지순례하

듯 다녀갔다.

그의 사연은 텔레비전 방송의 솔루션 프로그램에서도 다루어졌고 해외통신으로도 나갔다. 당장 몸을 꺼낼 수 없는 그에게 긍정적 사고를 유도하고 희망을 잃지 않도록 하기 위한, 즉 그를 미치지 않게 하기 위한 심리상담가가 다녀갔다. 방송을 본 전동공구 생산 및 수입 업체에서는 공사용 중장비보다 운반이 쉬운 각종 새로운 도구들을 들고 찾아와서 이것저것 시도하기도 했지만 기능만 좀 더 분화 발전되었을 뿐 그것들의 기본 시스템과 작동 원리가 열변성과 파쇄에 의존하기는 마찬가지여서 역시 그들 중 금속에 작은 흠집이라도 낸 이는 없었다.

어떤 장비를 써도 그의 몸은 빠져나오지 않았고 주물은 그것을 이루는 원자들이 살아 움직여 그의 몸 굴곡이 변하는 대로 따라다니면서 더욱 견고하게 조이는 것만 같았다. 그는 울타리 너머의 열매를 먹기 위해 살을 빼서 작은 구멍으로 들어갔다가 배부르게 먹고 나서는 돌아 나오기 위해 다시 굶을 수밖에 없었던 여우를 떠올리며, 자신 또한 아무것도 먹지 않고 말라 죽기 직전에 거기서 나오는 수밖에 없겠다고 생각했고 실제로 그렇게 시도했다. 하루 한 번 근처 식당 주인이 수저질로만 먹을 수 있는 일품식을 들고 나와서 처음에는 그 성의를 보아 두어 번 주는 대로 받아먹었으나 그 자리에 큰일도 보게 되고 치울 방법은 없으니 그다음부터는 생존에 필요한 최소한의 음식조차 거부하게 되었다. 이미 엉덩이에 들러붙은 대변에는 땅속 어딘가에 항상 있게 마련인 벌레가 꾀는 듯 가닐거렸으나 손쓸 도리가 없었고 마침내는 엉덩이 살을 뜯어먹던 벌레들이 주물과 그의 몸 사이에 자기들만이 발견하고 드나들 수 있는 미세한 틈을 찾아 등으로 기어오르기 시작했다.

그는 근처 편의점 사장이 베풀어 준 생수통만 조금씩 비우며 천천히 말라 갔다. 생각만큼 급격하게 살이 빠지지 않았고 무엇보다 사람의 기본 골격이라는 게 있으니 몸이 빠져나올 정도로 마르려면 근육이 거의 남지 않아야 할 것 같았고 그 전에 골다공증으로 뼈가 부러지는 게 먼저일 거였다. 편의점 사장은 비 오던 날 판매용 우산의 포장을 뜯고 펼쳐서 그에게 갖다주었고, 교회에서 나온 권사라는 사람은 주께서 역사하심을 믿고 영혼을 구원받으라고 말하며 그에게 겉옷을 벗어 주었다. 세상은 아직 살 만했고 사람들은 다정했으며 뜻밖의 불운으로 고통받는 이웃을 제 몸같이 여겼다.

그것은 어디까지나 그가 볼만한 모습을 하고 있는 동안만이었다. 구멍에 빠진 지 얼마 되지 않았을 무렵, 수염도 조금 피로해 보이는 정도로만 자라고 방송과 인터넷뉴스에서 꾸준히 구출 시도와 경과 보도를 하는 동안에는 그랬다. 그러나 어떤 중장비로도 금속이 떨어지지 않고 극적인 구조 장면이 연출되는 일 없이 지지부진한 나날들이 이어지자, 무엇보다 그의 옷이 흙감태기가 되고 몸에서 냄새가 나기 시작하자 사정이 달라졌다. 목을 덮은 머리카락을 잘라 주고 턱과 코를 깔끔하게 밀어 준 프랜차이즈 미용실의 직원은 세 번째 면도를 끝으로 더 이상 찾아오지 않게 되었고, 눈물을 글썽이며 다가오던 사람들도 그에게서 쇠붙이 냄새와 썩은 인분 냄새를 맡고 움찔하다가 그의 어깨를 타서 오르는 벌레들을 보고는 달아나 버렸다. 새벽마다 환경미화원은 그것이 자신의 일이니 어쩔 수 없다는 듯한 소극적인 태도로 그의 주위에 버려진 쓰레기를 치우고, 거대한 비로 나뭇잎을 쓸어 그의 눈 코 입으로 흙먼지가 잔뜩 들어가게 했다. 그는 보도 한복판의 무인도에 갇혀 오지 않을 구조선을 기다리며 횃불을 피우는 조난자 같았다.

벌레에게 파먹힌 신체조직 곳곳에 염증이 생긴 모양이었다. 온몸에서 열이 끓었다.

봉사 단체에서 섭외한 의사 둘이 하늘색 부직포 마스크를 쓰고 그의 앞으로 다가오더니 손등에 바늘을 꽂고 링거 팩을 가로수 가지에 걸었다. 포도당 수액이 몸속으로 제대로 들어가는 걸 확인하고는 비닐 관과 바늘을 잇는 고무 이음매에 주삿바늘을 찔러 넣고 항생제를 주입했다. 의사들이 응급처치하는 동안 그는 고열로 의식이 거의 없었으며, 이 링거를 맞으면 원치 않는 소변을 필요 이상으로 그 자리에 보게 될 것이고 이미 바지 속에는 똥오줌이 강물처럼 가득 차 있는 마당에 그거야말로 안 될 일이며 염증의 악순환이라고 생각했지만 지금만큼은 혈관을 타고 퍼져 나가는 항생제의 차가운 감각에 감사했다. 그것이 혈관 구석구석을 얼어붙게 해 준다면 차라리 나을 것 같았다. 세포가 움직임을 멈추고 그가 살아 있음을 증명하는 어떤 생리작용도 없어지면 좋을 것 같았다.

그러나 열이 어느 정도 내리고 그가 고개를 들었을 때 나뭇가지에 걸린 수액 비닐 주머니는 텅 비어 있었고 의사들은 거기 없었다. 같은 자리에 바늘이 꽂힌 채 내리 서너 팩의 수액을 맞아 그의 손등은 터질 듯이 부풀어 있었다. 지나가는 누군가에게 바늘을 뽑아 달라고 부탁했지만 그의 주위에 날아다니거나 기어 다니는 벌레들을 보고는 아무도 선뜻 다가오지 않았다. 그는 입으로 바늘을 뽑아 보려고 했지만 신축성 좋은 반창고 테이프가 단단히 감겨 있어서 이로 잘 끊어지지 않았다. 그러던 중 한 쌍의 연인이 지나가다 여자 쪽이 동정하며 도와주고 싶어 했지만 남자가 말리며, 바늘은 감염의 직접 통로이므로 절대 건드려선 안 된다고 했다. 그래도 살아 있는 사람을 저렇게 두고 그냥 갈 수는 없다며 여자가 전화로 구조대를 부르긴 했는데, 구조대에서는 여자의 첫마디에, 아 거기요! 저희도 압니다, 하곤 자기네가 알아서 할 테니 그냥 가시라고 하는 말소리가 스피커폰으로 찡 하고 울려 나왔다.

구조대가 보낸 것은 링거를 뽑을 의사가 아니라, 무고하고 선량한 일반 시민의 건강을 위협하는 세균 덩어리와 곤충들을 박멸하기 위한 살충제 차량이었다. 차량은 다가와 그의 머리에 기습적으로 살충제를 분사했고 그는 기침을 하며 눈을 감았다. 사람한테 이러는 법이 어디 있느냐고 항의하려다가 그는 문득, 자신이 그들에게는 이미 사람이 아니라 누군가의 코와 입 밖으로 튀어나온 가래나 콧물 내지는 벌어진 상처에서 쥐어짠 화농액으로 간주되고 있음을 알았다. 그나마 뒤이어 온 구급대원이 차량 밖으로 나와서, 냄새가 좀 독하지만 인체에는 무해한 약이니 안심하시라는 설명과 함께 수술용 미색 고무장갑을 낀 손으로 바늘을 뽑아 준 것 정도가, 세상이 그에게 베푼 마지막 친절과 관심이었다.

지나가는 사람들의 눈빛에는 이제 작은 동정심조차 남아 있지 않았고 공포에 가까운 혐오만이 드러났다. 그로서는 이해되지 않는 일이 있었는데, 이제 유튜브 동영상이나 포털 게시판 등을 통해 거리 한복판에 박혀 있는 세균 덩어리 남자에 대한 이야기를 모르는 사람이 없을 텐데, 보기 싫으면 그냥 상가 건물이나 자동차 같은 다른 사물에 시선을 두고 지나가 버리면 되는 일을, 사람들은 군이 꼭 한 번 그를 돌아보고 나서야 썩은 빵 덩어리 같은 얼굴을 일그러뜨리며 빠르게 지나친다는 거였나. 아직도 그가 거기 있음을 확인하듯이, 거의 얼굴을 처박을 듯이 가까이서 들여다보고 가 버리는 자들도 있었다. 출퇴근길에 종종 마주쳐 얼굴마저 눈에 익은 사람들도 마찬가지였는데, 어째서 사람들은 코를 싸쥐고 눈살을 찌푸리면서도 부담스러운 의식을 의무감으로 치르듯 이 사물을 돌아보고 지나가는지 모를 일이었다. 그 눈마다에는 저거 아직도 있어서 도시의 질서와 미관을 해치느냐는 명백한 원망과 불만이 담겨 있기도 했지만, 그런 뜻 없이 휴지에 푼 코나 뾰루지를 짜내다 거울에 튄 피고름 내지는 변기에 눈 똥을 무심코 확인하는 행위와 비슷한 경우도 있었다.

그러는 동안 그는 아직 젊고 서로가 미래에는 어떻게든 무엇이라도 되어 있으리라 믿었던 시절에 아내가 들려준 이야기가 떠올랐다.

— 도무지 약속 시간을 지키는 법이 없는 당신이 오기를 기다리느라고 내가 플랫폼의 등받이 없는 긴 의자에 45분을 앉아 있었잖아. 그런데 5분마다 쉴 새 없이 도착하는 지하철 옆구리를 마주 보는 자세가 아니라, 계단 통로가 보이는 쪽으로 고개를 돌리고 삐딱하게 앉아 있었던 거야.

그 방향에서 당신이 올 테니까. 그러니까 지하철에서 막 승강장에 내려서 출구로 나가려는 사람들에게는 내 뒷모습만 보이는 셈이었지. 그런데 기분이 더럽더라고. 앉아 있는 나를 지나쳐 걸어가는 사람들이 열 명이라면, 그중 여덟 명은 나를 꼭 한 번 돌아보고 나서야 가는 거야. 마치 내 얼굴이 어떻게 생겼는지, 자기네와 아무 상관이 없는 줄 알면서도 내 얼굴이 예쁜지 못났는지 확인하고 평가해 주겠다는 듯이 말이야. 왜 그랬을까? 사람이 혼자 거기 앉아 뒤통수만 보이고 있으면 그렇게 앞통수까지 기어이 보고 싶어지나? 남들 하듯이 정석대로 지하철을 마주 보고 승강장을 향해 앉았더라면 그들은 그러지 않았을까? 누군가가 비뚤게 돌아앉아 있으면, 그래서 뒤통수밖에 안 보이면 앞모습도 보고 싶어져? 그게 본능이야? 내 얼굴이 그들 기준에 봐줄 만하다면 어쩔 것이며, 혹은 돌아본 내 얼굴에 똥이라도 발라져 있으면 또 어쩔 건데? 세상 많은 더러운 걸 회사에서 봐 왔다고 생각했는데, 사람들이 무심코 던지는 시선만큼 더러운 게 또 없는 것 같더라.

그때 그는 대수롭지 않게 말했다. 그냥 당신 긴 생머리가 인상적이니까, 자기도 모르게 돌아보게 되는 거 아닌가? 반사 행동 같은 거. 아내는 한 번도 그런 시선을 받아보지 않은 사람과는 말이 안 통한다는 듯 손사래 쳤다.

— 그러니까 남의 뒷모습이, 머리가 길든 삭발을 했든

왜 굳이 얼굴을 보고 싶어 하느냐고.

그렇게 말했던 아내의 뒤통수도 얼굴도 이제는 기억이 가물가물했고 그보다는 말하면서 손가락에 머리카락을 감는 사소한 몸짓과 습관 들만이 분산된 이미지로 떠올랐다. 아내의 모습을 떠올려 보기 위해, 혹은 눈 속에서 완전히 지우기 위해 몇 번 눈을 깜박거리다 상당히 오랜 시간 눈을 감았다. 그런 뒤 눈을 떴더니 역시 황급히 그에게서 고개를 돌리는 또 다른 행인들의 모습이 보였고, 그것은 눈이 마주치기 전까지 그들이 그의 꼴을 빤히 내려다보고 있었다는 뜻이었다. 보기 싫어하면서 보는 행위 자체를 포기하지는 않는 건 왜인지, 자신을 보면서 확인하고 싶은 것은 무엇인지, 또는 시선이 쌓이면 저주가 되어 보기 싫은 어떤 것이 자연히 죽어 주거나 소멸될지도 모른다고 믿는 것인지. 왜 사람을 빤히 봅니까? 그가 항의하면 대부분은 못 들은 척 지나쳤고 일부만이 그냥 거기 있으니까요, 대답했다. 그리고 덧붙였다. 딱하잖아요, 거기 있으니까요. 거기 당신이 있으니까요. 그런 경험들이 누적되면서 그는 하나의 개체가 어떻게 닳아지고 떨어지는지를 확인했다. 처음에는 죄인, 그래도 '인'이라는 말로 사람의 범주에는 넣어 주었고, 그다음은 통제 불능의 더러운 동물, 다음으론 벽에 박제된 머리통, 그러다가 죽은 나무에 기생한 버섯이나, 마침내는 최소한의 기관마저 잃은 한 송이의 곰팡이. 남아 있던 사람으로서의 인격은 피부에 들러붙은 벌레와 자라난 머리카락이며 수염 따위에 가려졌다. 불공평한 타락이라고 생각하면서도 시간이 끔찍하게 남아돌았던 그는 자신이 살아오는 동안 밟았던 개미 한 마리의 숫자까지 헤아려 보기 시작했다. 정말로 자신은 우연히 잘못 선택된 피해자인지, 그렇다면 어째서 그 당시의 기억이 면도칼로 잘려 나간 듯 지워질 수 있는지, 마치 처음부터 그 시간이 존재하지 않았거나 설령 존재했던들 서둘러 폐기된 양.

왜 다른 사람 아닌 나인가. 그 의문은 여기 갇힌 이래로 줄곧 머리에서 떨어지지 않는 주제였다. 그는 그동안 어린 시절 같은 반에서 특히 자신을 괴롭히던 한 무더기의 애새끼들과, 독서실 옥상에서 술과 담배를 가르쳐 준, 지금은 이름이 기억나지 않는 녀석들과, 페퍼포그를 피해 뛰어다니던 선후배들과, 짧은 직장 생활 동안 자신의 머리를 서류철 모서리로 찍곤 했던 중간관리자를 비롯한 수많은 인연들을 하나하나 되짚어 보았는데, 아무리 노력해도 자신이 남들에게 원한을 품을 만한 일들은 기억나지만 그 반대의 경우는 가능성조차 떠오르지 않았다. 이어서 대중교통에서 누군가의 발을 밟았던 횟수를 세어 보고 러시아워에 몸이 부대껴 치한 취급을 받아 지구대까지 끌려갔던 기억도 떠올려 보았으며 빗속 편의점 처마 밑에서 노숙인이 담뱃불을 빌려달라고 하여 귀찮다는 듯 라이터를 던져 줬다가 본의 아니게 상대방 이마를 명중시키는 바람에 주먹다짐이 오갔던 때에 이르기까지 지나쳐 간 모든 의미 없는 사람들을 머릿속으로 훑었다. 그리고 이 기억 행위의 결과물들이 자신이라는 사람을 이루는 퍼즐의 한 조각조차 되지 않았다는 사실만을 확인하고, 그 조각이 되지 못한 채로 지나간 모든 것들에게 마음속으로 고개 숙여 인사라도 하면 여기서 나갈 수 있을지를 생각했다. 희망도 기대도 없이 그는 허공에 대고 묻고 싶었다. 나는 살아오면서 들이마신 만큼 당신들이 누릴 공기의 부피를 빼앗았나. 내가 없어지면 당신들은 기쁜가. 아니면 다른 없어질 사람을 금방 물색할 것인가.

세상의 신기한 일이나 어불성설의 사건들을 사냥하여 자극적으로 포장하는 방송 프로그램에서 그를 취재하러 나왔을 때 여성 리포터는 둔중해 보이는 흰색 방역복 차림이었다. 그 존재가 아무리 널리 알려져 식상할지언정 현재진행형으로 재난을 겪는 사람이 이대로 묻혀서는 안 된다는 시청자들의 제보는 수시로 이어져 왔고, 그리 별 볼일은 없고 방송 시간대도 애매한 프로그램의 외주 프로덕션에서 취재를 나왔다. 이미 허리 아래로 썩어 들어가 떨어지기 일보 직전일지 모르는 사람한테서 더 들을 말이 뭐가 있는지, 인도 위의 이물질로 인해 발생하는 시민의 각종 불편 애로 사항을 다시 한번 상기시키자는 용도인지 그는 알 수 없었다.

근처 식당과 편의점 들은 문을 닫았고 상가 건물 하나가 통째로 비어 임대 표지가 붙은 창문들 곳곳이 깨져 있었다. 세가 나가지 않는 데 분통을 터뜨리는 건물주 일행이 각목을 들고 와서 그를 완력으로 끄집어내려다 안 되니까 그의 머리를 각목으로 난타하기도 했다. 이 자식 그냥 죽여, 죽으면 시체는 어쨌든 토막 내서 치울 수 있을 거 아냐. 그때 순찰을 돌던 경찰차가 다가와 그의 죽음마저 지연시켰다. 어떤 사람들은 출퇴근길의 경로를 바꾸기도 했지만 그게 안 되는 사람들은 사흘돌이로 도저히 못살겠다고 민원을 넣었고, 마침 그 무렵 거리에서 국빈을 맞이하는 큰 행사가 있어서, 시에서 나온 공무원들이 그의 머리 위로 아랫부분이 뚫린 커다란 금속 상자를 덮었는데 그건 도로 제설 작업을 할 때 쓰는 모래 적재함 같은 것으로 숨을 쉴 수 있게 작은 구멍을 뚫어놓은 상태였다. 그는 호흡 곤란으로 죽는 것도 나쁠 것 없겠다고 생각했지만 틈으로 공기는 희미하게 들어왔고 그의 옆에는 아직도 수많은 생수통이 쌓여 있었다. 그가 죽었는지를 확인하러 가끔 나오는 시청 직원이 그때마다 그에게 새로운 생수통을 지급했는데, 그는 답답하면 숨을 쉬고 목마르면 치아로 생수통

뚜껑을 돌려 여는 자신의 본능을 저주하면서 그 일들을 반복했다.

방송 관계자들이 상자를 치우고 리포터가 한쪽 무릎을 굽히고 마주 앉아 그에게 항균 부직포를 씌운 마이크를 내밀며 한 말씀 부탁드린다고 했을 때, 그의 몸은 이미 허리 아래로 어떤 감각도 없었다. 이미 부패한 반신이 떨어져 나간 듯싶지만 눈으로 확인하지 못하기에, 목을 잘리고도 제 목이 날아간 줄 몰라 제자리를 두어 번 맴도는 닭처럼, 그의 삶은 죽음에 접속했다가도 회선 불량으로 떨어져 나오기를 반복하며 깜박거렸다.

뭐라고 말해야 할까? 왜 하필 자신의 몸에 운명의 재채기가 튀었는지 모르겠다는 억울함과 분노를 쏟아 낼 강렬한 표현은 얼마든지 있었다. 사람을 여기다 처박아 놓고 손 놓고 있는 나라에 대한 원망과 저주를 퍼부을 수도 있었다. 자신을 똥통 보듯 눈 흘기는 사람들에 대한 항의를 할 수도 있었다. 그보다는 조금 더 정제되고 점잖은 말로 호소할 수도 있었다. 이제 범인을 잡는 걸 기대하지는 않고 어쩌면 범인은 이 세상에 존재하지 않는 미지의 생명체인지도 모르며 새삼스레 여기서 나오게 되리라는 희망도 없지만, 그보다는 우리는 어떤 경우든 남한테 특별히 잘하지도 잘못하지도 않음으로써 자신의 선의를 믿는 데에 익숙해 있으니, 당신들이 나를 돌아볼 적에 두 눈에 혐오감을 조금만 덜 담아 주었으면 좋겠다고, 여러 가지 할 말은 많았지만 그는 지금 단 한마디로 응축해야 할 때라고 생각했다. 누구나 알아들을 수 있도록. 자신과 같은 원인 불명의 희생자가 다시 나와서는 안 된다는 인류애적 사고는 그다지 없었다. 그저 이 순간이 자기에게 있어서 마지막 방송이라는 걸 알았고, 그만큼 짧고 강한 인상을 남겨 주어야 했다. 길게 말해 보았자 오히려 통편집이나 될 거였다.

　구멍은 어디에나 있어요.

　이 정도면 인상적일까. 그는 입술을 달싹거리다 마이크가 너무 멀다고 느껴지자 리포터에게서 마이크를 낚아채기 위해 남아 있는 한 손을 힘 있게 뻗었다.

곤충 도감

남자의 몸속에서 이가 맞지 않는 루빅큐브를 억지로 힘주어 돌리는 듯한 소리가 난다. 여섯 가지 색깔이 뒤엉켰다가 제자리를 찾아가는 스물여섯 개 주사위의 움직임과 같은 동작으로, 남자는 자기 목뒤로 팔을 뻗으며 절규한다. 몸 아래쪽으로 이동하는 소리를 따라 남자의 몸이 기이한 각도로 뒤틀린다. 곧 관절이 망가지고 실이 뒤엉킨 마리오네트 모양이 된다.

몸속에서 뼈를 부수고 근육을 찢던 소리가 마침내 남자의 견갑골 부위를 뚫고 나온다.

두 쌍의 투명하고 거대한 날개가, 바람을 가르는 헬리콥터 프로펠러 같은 소리를 내며 허공에 펼쳐진 채 떨고 있다. 네 장의 날개를 수놓은 검은 그물 무늬가 저녁 노을빛을 받아 은색으로 빛난다. 알맹이를 꺼낸 포도 껍질처럼 남자의 몸은 그 자리에 구겨져 내리고, 한 마리 곤충이 여섯 개의 다리를 세우며 무거운 몸을 일으킨다.

송아지만 한 몸통은 남자의 피를 뒤집어쓰고 선명한 붉은빛이다. 막 깨어난 세상을 향해 곤두세운 잔털 한 올 한 올이 소나무의 가시 잎사귀처럼 굵어서 거기에 살짝 찔리기만 해도 즉사는 보장될 것처럼 보인다.

걸레처럼 널브러진 남자의 몸을 밟고서 놈이 둔중한 몸짓으로 앞발 두 개를 천천히 마주 비빌 때 그 아래 깔려 있던, 그러니까 조금 전까지는 남자의 배에 짓눌려 있던 여자는 이미 정신을 잃었는지 움직임이 없다.

손가락이 떨려 가방 버튼이 잘 눌리지 않는다. 간신히 가방이 열리자 디지털카메라와 함께 지갑과 책 따위가 와르르 떨어져 내린다.

옹송그리고 앉아 잡동사니들을 주섬주섬 거두는데 그때 어디선가 비겁하게 숨어서 이 순간을 기다리기라도 했다는 듯, 흰 가운을 입은 사람들 한 떼가 나타난다. 내가 저 현장을 먼눈으로 보고 신고한 게 언제인데 이제야 나타났다는 걸 믿을 수 없고, 이 굼벵이 같은 출동은 어쩌면 놈의 성능을 시험해 보기 위함이 아닌지 합리적 의심이 든다. 그들 중 누군가가 놈을 향해 총을 쏜다. 총알은 유리를 긁는 듯 매끄러운 소리와 함께 우아한 곡선을 그리며 허공을 날아간다. 총알이 아니라 주사기다. 그런 거대한 놈의 몸에 한 번에 꽂으려니 주삿바늘은 거의 송곳만 하다. 그걸 맞은 놈은 수초간 몸을 떠는가 싶더니 바람 빠진 애드벌룬처럼 쪼그라든다. 멀찍이 선 내 눈에는 보이지 않아서 작아졌거나 아예 사라졌거나 싶은데 그냥 보통의 꿀벌 크기가 된 것 같다. 가운 입은 이들이 뭔가를 조심스럽게 집어다 투명 유리병에 넣는 손놀림을 보면. 그들은 밀봉한 병을 갖고 지체 없이 그 자리를 떠난다.

노란 옷 입은 구급대원들이 한발 늦게 도착해서 여자를 구급차에 실어 간다. 경찰들이 현장에 테이프로 하얀 띠를 두르고, 사이렌을 듣고 나온 동네 사람들이 하나둘씩 웅성거리며 모여든다.

학교 정문에는 경찰차에 방송국 차량까지 밀어닥친다. 경찰들은 뒤늦게 정문과 후문을 비롯하여 담장을 통제하기 시작한다. 후문에서는 기자들마다 각 방송국의 엠블럼이 붙어 있는 마이크를 들이대며 소리치는 바람에 일반인들은 낄 자리도 없다.

"아, 왜들 이렇게 밀어붙여! 현장보존 좀 합시다. 돌아가요, 돌아가!"

"반장님, 한마디만요!"

"지금 아무 말씀도 못 드려요들!"

테이프를 두른 금 안에는 단지 놈의 숙주에 지나지 않

왔던 남자의 몸 껍질과 함께, 원형을 알아볼 수 없는 헝겊 쪼가리들과, 조각조각 부서져 나간 뼈마디들에다 파열된 각종 내장이 어지럽게 흩어져 있다. 남아 있는 거라곤 그뿐이다. 그 잔해를 프레임에 담아 확대하면 놈의 신체 조직 일부라도 담겨 있지 않을까 싶지만, 처음 본 놈의 크기에 비하면 한 줌밖에 안 되는 죽은 자의 고깃덩이를 이 작은 카메라로 찍기엔 너무 멀다. 있는 대로 줌으로 끌어당겨서 찍은 다음에 픽셀을 확대하면 되겠지만 용돈을 아껴 산 똑딱이라 성능이 좋은 편은 아니다. 나는 다른 사람들 틈에서 슬그머니 팔을 뻗는다. 조준을 제대로 했는지는 모르지만 손끝에 닿는 대로 줌 버튼을 누른다. 그리고 셔터에 손가락을 가져가려는 순간.

"이 녀석, 당장 집에 안 가면 그거 압수다."

경찰이 내 덜미를 잡아 거칠게 돌려세운다. 그때 손에서 놓쳐 버린 카메라가 몰려든 사람들의 발에 짓밟힌다.

"아, 저기요, 발 좀 치워 주세요. 앗, 밟지 말란 말야, 아야!"

이 사람 저 사람의 구둣발에 손등을 밟혀 가며 간신히 주운 카메라는 이미 반 토막밖에 남아 있지 않다. 그나마 중요 부속품은 조각조각 나서 어디로 흩어져 버렸는지조차 알 수 없다. 한숨을 쉬며 돌아본 현장……이라기보다 고깃덩이 위에는, 어느새 흰 천이 덮여 있다.

경찰 측에서는 명확한 이유를 밝히지 않은 채 일방적으로 취재를 막고 있습니다. 이 자리에 사망자 가족도 나와 있습니다. 유족들은 경찰이 사망자의 시신을 공개하지 않는 이유와, 사망 직전에 나타난 괴생명체는 무엇인지 답변을 요구하며 일인 시위 중입니다. 한편 사건 당시 사망자에 의해 변을 당할 뻔했던 스물일곱 살 정 모 씨는 현재 경찰의 철저한 통제 속에 시내 병원으로 옮겨졌는데 아직 혼수상태인 것으로 전해졌습니다. 이 괴생명체 관련 사망 사건은 올해 들어서만 벌써 세 번째로, 시민들은 경찰에서 특별한 대응을 하지 않고 기자회견도 취소하고 침묵으로 일관하는 태도에 대해 분노하며 불안에 떨고 있습니다.

툭.

단골손님의 젓가락 끝에서 고깃점이 미끄러져 퉁기더니 내 무릎 위로 떨어진다. 조잡한 합성섬유로 질감이 빳빳한 연두색 바지에 투명한 기름이 번진다. 손님은 고개를 끄덕이며 한 손을 올린 채 미안하다는 신호를 보낸다.

나는 바지에 떨어진 뜨거운 고기를 손가락으로 집어 입에 넣는다. 돼지 육즙과 소스가 이 끝에서 섞여 퍼져 나간다. 텔레비전 화면에는 흰 모포가 덮인 교사 뒤쪽의 고깃덩이가 순간적으로 비추어졌으나, 살덩어리에서 배어 나온 지방과 핏물 때문에 이미 흰색으로는 보이지 않으며 곧 큼지막한 손이 카메라를 덮어 버린다. 화면을 가린 잔금

많은 손바닥 아래로 음성과 함께 자막이 뜬다.

담당 경찰: 가시라고요. 예? 지금 우리가 뭐라고 말씀드릴 수 있는 상황이 아니라니까요.

대파를 다듬던 엄마가 채칼을 든 채로 다가와 텔레비전 채널을 돌린다. 손님이 고기를 우물거리며 불평한다.

"그 왜 좀, 뉴스 보던 건데."

"아, 죄송합니다. 전 또 아이가 보기에는 너무 끔찍한 얘기 같아서 그만."

그러자 손님은 나를 향해 손부채질을 해 보인다.

"엄마가 걱정하시는데, 테레비 그만 보고 가서 공부해라."

아이라니, 나 올해 수능 본다. 그리고 저건 나 다니는 학교에서 벌어진 일이다. 내가 제일 관계있는 사람이다. 학교에서 학생들의 안정을 위해 1일간 임시휴교를 안내하는 단체 문자도 왔고, 죽은 자는 보안관이며 병원에 옮겨 간 피해자는 행정실 교직원이라는 걸 모르는 사람이 없는데, 불안과 분노의 학부모 전화가 폭주하는 건지 학교 전화는 아예 불통이고 홈페이지는 트래픽 초과로 닫혔다.

바지에 묻은 기름기를 냅킨으로 대충 문지르고 일어선다. 내가 가게를 나서자 엄마는 다시 손님의 요청에 채널을 맞춘다. 앵커의 목소리는 이미 다음으로 열차 탈선 소식을 전하고 있다. 현재까지 열여섯 명의 사망자와 일흔여덟 명의 부상자를 낸 사고다.

괴생명체 같은 소리. 나는 조소를 입에 머금고 건물 뒷마당으로 나간다. 공식적인 발표만 없었을 뿐 조금만 신경써서 검색하면 누구나 그것이 무엇인지 안다. 어딘가의 지시를 받은 포털사이트는 관련 글과 리포트가 올라올 때마다 부지런히 삭제한다. 외국의 어딘가에 근거지를 둔 인터넷 백과의 해당 항목은 제목만 남고 내용은 사라졌다. 그 주제를 다루는 카페에도 블라인드 조치가 걸리지만, 숨기고 싶은 정보일수록 치명적인 바이러스만큼 전염성이 강하다. 카페가 폐쇄된 뒤 유랑자들이 일반 신비주의 카페나 각종 음모론 카페의 하위 카테고리에 둥지를 틀어 근근이 밝혀내는 정보를 무시해선 안 된다. 특히 살아 있는 샘플을 가까이 두고 있는 나는 놈에 대해 모르려야 모를 수가 없다.

뒷마당에는 건물주가 입주자들의 휴식을 위해 들여놓은 고인돌 모양의 나무 식탁 세트가 둘 있다.

무슨 감리교회 집사라는 건물 주인은 꼭대기 층인 5층에 살고, 1층은 엄마가 얻어 장사하는 식당이면서 우리 집(이라고 쓰고 쪽방)이다. 2층부터 4층까지는 다른 입주자들이 세내어 살고 있다. 입주자들의 생활 패턴들이 다 다르다 보니, 작년까지만 해도 나와서 앉는 사람이 별로 없던 뒷마당은 내가 거의 독차지했다. 지금 그곳은 나만의 공간이 아니다. 노트북을 옆구리에 끼고 나가 보니 역시 그가 먼저 건너편 식탁 세트에 자리를 잡고 앉아 있다. 노트북에 연결한 헤드폰을 귀에 꽂고……. 무슨 다큐멘터리 영상물을 번역해서 납품한댔나, 소규모 외주 프로덕션의 하청을 받아 일한다고 그랬지. 나도 그의 옆 식탁에 앉아 노트북을 펼치고 EBS 인강에 접속한다. 그러나 수학 공식이, 강사의 열정적인 설명이 귀에 잘 들어오지 않는다. 나는 머릿속의 잡목림을 헤치고 나간다. 우거져 서로를 얽은 가지들을 도끼로 난도질하며 걸어간다. 몽상 속에서는 도끼를 휘두르면 그만이니 얼마나 편리한가. 먼 옛날 누구도 풀지 못했던 복잡한 매듭의 밧줄을 그냥 칼날로 끊어버린 이의 명쾌함을 지금 이 자리 이 순간에도 적용하고 싶다. 건너편에서 노트북 자판 소리가 희미하게 들려온다. 나는 메신저에 접속한다. 굳이 나와서 나란히 같은 장소에 앉음으로써 각자 스스로를 학대하는 행위를 우리는 지속한다. 그는 나를 보고, 나도 그를 본다. 어디까지나 눈이 마주치지 않도록 노력하면서, 서로가 서로를 보고 있지 않다고 느끼는 타이밍에만. 멈춰 있던 형벌의 시계가 돌아간다.

메신저에서 그의 대화명을 클릭하고 말을 건다.

— 아까 우리 학교에서 난리 난 거 알아?

답장은 금방 온다.

— 봤는데.

— 그거 처음에 내가 신고했다. 소리 지르고 싸우나 보다 했는데 점점 분위기가 이상해져서. 그 보안관 영감 언제 한번 그럴 줄 알았지. 다들 퇴근하고 하교하고 조용한 학교에서 내가 할 수 있는 일이 그런 것밖에 없더라고.

— 너는 그 시간까지 학교에서 뭐했는데. 다친 데는 없고?

— 도서부 라벨 정리. 부장 아이는 학원 늦었다고 먼저 갔거든. 멀찍이 떨어져서 다친 데는 없어.

— 3학년이 보통 그런 거 하나? 아무튼 다행이네.

— ……원래 평소에도 우리 애들 보는 눈이 좀 그래서 피해 다니는 영감이었는데, 숙주였을 줄은.

그는 거기에는 답하지 않고 말을 돌린다.

— 인강 들어.

손을 뻗으면 만질 수도 있을 만큼 가까운 거리에 앉아 있으면서, 입을 열지 않고 서로의 눈을 보지 않으며 메신저로 대화하는 남자와 여자. 그와 나, 식탁 사이의 빈 공간은 절망인지 슬픔인지 열망인지 증오인지 모를 것들을 머금고 있다. 손상된 시간에 부목을 대지도 약을 바르지도 못한 채로 여기까지 흘러왔다. 나는 정말이지 아까 그 고깃덩이의 사진을 찍었어야 했다. 그가 자신의 운명을 미리 알고 준비할 수 있도록, 잔혹한 친절을 베풀었어야 했다.

File 1.

(9월 14일 20시 08분 익명 게시판 캡처본. 해당 게시물은 관리자 권한으로 삭제됨.)

그것이 나타나기 시작한 건 성범죄자를 대상으로 한 전자팔찌 제도가 무용지물 수준이 됐을 때부터입니다. 편의상 팔찌라고 표기했지만 실은 발찌죠. 인권 운운하면서 바짓단에 가려 안 보이는 발목에다 착용해도 무방한 것으로 규정을 바꿨으니까요. 나중에는 쇠고랑이라는 인식 때문에 그냥 가방이든 주머니든 소지만 해도 봐줬고요. 그런 게 어디 있나요. 남들 보라고 채우는 건데 추적 기능만 되면 그만이라니. 그런 것들한테 인권 챙겨 주다가 이 지경이 된 건데요. 각설하고 그 팔찌는 중세의 정조대와 마찬가지의 길을 걸었습니다. 정조대를 따 주는 열쇠업자들만 신났잖아요? 마찬가지로 팔찌를 착용한 사람의 지피에스 정보를 속일 수 있는 장치가 개발됐으니까요. 어둠의 프로그래머들이 덕분에 돈을 좀 벌었고요. 전후 사정을 미루어 봤을 때, 그건 전자팔찌 대신 개발된 성범죄자 위치추적 및 자동 폭파 장치로 보는 게 자연스럽지요.

5층 집사는 새로 입주자가 들고날 때마다 우리 식당에서 환영과 송별 파티를 열어 주곤 했다. 송별까지 해 준다는 건 최소한 보증금이나 하자보수 문제로 얼굴 붉히고 떠난 사람은 별로 없다는 뜻으로 비칠 수 있었고, 엄마 입장에서는 매상을 올려 주겠다는데 불만이 있을 리 없었지만, 내가 보기엔 지나친 오지랖이었다. 나는 교회를 다니는 사람이 이유 없이 베푸는 친절은 일단 의심부터 하고 보는 경향이 있었다. 저렇게 웃다가 전도하려는 거 아닌가? 처음에 환영 파티로 식사를 대접하고 인상을 좋게 심어 줘서 젊은 독신 세입자들이 집에 발생한 누수 수리 등을 똑 부러지게 요구하기가 망설여지도록 유도하는지도 모르지. 그러나 교회에 나오라는 권유를 포함하여 지역사회 봉사 등 각종 부담을 무보수로 자연스레 떠안게 된 건 우리 엄마뿐이었고, 다른 세입자들은 요리조리 알아서 잘 피해 나갔으며 한번 친절을 받았다고 해서 각종 하자를 좋게좋게 눈감아 주는 법이 없었다. 세상을 살아가는 지혜를…… 아니 전투력을 장착한 이들이었다. 지혜나 도리 같은 건 집사에게 감긴 엄마가 한숨 한 번 쉬고 자신의 행동을 합리화할 때 쓰는 말이었다. 그래도 사람 사는 도리가 그런 거니까. 세상을 요령 있게 살아야지. 엄마가 말하는 요령이란 주로 혼자 떠안고 삼키거나 한 수 접어 주는 거였다.

아무튼 그런 이유로 그가 1년 전 이곳에 이사 왔을 때도 집사는 시간 맞는 입주자들을 모아 놓고 우리 가게에서 환영 파티를 해 주었다.

— 집사님, 저기…….

주방에서 고기를 볶느라 홀을 미처 내다보지 못했던 엄마는 뒤늦게 새 입주자를 보고 얼굴이 하얗게 질렸다. 엄마는 뒷말을 이어 가는 대신 뭐라 말할 수 없는 표정으로 나를 노려보았는데, 너는 분명 쌈 채소와 밑반찬을 내가느라 식탁에 몇 번을 오갔으니 저 자식의 얼굴을 봤을 거면서 여태 말도 안 하고 있었느냐는 식으로, 순전히 나를 탓하는 듯한 눈길이었다. 그야 엄마가 고기 볶다가 불판에 사고라도 날까 봐 그랬지, 나라고 만사 태연했겠나. 그때 집사가 재촉했다. 어, 자매님, 왜? 무슨 일이야? 오늘 재료가 좀 모자라? 엄마는 나와 집사를 번갈아 바라보며 곤혹스러움과 난처함과 그럼에도 불구하고 해야만 하는 읍소에 대해 떠올리는 눈치였다. 그러나 이미 계약서를 쓰고 이사까지 마친 입주민의 결격사유에 대해 이야기하려면, 4년 전 내게 무슨 일이 있었는지부터 털어놓아야 했다. 그것도 마당발에 남의 얘기 하고 다니기 좋아하는 집사에게.

나는 양손 검지를 교차시키며 고개를 저었다. 말하지 마요. 지금 여기 우리만 있는 게 아니니까, 나는 괜찮으니까, 엄마, 티 내지 말고 가만히 있어요. 나는…… 괜찮다. 괜찮은데요? 왜 엄마가 내 상태를 결정해? 그 말은 내가 4년 전에도 했던 거였다. 그때 엄마가 내 손을 붙잡고 통곡했었고, 엄마가 우는 걸 보니까 나도 왠지 그래야 할 것 같은 의무감이 들어서 따라 울었는데, 엄마가 말했다. 너 그거

착각하는 거야. 네가 잘못 알고 있는 거야. 그건 뭐냐면, 이런 거야. 무장 강도가 은행에 들어왔는데, 인질이 오히려 금고 열고 현금 터는 거 도와주고, 끌려가면서도 경찰들한테 그냥 놔두라고 범인을 조준사격하지 말라고, 그렇게 되고 마는 마음이야. 그런 마음이 드는 게 네 탓은 아니야. 네게 무슨 일이 일어났는지 머리 아프게 생각하고 싶지 않아서, 네가 다치고 싶지 않고 이왕 다친 자리인 바에는 최대한 보존하고 싶어서, 아무 일도 아닌 것처럼 가볍게 지나치고 싶어서 그래. 네 마음 엄마가 다 알아.

엄마는 정신을 수습한 뒤 한 가게를 책임지고 꾸리는 사람으로서 소임을 다했다. 한두 마디 인사를 나눈 20~30대의 입주자들은 술이 들어가자 금세 서로 언니 오빠가 됐고, 엄마와 나는 빈 접시를 채우거나 과일과 매실차 같은 후식을 내오느라 바빴다. 엄마는 처음에는 저놈이 식탁 아래서 날붙이라도 꺼내면 어쩌나 하고 유심히 노려보는 눈치였지만 그 자리가 끝날 때까지 그는 거의 말도 없었고 움직임도 드물었다. 사람들이 뭔가 물으면 대답도 하고 미소도 지었지만 살아 있는 사람 같지 않은 몸짓이었다.

자리가 파하고 새벽녘에 상을 정리하다 보니 십일 자로 예의 바르게 놓여 있던 젓가락에는 고춧가루 한 점 묻어 있지 않았다. 어쩐지 분위기는 맞춰 주는 척하면서 입에는 뭔가를 거의 넣지도 않는 듯싶더라니. 나는 그릇 설거지를 하고 엄마는 내일의 식재료를 정리하고 있을 때였다. 물소리 때문에 몰랐는데, 고개 들어 보니 그가 문간에 서서 머뭇거리고 있어서 간 떨어지는 줄 알았다. 찰랑, 눈앞에서 섬광 같은 칼날이 물방울을 흩뿌리며 허공을 긋는 바람에 나는 몸을 뒤로 젖혔다. 엄마가 개수대에서 세제 거품투성이가 된 커다란 식칼을 뽑아 그의 눈앞에 들이대고 있었다.

— 거기서 한 발짝도 다가오지 마. 우리 뒷조사해서 따라왔어? 얼마나 더 괴롭히려고? 우리가 가게 접고 이사 온 게 누구 때문인데 여길 쫓아와? 좋은 말로 할 때 썩 꺼져, 위약금이라면 내가 딸라빚을 내서라도 보태 준다고!

엄마는 복받쳐서 소리쳤지만 실은 그럴 형편도 아닌 걸 내가 잘 알았다. 그럴 것 같았으면 우선 우리가 가게에 딸린 방이 아니라 제대로 된 집에 살았겠지. 나는 남의 일처럼 코웃음치며 그가 상 옆에 무릎 꿇는 걸 무심히 건너다보았다. 그러니까 뭐냐면 죽을죄를 지었다기보다는 따님을 주십시오 같은 자세였다. 그를 찌르고 범죄자가 되어 나를 혼자 둘 수는 없다는 합리적 판단을 간신히 유지하고 엄마는 칼을 개수대에 던져 넣더니 그 대신 알루미늄 쟁반을 집어다 그의 머리에 던졌다. 깡 소리와 함께 그의 머리를 강타하고 쟁반이 날아가 문간에 나동그라져서 부르르 떠는 걸 보고 나는 웃음이 터질 뻔한 걸 참았다.

― 여기 말고 살 데가 없어? 우리가 또 판 걷어서 떠나야겠니?

엄마는 문간으로 다가가 쟁반을 주워 들었다. 아마 그 걸로 그의 대갈통을 연거푸 난타라도 하려는 모양이어서 나는 수도를 잠그고 나직하게 말했다.

― 엄마, 사람들 깨요. 집사님 내려오시기라도 하면 뭐라고 할 건데.

엄마는 머리 위로 높이 들어 올렸던 쟁반을 아래로 떨어뜨렸다. 나는 엄마보다 침착했다. 그 옛날 언젠가와 마찬가지로, 이건 아무것도 아니며 나는 아무렇지도 않다는 선언만이 이 상황에 종결 부호를 찍을 수 있었다. 어쩌면 이런 날이 올 것을 나는 예상하고 있었다. 차단하지 않고 목록에 남겨 두어서 온라인 메시지 대화창에 늘 회색으로 비활성화 상태인 그의 닉네임을 보면서, 언젠가 그 이름이 다시 점등되는 순간을 여러 번 상상했다. 이런 방식으로 만나게 될 거라곤 생각 못 했을 뿐. 그 전에도 출소한다는 정보는 왔지만 엄마는 그거 이제 우리랑 아무 상관없는 새끼고 다 큰 성인이니 혼자 아무 데로든 떠나도 된다고 일갈했고, 연락을 전해 온 쪽에서는 그래도 거기가 유일한 연고라는데 어머님께서 이러시면 저희도 사후관리가 어렵다고 난처하다는 듯이 말했었다.

― 그런데 여기가 어디라고 눈앞에 나타나? 네가!

엄마는 끝내 쟁반으로 그의 머리를 내리쳤다. 아, 사람들이 깨지 않았으면. 뭐 자랑 났다고. 나는 그 순간 그것이 제일 신경 쓰였다. 가게 정리 중이라 끓는 물이나 국솥 같은 건 없는 게 그나마 다행이었다. 재료비 한 푼이 아쉬운데 소금 통을 갖다 쏟지도 않을 테고.

File 2.

(9월 20일 02시 27분 '곤충 도감' 카페에서 발췌. 해당 카페는 블라인드 처리됨.)

이건 어디까지나, 우리 사촌의 친구의 남편이 아는 사람이 그 연구소에서 일한 적 있다고 해서요. 저도 이거 여러 다리 거쳐서 알아본 거거든요? 조작 아니에요. 인간은 케빈 베이컨의 법칙으로 연결되어 있다고요. 아무튼 여기까지가 한계고요, 사진 올려 달라느니 이런저런 쪽지는 안 보내셨으면 좋겠어요. 사진이나 실물을 절대 못 구하는 건 아니지만요, 괜히 그런 거 올렸다가 안 그래도 머릿수 적은 카페인데 블라인드 걸리고 그러는 거 싫어요. 게다가 정부에서 이걸 정체를 숨기려고 용을 쓰는데, 공개했다가 거기서 일하는 연구원의 입장이 난처해질 수도 있어서요. 우리 서로 신변의 안위는 생각해 가면서 행동하기로 해요.

놈은 국가가 비공식으로 운영하는 연구소에서(연구소 이름은 밝히지 않을게요.) 개발한 반생물 반기계 곤충이라고 합니다. 최초의 몸길이는 1센티미터. 그 안에 기존의 전자팔찌가 갖고 있던 위치추적 기능은 이미 들어 있습니다. 그것을 전과자, 특히 재범이 우려되는 성범죄 전과자의 몸속에 주입합니다. 한번 몸에 들어간 이상 별도의 장치가 없으면 꺼낼 수 없으므로, 어둠의 프로그래머들도 지피에스 조작을 임의로 하기 힘들다는 장점이 있답니다. 당사자의 주위에 상시 방해 전파를 쏘면 불가능한 일은 아니겠지만, 사람의 행동반경과 그 주위의 평범한 사람들에게 미치는 영향을 생각해 본다면 그게 얼마나 비현실적인 일인지 각이 나오지요. 전과 내역이나 죄질에 따라 최장 15년, 보통은 10년간 동일 전과가 발생하지 않으면 그걸 생체 조직에서 분리 해체시켜 준대요. 그러나 개발된 지 5년이 채 안 되었기 때문에, 아직까지 그걸 몸속에 넣고 다시 뺀 사람은 없다고 합니다. 그러니까 목격자들이 얘기한 건 죄다 성범죄 전과자의 몸에서 나온 거라고 보시면 돼요.

　그는 그 뒤로 한 번도 가게에 내려오지 않았고 어딘가를 다녀올 때마다 1층 가게의 쇼윈도 너머로 우리 식구와 마주치지 않도록 서둘러 층계를 올라가곤 했다. 얼마 동안은 엄마가 밤마다 몇 번이나 내 손을 붙잡고 울었다. 사람이 먹고사는 문제 앞에서 끈 떨어진 슬리퍼나 구멍 뚫린 고무장갑을 내버리듯 쉽게 삶의 장소를 털고 떠날 수 없어서 미안하다고 그랬다. 제대로 된 엄마라면 장사고 풀칠이

고 간에 판을 접고 딸을 데리고 도망가는 게 맞는데 그럴
수가 없다고 스스로를 탓했다. 엄마는 엄마의 의무와 역할
에 집착하는 경향이 있었다. 그런 엄마의 노심초사에 감정
적인 도움을 받은 때도 있었지만, 지금 우리는 이 가게를
당장 접고 다른 데로 이사를 갈 수 있을 만큼 형편이 좋지
는 않았다. 단골이 생겼고 이제 빚도 간신히 갚아서 장사
가 본전치기나 되기 시작한 때였다. 집사는 이게 다 우리
집터가 좋아서 그런 거라고 생색을 냈다. 주님 찾는 분이
풍수지리 믿으시나. 지금 바삐 가게를 접는다면 집사한테
뭐라고 구실을 만들어 사정 설명을 해야 하는데 엄마가
또 그런 거짓말에는 소질이 없지.

엄마는 자신을 고난에 들게 한 신의 의도를 이해하기
위해 그 전보다 기도 시간이 늘었고, 엄마의 신앙심이 한
층 더 깊어진 것으로 여긴 집사는 성경 공부인지 자꾸만
무슨 모임에 나와 보라고 부추겼다. 가게가 영 바빠서요,
엄마가 웃으며 난색을 표하기라도 하면, 그 가게 번창하게
해 주신 주님의 은혜를 잊어선 안 된다고 했다. 아무튼 엄
마는 자신의 몫으로 주어진 시험을 감내하기로 했는지 아
니면 기도에 응답이라도 받았는지 했나 보다. 몇 달 뒤 그
의 방에 올라가 머뭇거리다 물은 걸 보면.

— 너. 내려와서, 밥이나 먹을래?

엄마가 그 말을 하는 데 얼마나 큰 결심과 용기가 필요

했는지 알 수 있었다. 그가 극구 사양하는데도 엄마는 어른이 권하는데 그렇게 뒤로 빼는 거 아니라며, 영업이 끝난 뒤 그를 거의 억지로 불러다 앉혀 놓았다. 그러는 동안에도 나더러는 방 밖으로 한 발짝도 나오지 말라고 해서 나는 처음에는 문에 귀를 붙이고 말소리만 겨우 들었다. 밥은 핑계고, 엄마는 거의 취조를 했다. 그동안 건강은 해치지 않았는지, 앞으로의 계획은 뭔지 같은 거. 나는 엄마 눈치를 보면서 까치발로 화장실에 갔다가 방으로 돌아오기 전 벽감 역할을 하는 모퉁이에 몸을 숨기고 지켜보았는데, 결국은 엄포를 놓기 위해 부른 것 같았다. 저 애한테 허튼수작 거는 거 한 번이라도 눈에 띄었다간, 하면서 철지난 영화의 한 장면처럼 쾅 소리 나게 식탁에 칼을 꽂더니, 이걸로 네 목을 따 버리겠다고 했다…… 목살 고기를 막 입에 넣은 사람한테. 그는 용케도 고기를 뿜어내지 않고 삼킨 뒤, 그것만큼은 어머니가 안심하셔도 된다고 말했고, 무슨 뜻인지 구체적으로 알려 달라는 엄마의 요구에 언젠가 기회 닿으면 말씀드리겠다고만 했다.

시간이 흐르고 분주한 일상이 지속되며 내 모의고사 백분위 말고는 아무런 문제도 사고도 생기지 않는 날들이 유지되는 동안 엄마의 불안과 고뇌는 어느새 엷어졌다.

그로부터 얼마 뒤 메신저 대화명 목록에 온라인 표시가 들어왔다. 사람의 몸을 찢고 나오는 거대한 곤충이 이 도시에 처음으로 나타났던 때였다.

 김 씨는 초저녁에 아파트 천장이 무너지는 것 같은 소리를 듣고 위층 박 씨의 집에 뛰어 올라갔는데, 그 집 현관 앞에는 마침 거실 바닥이 박살 날 것처럼 흔들려서 내려와 봤다는 한층 더 윗집의 이 씨가 있었다고 한다. 두 사람은 박 씨의 집 문을 두드려 보았는데 아무도 나오지 않고, 그때 도착한 구조대인지 경찰인지 제복만 봐서는 잘 모르겠는 사람들이 자기들을 돌려보냈다고 하는데, 나중에 들려온 얘기론 박 씨의 집 천장과 바닥은 크게 파손됐으며 그 자리에는 박 씨가 해체된 수준으로 조각조각 흩어져 있는 한편, 현장에서는 청테이프에 입이 막히고 기절한 초등학생 아이가 구조됐다고 한다. 그리고 바닥에는 나방의 날개에서 떨어져 나온 것만 같은 가루가 수북하게 흩어져 있었다고.

 그러나 아파트 가치 하락을 우려한 입주자 대표회의 엄포로 아파트 차원에서 언론사 인터뷰도 금지했고, 김 씨와 이 씨를 포함한 거주자들은 자신들이 보거나 들은 것에 대해 외부에 말할 수 없었다고 한다. 그런 중에도 온몸이 해체된 박 씨는 학교 앞 문방구 주인이었고, 구조한 아이는 문방구 단골손님이며 당시 학원 차량을 기다리던 중에 끌려간 거라는 이야기들이 조금씩 새어 나왔다. 그 문방구 주인 그 전에도 어딘가 좀 이상했다는 사람들의 인터뷰가 나갈 때까지는 기사의 복제와 재생산에 그리 제한이 없었는데, 현장에 구조대원 아닌 것 같은 사람들이 와서 무언가를 병에 담아 가더라는 익명의 음성 변조 인터뷰가 나간 뒤로는 기사의 댓글창이 터져 나가기 시작했다. 병 속에 담긴 건 무엇이었는지 추측하는 댓글이 만선을 이룰 무렵, '해당 언론사의 요청으로 기사가 삭제되었습니다.'

그리고 메신저 창 너머에서 그가 무심하고도 간단하게 말했다. 오늘 화제의 검색어로 뜬 바로 그것이, 엄마와 네가 안심하고 지낼 수 있는 이유라고.

File 3.

(10월 5일 한 시민 단체가 제작한 동영상으로 참가자들은 목 아랫부분만 촬영되고 가명 처리되어 있음.)

A: 예, 저는 시민 단체에서 일하고 있고요. 제가 입수한 신규 정보는 이렇습니다. 놈의 생체 거부 반응률은 1퍼센트 미만으로, 인체 속에 아무런 영향을 끼치지 않고 잠들어 있다가, 어느 순간 거대해져서 숙주를 찢고 나옵니다. 그건 숙주의 몸속에서 도파민, 아드레날린, 세로토닌, 페닐에틸아민과 같은 성적 자극과 관련된 기본적인 호르몬 외에도, 테스토스테론과 같은 공격적 호르몬이 어느 임계점 이상으로 치솟아 활성화될 때라고 합니다. 그러니까 놈은 호르몬을 먹고 자라는 것이죠. 성범죄자는 무력을 써서 상대를 제압하는 경우가 많기 때문에, 실제 행위가

발생하기 전이라도 호르몬이 폭발적으로 분비될 수 있답니다. 숙주에 대한 즉결 처분이 되는 셈인데요. 사형제도 존속을 주장하던 사람들에게는 반가운 소식이라고 합니다. 누군가가 집행을 하는 부담을 지는 게 아니라 범죄자 본인이 자기 스스로의 행동에 의해 집행되는 사형이라는 점에서요.

B: 그런데 그렇게 호르몬 분출을 감지하여 놈이 팽창하는 거라면, 전과자들은 합법적이고 정상적인 성관계조차 가질 수 없게 되는 겁니까? 인도주의 차원에서 이게 상식적으로 있어도 되는 일인가, 하는 문제가 좀 있지 않을까 싶은데요.

C: 그러게요. 그런 호르몬이 꼭 성관계를 통해서만 발생하는 것도 아니고, 축구 경기도 못 보겠네.

D: 연구 결과에 따르면, 한번 성범죄자였던 사람이 출소 후 다시 범행을 저지를 가능성이 높지, 건전한 성관계를 가질 확률은 극히 희박하다고 하거든요. 그러니 인위적으로 성관계 자체를 막을 수밖에 없지 않은가, 그리고 그런 사람들은 말씀하신 축구 경기라든지 그런 호르몬 폭발의 위험 요소가 있는 게임도 즐기지 말아야 마땅한 처벌이 된다고 보는 입장이라서요, 저는.

B: 아니, 뭐 그러면 사람이 자위행위만 해도 죽을 수 있다는 건데요. 그럴 바에는 왜 살려 두는지, 그야말로 목숨만 붙여 놓는 건가.

C: 한번 숙주가 된 사람은 목숨을 부지하는 데 엄청난 금전적 정신적 출혈이 따르겠군요. 축구도 안 되고 자위도 안 되면 아

무것도 하지 말고 그냥 말라 죽으라는 뜻 같은데, 그런 번거로운 과정을 거치느니 이건 뭔가 좀 연구 예산 낭비 같다는 생각도 들고, 차라리 시상하부에 직접 칼을 대는 게 낫지 않은가…….

D: 그건 인권 단체에서 들고 일어나겠지요.

A: 말씀대로 시상하부에 칼을 댔다가 잘못되기라도 하면 책임 소재 문제가 생기니까 그게 그렇게 해 보자고 해서 선뜻 할 수 있는 일은 아닌 것 같고요. 결국 사방이 훤히 뚫린 감옥이라고 볼 수 있습니다. 몸은 자유롭고 어디로든 갈 수도 있고 전자 팔찌 같은 구속 도구도 없는데, 호르몬의 분비를 가능한 한 막아야 하기 때문에, 숟가락 들 힘도 없는 90대 노인이 아닌 다음에야, 호르몬을 줄이고 성욕을 감퇴시키는 내분비계 주사를 정기적으로 맞지 않으면 사는 것 자체가 지옥일지도 모릅니다. 어떻게 보면 행동의 교정이나 사회의 장기적인 안전망 구축보다는 처벌에 중점을 둔 그런 방식이 아닌가, 그런데 이게 과연 효과적인 처벌이 되기는 하겠는가, 그런 문제가 있는데요. 공포심에 많이 기대는 방법이니까요. 비주얼적으로도 일단 네 편 내 편 안 가리고, 그냥 보는 사람까지 쇼크사하게 생겼다는 목격담도 있고요.

E: 제가 추가로 말씀 좀 드리겠습니다. 선량한 시민 분들은 그런 공포감을 조성해서라도 범죄가 근절된다면 좋지 않겠느냐, 이런 반응들을 좀 보이십니다. 그런데 모든 시도에는 필연적으로 과도기라는 게 있잖아요. 적용 대상을 선정하는 데 있어서 처

음에 성범죄자들 가운데 샘플이 무작위로 다량 선발되었기 때문에, 죄질과 큰 관계가 없이 실험체가 된 사람들도 있다, 그 점을 염두에 두어주시면 좋겠습니다. 사실 이런 범죄는 음주 상태였다든지 실수니 초범이니 그런 기준을 적용하기에는 무리가 있고, 빵 한쪽 훔친 장발장이랑 100억 다이아몬드를 털어 간 강도하고 같냐, 뭐 이런 차원에서 바라봐서는 안 된다 하는 의견이 많은데요. 그렇죠? 빵이랑 보석에 대한 이야기가 아니라 사람, 인명에 대한 거니까요. 그럼에도 정작 강력한 처벌이 요구되는 범죄자들은 이 실험에서 비켜 갔을 가능성을 생각해 보자는 말이지요. 실제로 행위를 저지른 사람만 범죄자인가. 음성이나 채팅 같은 협박으로 범죄행위를 교사하거나 모의한 사람들도 있지 않은가. 우리 인간은 그 모든 경우의 과오를 나노 단위로 정확하게 계량하고 구분선을 그을 수 있는 존재일까요? 아니면 인간의 행위를 정말로 오십보백보라는 말로 통칠 수 있는 것일까요? 세상 그 어떤 기계보다 복잡하고 변수도 많은 인간을요.

흔하고 통속적인 일이지만, 딴집살이의 상대였던 엄마는 그때까지 아버지가 준 돈으로 규모가 조금 큰 식당을 꾸리고 있었는데, 한창 경기가 풀렸을 때는 홀과 주방에 모두 직원을 쓰고 엄마는 카운터만 볼 정도로 목도 좋고 장사가 순조로운 편이었다.

아버지가 대입 수험을 앞둔 아들을 데리고 우리 쪽으로

온 건 뭔가에 실패하고 망가진 간과 대장만 남았을 때였다. 아버지의 부인은 집행관의 압류가 들어오기 전에 빠른 이혼과 함께 부동산 하나만은 지켜 냈는데 그 부동산을 들고 다른 사람과 결혼했으며 그곳에 성년이 얼마 남지 않은 다 큰 아들을 데리고 갈 수는 없었다고 그랬다. 아버지의 아들은 처음 집 문턱을 넘어설 때부터 어른이라면 대체로 좋아할 법한 공손하며 손이 덜 가는 학생의 모습을 하고 당분간만 신세 지겠다는 뉘앙스를 담아 엄마에게 인사했고, 엄마는 애인의 아들이 반가울 리 없지만 법리를 따지기 시작하면 엄마가 나중에 끼어든 쪽이었으므로 반년만 눈 딱 감고 있자는 셈으로 아버지와 그를 번갈아 바라보며 칭찬을 아끼지 않았다. 본인이 입시 앞두고 제일 혼란스러울 상황일 텐데도 어쩌면 이렇게 침착할까요. 얘, 얼굴 좀 풀고, 편하게 아주머니라고 하면 돼.

엄마는 애인의 초기 자본이 가게의 형성에 기여한 정도를 잊지 않았지만, 이제 네 식구의 유일한 생명줄인 가게를 지키기 위해 아버지와 혼인신고를 하지 않았다. 대신 식구가 둘 늘어난 데다 젠트리피케이션의 영향을 받아 월세가 큰 폭으로 오르기도 해서 고용인을 세 명 내보내고 엄마는 한동안 내려놨던 주방에 다시 뛰어들었다. 아버지는 카운터를 보거나 식자재나 석탄을 나르는 등 잡일을 했다. 아버지의 아들과 나는 1층 가게에서 사람이 밀리는 시간대나 아버지가 치료로 부재중일 때 서빙을 도왔고, 나머지는 2층에 있는 집에서 각자의 일상을 보냈다. 나는 엄마하고만 나누었던 공간을 다른 누군가와 공유해야 했고, 생활에 생긴 아주 작은 교집합을 무시하기 위해 노력했다. 그러나 아침마다 욕실에 들어가면 먼저 그곳을 사용한 사람의 흔적을 보여 주는 거울과 세면대의 물방울, 거품이 그대로 맺혀 있는 비누, 수건에 잡힌 작은 구김 같은 사소한 것들에서 일상의 요철들이 만져졌고 미세한 잡음들이 내 감각의 저인망에 걸려들었다.

얼마쯤 지나 공동생활에 익숙해진 뒤로는, 그와 나 사이에 붕어빵은 반드시 꼬리부터 먹는 취향이라든지 감은 머리를 털어 말릴 때는 꼭 왼쪽으로 먼저 고개를 기울이는 습관, 서점에 가면 꼭 사려던 것이 없더라도 괜히 세계문학 코너를 제일 먼저 들른다는 점 같은 사소한 공통점을 발견했다.

그가 대학 두 군데에 합격하고 선택과 등록을 앞둔 어느 날 밤, 나는 마감한 가게의 식탁에 마주 앉아 다투는 엄마와 아버지의 목소리를 듣고 층계를 밟아 내려오다 중간에 멈춰 섰다. 집에서 먼 곳 하나, 가까운 곳 하나. 먼 곳은 전액 장학금을 받고 학교 제공 기숙사를 이용할 수 있는 곳. 가까운 곳은 소위 이름 좀 있는 곳. 아버지는 당신의 현재 상태와 처지는 어쨌든 간에 당연히 이름 있는 곳에 보내고 싶은데, 대신 등록금이 비싸니 방세와 생활비 절약을 위해 아들을 계속 우리 집에 두겠다는 것이었다. 엄마는 이건 기간 한정이라던 처음의 약속과 다르며 나는 당신 혼자라면 모를까 저 아이한테까지 이 공간을 내주고 싶지 않으니 학비와 방세가 면제되는 먼 대학으로 보내라고 말하는 동안 흥분하기 시작했다. 이렇게 굴러 들어와 눌러앉을 셈을 누가 모르냐부터, 일단 문턱 한번 넘기 시작하면 그다음부터는 사람이 앉고 싶고 눕고 싶은 법이라는 대목까지는 그러려니 했는데, 솔직히 재산 다 잃고 몸 망가진 사람 뭐가 예쁘다고, 나나 되니까 거두어 주는 거지, 여기부터는 가진 것 없고 일말의 자존심은 남은 아버지 쪽에서 뚜껑이 열리기 시작했다. 너 이거 가게 자금 누가 대 줬는지 모르냐? 아버지가 들어 올릴 힘도 없는 손으로 어찌어찌 다가와 한 대 칠 것 같기는 하니까 엄마는 주방으로 달려가 둔기가 될 만한 걸 쥐더니 주방 바를 넘어오지 못하게 닫아 버리곤 소리쳤다. 쥐꼬리만 한 돈 받아다가 이렇게 키워 놓은 건 난데? 거기서 엄마는 분에 못 이긴 나머지 사실과 다른 얘기도 즉석에서 만들어 내기를, 네 돈만 들어간 것도 아닌데? 네가 우리 모녀 버려두고 있는 동안 중간에 나 좋다는 다른 남자들 돈이 더 많이 들어갔거든? 이러다가 살인 나지 싶어서 나는 뭘 어째야 할지 모르겠지만 무조건 층계참에서 일어나 가게로 뛰어 내려가려 했는데, 그때 누가 내 귀를 틀어막듯이 어깨를 끌어안고 속삭였다. 조용히, 들어가 있어. 돌아보니 그가 한 손가락을 입에 대 보이곤 내 등을 떠밀어 방으로 올려 보냈다. 나는 그 뒤의 장면은 못 보았지만, 당사자가 눈앞에 나타나니 일단 가게에서 칼부림은 나지 않은 모양이었다.

그리고 그는 엄마의 표현에 의하면 충분한 논의를 거쳐서 먼 곳의 대학으로 가고, 집에는 방학 때만 며칠간 들르기로 협의했다. 그것을 충분한 논의와 협의라고 생각하는 건 아무래도 엄마뿐인 것 같았지만 나는 모르는 척했다. 본인이 납득했다는데 뭐. 애인이 버는 돈으로 병원도 가고 생활도 하는 아버지를 위해서든 목적이 뭐든 간에, 스스로 선택했는걸.

눈을 떠 보니 화면보호기가 코앞에서 번쩍거리며 돌아간다. 고개를 든다. 노트북에 기대고 있던 오른쪽 뺨이 뜨끈하다. 주위에는 벌써 어스름이 깔려 있는데 뜻밖에 바람이 쌀쌀한 걸 느끼지 못한다.

재채기를 하자 어깨가 흔들려, 의자 아래로 무언가가 떨어진다. 버버리 체크무늬 숄이다. 나는 그걸 주워 어깨를 다시 감싼다. 숄 끝으로 얼굴을 덮자 담배 냄새가 콧속을 간질인다. 옆 식탁에 있던 그의 모습은 어느새 보이지 않는다.

가게 쪽에서 나를 부르는 엄마의 목소리가 들린다. 잠에서 덜 깬 채로 벌떡 일어나다가 그만 발을 헛디디고 발목을 접질린다. 외마디 소리를 삼키고 숄을 구겨 노트북과 함께 옆구리에 낀다. 한쪽 발을 질질 끌며 가게 안으로 들어간다. 엄마는 어딘가로 외출하는 차림이었고, 식탁에 큰 보따리 두 개를 올려놓고 있었다. 교회 모임이 있는 모양이다. 엄마는 교회 모임 때마다 거의 음식 담당이다. 엄마가 나를 붙들더니 쪽방 안으로 밀어 넣고 문을 닫는다.

"너 나랑 얘기 좀 해."

"아, 나 지금 좀, 살살, 놓고……. 뭔데요?"

나는 발목이 아픈 것을 감추려고 애쓰며, 엄마는 시간이 촉박한 듯 손목시계를 한번 들여다보고는 말한다.

"그런 데서 잠들지 마. 사람이 한 번 일어난 일 두 번 일어나지 말란 법 없어. 저놈이 아무리 쥐 죽은 듯 조용히 있다고 해도 마찬가지야."

그렇게 말하며 엄마는 내가 노트북과 함께 옆구리에 낀 숄에 시선을 준다. 나는 한숨을 쉰다.

"그쪽도 나도 서로 말 한마디 안 하고요, 가게가 코앞인데 무슨."

"가게가 스물네 시간 열려 있니? 집에서 꼼짝 말고 공부해. 엄마 지금부터 교회 모임 가서 내일 새벽까지 안 들어와."

"그래요. 혼자 방에 있으면 되는 거죠? 얼른 가요."

나는 엄마가 숄에 어떤 의미를 부여하거나 조짐을 덧씌울까 봐 서둘러 얘기를 마무리하려는데 엄마는 한순간 안타까운 표정이 된다.

"진짜, 엄마가 능력이 없어서…… 그래도 엄마 생각한 돈 거의 다 모이고 있어. 대출만 조금 더 받으면 다른 데로 이사 갈 수 있을 거야. 가게는 여기다 그대로 두더라도 최소한 사는 데만이라도 번듯하게, 그때까지만 조금 참아. 알았지?"

"네, 네, 알았으니까 얼른 다녀오세요. 밖에서 집사님이 차 빵빵거리고 난리가 났네."

엄마는 돌아서서 나가기 전에 다시 한번 내 양 볼을 손바닥 사이에 꼭 잡고 다짐을 시킨다.

"사람 속 모르는 거니까 가능하면 가까이 있지 마."

"어…… 염려 말라니까요."

그는 이제 나한테 그러고 싶어도 그럴 수가 없다니까요. 말하고 싶다, 그의 몸속에 무엇이 심어져 있는지. 나는 그가 어떤 형태로든 곤경에 빠지기를 바란 것 같긴 하지만, 그 곤경이 죽음의 위험과 종이 한 장의 틈만큼 맞닿아 있기까지를 바라지는 않았다고.

겨울방학 때 그는 기숙사에 있던 짐을 다 빼내서 집에 왔다. 상대평가의 지옥 속에서 나름대로 긴장하고 지냈지만, 올 에이플러스를 유지하지 못해서 다음 해 성적 장학금과 기숙사 우선순위에서 미끄러졌다고 했다. 그 두 가지 조건이 확보되지 않으면 굳이 먼 데 있는 학교에 적을 둘 필요가 없는 것이었다. 그것 보라고, 잘난 애를 전망도 없는 데다 처박아 놔서 생으로 1년을 버리게 되지 않았느냐고 아버지는 엄마를 탓했다. 내가 등 떠밀었냐고 자기가 결정했다고, 항변하는 엄마의 목소리를 시작으로 둘은 다시 다투기 시작했다. 그 지경이라 나는 나름대로 위로하는 시늉이라도 하는 게 내 일인 것 같아서 그의 방문을 열고 공연히 차를 타 줄까 내지는 과일을 갖다 줄까 같은 걸 물었고, 그러자 그는 그때까지 쓰고 있던 헤드폰을 벗고는 많이 컸다면서 내 머리를 빗질하듯 쓸어내렸다. 거기서 그만뒀어야 했다. 시선이 마주치기 전에. 그 손이 머리에서 어깨로 내려오기 전에. 훗날 오랫동안 사람들은 내게 물었다…… 물었다기보다는 다그쳤다. 그래서 너는 기분이 어땠는데? 너의 마음은? 만약 소름에도 단계가 있다면 어느 정도였지? 기분이 나빴던…… 것도 같아요, 하자 내게 뭔가를 묻던 어른들이 고개를 저었다. 같아요, 라니 그건 아니지. 자기 마음인데 남의 생각 말하듯이 회피하면 어떻게 하지? 네가 그 당시 너의 기분에 대해 정확하게 말하지 않으면 너의 가족이 더 힘들어진단다. 그러자 나는 내가 어느 쪽인지를 잘 모르는 상태에서, 이를테면 어제는 고통이 있었다가 오늘은 동정심이 생겼다가 내일은 다시 죽이고 싶을 것 같은 느낌이 갈마드는데도 그럴 것 같은 상태를 제거하고 어느 한쪽을 확신하여 결단해야 했다.

지나간 일에 대한 가정은 허무하다. 객관적인 현실은 다만 이러했는데. 살갗이 벗어진 내 양팔과 무릎, 피로 얼룩진 옷, 기겁하던 엄마와 아버지의 얼굴, 추궁과 취조 끝에 사실을 인정하던 그의 터진 입술, 무서워하거나 울면 집안 꼴이 더 풍비박산이 나거나 생전 처음 보는 사람들이 나를 불쌍한 환자 취급할까 봐 심드렁하고 짜증스럽다는 얼굴로 먼산바라기나 하면서 대답하던 나, 사실혼 관계의 가족 구성원이라 이거 웬만하면 적당히 마무리하려고 했는데요 아버님, 이번에 저희가 특별 단속 프로젝트도 있고 여자아이 쪽이 미성년자라서 어려울 것 같습니다, 마음의 준비를 해 두시고요……. 그가 떠난 뒤 동네 안팎의 소문을 뒤로하고 가게를 접던 엄마, 술에 취한 채 이차선도로의 횡단보도 앞에서 동사 시신으로 발견된 아버지.

그러니까 혹시 그게, 자기 딴에는 복수에 해당했던 건가?

그 후로도 몇 년을 생각했지만 어디까지나 타인의 마음이라 나는 알지 못했다.

내 마음이라고 언제나 내가 잘 안다고 할 수는 없는 것처럼.

어머니와 너는 그걸로 안심할 수 있어.

처음 그의 메시지를 받고 몇 분 동안 나는 당혹감이나 공포를 나타내는 이모티콘도 띄우지 않고 그대로 멍하니 있었다. 여기 온 것은 복수의 연장선인가? 그때로 끝나지 않았나? 많은 동종 범죄자 가운데 신체 조건과 건강상태에 따라 무작위 샘플로 선택된 사람이, 어차피 죽을지도 모르고 살아 있더라도 의미가 없다고 여겨 자신을 이렇게 만든 사람들에게 보복하고 싶어져서 굳이 여기까지 돌아왔나? 애당초 그의 불행과 재난은 그 자신이 초래한 거고, 백번 양보해서 엄마가 일부 원인 제공을 했다고 치면 그 화살이 나에게 돌아와서는 안 될뿐더러, 모녀끼리 손 붙잡고 잘 살던 가게에 들러붙은 것도 그들 부자이며, 그가 원하는 대학에 못 간 근본 원인은 아버지의 건강과 재정 상태에 있었는데, 그러고 보니 아버지의 시신 수습과 장례 절차에다 채무 상속 포기 같은 행정 잡무도 엄마가 날벼락과 혼돈과 비참 속에서 이를 악물고 마쳤지.

어쨌거나 엄마만 해도 그더러 콩밥 좀 먹은 다음 눈앞에서 사라지기를 바랐을 뿐 애인의 아들이 이렇게까지 되는 걸 바라지는 않았을 성싶고 실험 샘플 같은 소리를 해봐야 못 알아들을 것 같아서 이 일은 비밀로 해 두기로 했다. 나는 어떤 감정적 반응을 보이는 대신 최대한 냉정하게, 그에게는 모욕적일 수 있는 질문을 몇 가지 한 뒤, 그가 꼭 필요한 말들만을 골라 조심스레 대답한 걸 실마리로 하여 이튿날부터 구글에 매달려 살았다. 내게는 정보가 필요했다. 그가 살아갈 수 있는 요건이나 방법을 담은, 최대한 많은 정보가. 몇몇 카페를 가입하고 미지의 존재에 대한 사람들의 반응을 보았다. 정보가 부족해서 그랬겠지만, 처음에는 벌레만도 못한 인간에 대해 얘기하던 사람들이 이제는 벌레가 주는 두려움에 사로잡히기 시작했고, 자기 주위의 겉으로 보기에 평범한 인간들 속에도 놈이 들어 있을지 모른다는 집단 공포에 시달렸다. 자신의 아버지한테, 친척한테, 애인한테. 비용 문제나 사회 인식 문제를 고려했을 때 그게 그렇게 보편적으로 아무한테나 다 들어 있을 정도로 양산되려면 현실적으로 시간이 오래 걸릴 테지만 두려움과 의심이 상식을 앞섰다. 사람들이 난사하는 예언과 비난과 분석의 언어 속에서 나는 찾아 헤맸다. 뭘 어떻게 해야 그가 살 수 있지? 살 수는 있었다. 다만 죽은 듯이. 숨만 쉰다는 의미로는 살 수 있었다. 가족을 재생산하고 화목함을 누리는 보편의 삶을 바라지 않는다면. 그 길 외에는 은혜나 믿음 또는 양심 그 무엇도 그를 도울 수 없었다.

놈은 그의 머릿속에 레이저를 통해 들어갔다고 한다. 겉으로 보면 절개선 하나 없이 깨끗하게. 거기 조용히 머물러 있으면서 호르몬의 분비에 따라 조금씩 커졌다 줄어들었다 하는데, 몸속에 제 몸 외의 이물질이 있으면 염증이 생기는 법이므로 편두통과 미열 정도는 늘 달고 살아야 하지만, 성적 행위를 비롯한 큰 신체 작용이 없는 한 놈은 고만고만한 수준에 머물러 있으며, 정기적인 투약 처방으로 개체의 크기며 통증 조절도 가능하다. 아무리 작은 이물질이라도 성행위 때 급속도로 팽창하면 먼저 뇌를 부순 뒤 몸 아래쪽으로 밀려 내려온다. 내려오면서 목뼈를 부러뜨리고, 이어서 가슴뼈와 등뼈를 부순다. 그렇게 이동해도 공간이 비좁으니 결국 몸을 뚫고 밖으로 나와 버린다고. 실제 상황을 찍은 영상은 없으며, 누군가가 입수한 시뮬레이션 영상만 극소수의 카페 회원에게 등급에 따라 공개되어 있었다.

두 번 다시 그 낯짝 보이지 말라던 엄마의 말에도 불구하고 그가 우리를 찾아온 이유가 조금씩 분명해지는 것 같았다.

그런데 어느 쪽이든 종착지는 필멸뿐이었다.

File 4.

(11월 17일 00시 45분 저장된 한 인문학 강좌 사이트 회원들의 채팅 정모. 해당 홈페이지는 현재 공사 중.)

물방개: 지난 시간에 한 참가자분께서 제기해 주신 문제에 관해 제가 연구원의 답변을 얻어 왔습니다. 이 연구원은 현재 프로젝트에서 손을 떼고 미국 거주 중이며, 자신의 신분이 노출되지 않게 해 달라고 간곡히 요청하셨기에 이에 이니셜 처리하겠습니다. 그러니까 문제가 뭐였냐면…… 잠깐만요, 지금 서류가 좀 정리가 덜 되어서.

사슴벌레: 그거였죠, 곤충이 발견되었다는 제보가 적어도 일곱 건 방송국에 접수되었는데, 놈에 대한 제보자들의 외양 묘사가 각기 다르다는 거였죠. 파리 형태가 세 건으로 가장 많았고, 잠자리가 두 건, 나방과 말벌이 각 한 건씩. 그래서 또 다른 음모론이 있는 게 아닌가 한 거잖아요. 왜 사람들은 각각 다른 걸 보았는가. 설마 그 복잡한 장치를 여러 가지 다른 종류로 디자인했을 리는 없고, 실은 그중에 하나만 진짜 범죄자용이고 나머지는 짝퉁이거나 다른 용도의 것이 아니겠는가. 이를테면 사람들의 관심을 다른 데로 돌리기 위한.

무당벌레: 그런데 그중에 특히 나방에 대해서 이견이 있지 않았나요?

쇠똥구리: 아, 네. 사건 당시 큰 소음을 듣고 현장으로 달려간 복수의 목격자들은 공통적으로 나방을 보았다고 주장하는데, 피해자…… 그러니까 이 경우는 생존자인 여성 피해자 말입니다. 피해자는 정신을 잃기 전에 마지막으로 본 게 나비라고 합니다. 이건 어떻게 설명할 수 있는 건가요?

물방개: 예, 서류 정리가 미진해서 죄송합니다. 그것은 기본이 기계로 되어 있지만 생명체이기도 해요. 아무리 정밀한 기계라도 반이나마 생명인 이상 개체의 성장을 일률적으로 통제하는 것은 불가능합니다. 성장 과정에서 얼마든지 이변이 생길 수 있다는 겁니다. 사례 자체가 적어 단언하기는 어렵지만, 귀납적으로 따져 볼 때 사람 몸속 호르몬의 성질과 양에 따라 서로 다른 모습을 하고 외부로 보이는 거 아닐까, 연구원은 이렇게 전하고 있습니다. 즉 어떤 특별한 목적을 가지고 사람마다 각기 다른 개체를 심어 놨다, 최소한 그것만큼은 아니라는 얘긴데요. 앞에서 나비에 대해 말씀하신 것처럼 같은 걸 두고 서로 다른 걸 봤다고 주장하는 건, 글쎄요, 그걸 이 자리에서 판별하는 게 의미가 있나, 저는 그 말씀을 드려 보고 싶어요. 형태가 숙주의 성질과 변이에 달려 있기보다는 정신분석학으로 접근하는 게 어떨까. 무엇보다 일반적으로 겁난다, 혐오스럽다고 생각하는 나방이라는 곤충과 ── 특히 초대형 팅커벨 같은 건 자주 보고 살았다 하는 분들 아니면 까무러치게 놀라신단 말이에요 ── 보기에는 일단 안심되는 나비의 대립이지 않습니까. 말하자면 놈을 바라보는 타인의 시각에 의해서도 얼마든지 왜곡되어 보일 수 있지 않을까요. 같은 때 같은 걸 본다고 해서 모두가 백 프로 같은 것으로 인식하지는 않는다는 게 인지론에서 언급하는 두뇌 작용의 기본입니다. 게다가 말씀드린 것처럼 생명을 가진 놈이고, 생물은 그것이 일단 존재한다는 자체만으로도 한없이 주관적인 개체니까요.

열이 나는 머리를 벽에 기대고 한 손으로는 부어오른 발목을 꼭 잡은 채 노트북을 켠다. 그는 메신저에 없다. 아까 그대로 그렇게 외근을 나간 건지도 모르고, 집에 있으면서 접속을 안 하고 있는지도 모른다. 나는 오프라인 상태의 대화명을 클릭하고 입력한다.

도와줘.

엔터키를 누르자 그대로 전송된다. 그가 다음번에 접속하면 이 메시지를 받게 될 것이다. 그게 얼마 뒤인지, 며칠 뒤가 될지는 알 수 없다. 전송된 메시지는 취소할 수 없다.

모로 누운 채 손끝으로 상비약 상자를 열고 그 안을 휘젓다가 끝내 통증을 이기지 못하고 울음을 터뜨린다. 캡슐과 소독약 통이 방바닥에 쏟아진다. 파스 없잖아. 어떻게 파스만 없냐고, 약상자에 탓을 돌리자 삭은 나사가 부품을 조이지 못하고 떨어져 나오기라도 한 듯 눈물이 흐른다. 쿨파스도 열파스도 없어. 차갑거나 뜨겁거나 어느 한쪽이 될 수 없고, 얼어 버리지도 불타 버리지도 못해.

자정 뉴스의 시작을 알리는 인트로 음악이 들린다. 환청인가. 엄마가 가게의 텔레비전 끄는 걸 잊고 갔을 리 없는데. 어쩌면 입주자들 가운데 누군가가 창이 열린 줄 모르고 소리를 크게 틀어 놓았는지도.

그러나 다시 눈을 뜬 이유는 소리가 아니라 발목에 느

껴지는 청량감 때문이다.

이건 꿈이거나 환영. 가게 문을 통해서가 아니면 이 방에 들어올 수 없다. 가게 불은 껐는데, 엄마가 나간 뒤 내가 스윙 도어의 셔터를 안 걸었던가. 부은 발목에 점성을 띤 차가운 약을 펴 바르고, 어디 달리 아픈 데는 없냐고, 그가 내게 물어볼 리 없다. 그는 이 집에 온 뒤로 메신저로 말고는 도무지 소리를 내어, 입을 열어서 내게 말해 본 적이 없다.

그런데 맨소래담 냄새가 콧속을 꿰고 안구를 흔든다. 꿈속에서 냄새도 맡을 수 있던가. 그가 한쪽 손등을 내 이마에 댄다. 마주친 눈동자가 가볍게 흔들리더니 상반신이 내 몸 위로 스르르 떨어진다.

그의 머리카락이 뺨에 닿는 순간 나는 알아차린다. 그의 몸속에 들어 있는 놈을 꺼낼 방법은 하나뿐이라는 걸. 그걸 위해서라면 나는 모든 양지를 버리고 어둠에 흡수되리라는 걸.

그래서 내가 필멸의 시간을 앞당겨 준다.

그의 입속에서 내 한쪽 귀는 열대어의 지느러미처럼 팔랑거리며 혀끝과 마찰한다. 그의 혀는 따뜻한 점액질의 연체동물처럼 내 몸 곳곳을 휘감아 빨아들인다. 온몸에 무게가 실리지 않게 조심하면서, 그의 호흡이 더운 물기를 품고 내게로 쏟아져 내린다.

셔츠의 단추가 한 개씩 열리고 나는 그와 밀착된다. 그 때만큼 무섭지는 않다. 끝을 알고 있기에. 나는 이미 그의 어제와 오늘을 받아들이고, 더 이상 없을 내일을 만들어 주고 있다. 문득 눈을 떠 보니 그의 입가에 희미한 미소가 걸려 있다. 죽음이 입 맞추고 지나간 얼굴이다. 이상한 일이다. 우리의 온몸은 순식간에 땀으로 질척거리는데 어째서 몸짓은 이렇게 고요하지.

아, 나도 모르게 입술을 비집고 나와 적막을 깨는 외마디 소리에 내가 소스라친다. 그 소리 사이로 앵커 멘트가 들려오니 아무래도 환각이 아닌 모양이다. 정부는 이번 사태와 관련하여 그동안 계속 미루어 온 기자회견을 갖고 문제의 곤충에 대한 정체를 분명히 밝힘과 동시에, 아, 그동안 보고된 사례와 여론을 수렴하고 그것이 국민 정서에 끼치는 영향을 고려하여, 아, 이 존재와 관련된 관계자들을 계속 색출하고 조치를 취해 나가는 한편……

이건 꿈이다, 냄새와 소리가, 피부의 체온마저 느껴지는 사실적인 꿈, 그러니까 지금 이것도 환청이다, 놈이 숙주의 몸속을 구석구석 훑으면서 산산조각 내는 이 소리.

그의 미소 띤 얼굴은 이미 그대로 굳은 채, 몸속에서 토해지는 소리의 강도와 빈도에 따라 자세는 흐트러져 간다. 그리고 내 몸에 그의 무게가 온전하게 실린다. 흐려지다 마침내 출렁거리는 시야에 마지막으로 들어오는 것은, 손 내

밀어 닿기만 해도 가루가 떨어져 내 눈을 멀게 할 것만 같은 놈의 날개가 아니라, 눈부시게 흰 천사의 날개다.

조장기(鳥葬記)

　　처음 한두 마리가 노인의 어깨에 날아와 앉았을 때는
뭔가 자연 친화적인 장면으로 보이기도 하고 새를 다루는
능력이 있는 이인처럼도 보여서 신성한 느낌마저 주었는
데, 얼마쯤 지나자 어딘가 이상해 보였다. 노인은 새와 친
한 것 같지도 않고 어깨에 앉은 새를 뿌리치기 위한 손사
래마저 칠 의욕이 없는 듯했다. 그것들이 부리로 뺨을 제
법 건드리는데도 벤치에 앉은 그대로 노인은 미동이 없었
는데 그 모습은 신체 보존 본능이 완전히 정지된 상태로
삶을 유지하기 위한 최소한의 열량마저 바닥나고 삶으로
부터 미끄러지듯 빠져나온 허물처럼 보였다. 거무끄름한
새들이 그 주위에 더 모여들고 마침내 목격자들이 얼른 거
기서 피하시라고 소리쳤을 때는 이미 늦어 버려서, 서른

마리 남짓한 새들이 노인의 몸을 뒤덮은 뒤였다. 새들에
파묻힌 노인은 순식간에 한쪽 눈과 희끗한 머리카락 일부
만 드러나 보였다. 푸드덕거리는 날개 아래로 불길한 얼룩
처럼 깃털들이 떨어져 내렸고 수많은 부리와 발톱이 그를
찍거나 할퀴었으며 자리를 차지하지 못한 것들은 기회를
엿보면서 벤치 옆을 맴돌았다. 덩어리를 이룬 새들의 날개
와 날개 사이로 피와 살점이 튀었다. 마침내 노인의 몸뚱
이가 벤치 아래로 쓰러지고 나서야 새들이 잠깐 떨어져 낮
게 날아올랐고, 검붉은 살덩이에 형태를 잃은 옷이 군데
군데 섬유 조직으로만 남은 모습이 드러났다. 새들은 잠깐
간을 보며 휴지기를 갖다 살덩이가 더 이상 움직이지 않는
걸 확인하고 다시 내려앉아 쪼아 대기 시작했다. 충분히
거머먹은 새들이 원활한 신진대사 작용을 위해 저마다 사
방으로 돌아서서 땅을 박차고 날아오르다 몸이 무거운지
곧 날개를 접곤 종종거리며 걸어 다니기 시작했는데 그것
들의 부리에서 시뻘건 거품이 부글거리는 것을 보고 사람
들은 뒷걸음질로 내뺐다.

그중 한 마리와 눈이 마주쳐 나는 그 자리에 멈추어 섰
다. 어쩌면 노인은 일평생에 걸쳐 새 사냥꾼이었을지 모
르며 죽을 날이 다가와 새 떼가 보복의 의례를 치른 게 아
닐까 싶었다. 오래된 흑백영화에 그런 비슷한 이야기가 나
왔던 것도 같고. 살아 있는 것을 훼손하면 그 동료 무리들

이 응징한다는 신화적 클리셰. 고통받은 만큼 되갚아 주는 자연의 서사. 아니면 새나 벌레가 갑자기 미쳐서 수상한 집단행동을 하는 경우로는 뭐가 있을까. 나는 새와 눈을 맞춘 채 망설였다. 당장 몸을 돌려 뜀박질하면 놈이 날카로운 울음과 함께 날아올라 나를 쫓아오지 않을까. 놈이 푸드덕거리자 그때까지도 부리에 묻어 있던 피와 살점 일부가 허공에 튀었고 나는 양팔로 얼굴을 가렸다. 들고 있던 봉투가 발아래 떨어져 식료품이 바닥을 굴렀다. 놈은 나를 공격하는 게 아니라 포식 후 이곳에 더 볼일이 없어졌기에 내 머리 위로 높이 날아올라 떠난 것뿐이었고, 공원에서 건성드뭇하게 어슬렁거리던 다른 새들도 그것이 신호라도 되는 양 힘차게 따라서 날았다.

노인은 지난 두 달간 있어 온 새들의 공격에서 일곱 번째 희생자였다. 원인불명, 돌연변이, 대재앙과 멸망의 징조, 공포의 새 떼와 같은 말들이 지면에 오르내렸다. 권위 있는 조류학자가 뉴스에 나와 환경오염으로 터전을 잃은 데다 온갖 변형된 먹이와 비닐 끈, 폐플라스틱 조각 따위 쓰레기를 장기간 먹게 된 새들이 모종의 이상행동을 일으키는 질병 바이러스에 노출되어 산 사람을 공격하는 것으로 가정하고, 그중 몇 마리를 포획하여 비교 검사 중이라고 했다. 환경오염은 전 지구의 문제인데 같은 기간 동안 다른 나라에서는 비슷한 사례가 보고된 바 없다는 점에 대해서 어떻게 생각하느냐고 묻는 앵커의 물음에는 약간 횡설수설했다. 문화연구자들은 티베트의 조장 풍습에 대해 언급하며, 새에게 육신을 주면 그 영혼이 하늘로 승천하여 진정한 자유를 얻는다고 믿는 유목민족의 동경에 대해 설명하고, 때문에 이 조장 풍습은 부족 내에서 특별히 권위 있는 자만이 누릴 수 있는 영광이라는 식의 이야기를 에스엔에스에 올렸다가 거센 비난에 부딪쳤다. 직전까지 살아 있었던 사람을 뜯어 먹어 죽이는 새 떼에 대해 말하고 있는데 남의 나라 시신 장례 풍습은 왜 들먹이는가? 경찰 내부에서는 특별히 살인을 훈련받은 새들을 조종하는 세력이 있을지 모르며 사회를 혼란에 빠뜨리려는 자기과시형 범죄의 모습이 엿보인다고 분석했으나 너무 허황되다고 하여 받아들여지지 않았다. 각각의 사건 사이에는 새들이 달려들었다는 사실 외에 눈에 띄는 공통점이 없었으며 그 새들의 종류도 까마귀 까치 솔개 독수리로 그때마다 달랐다. 발생 지역은 도시에서 네 건 농촌, 어촌, 산촌에서 각 한 건씩이었으므로 도시에 집중된 환경오염에 무게를 두기에는 유의미한 수치가 아니었고, 피해자는 성별로 구분하면 남자 네 건 여자 세 건, 연령대로는 20대 두 건과 10대, 30대, 40대, 50대, 70대가 각 한 건으로 다양했다. 직업군도 정규직, 비정규직, 학생, 무직 등 일관성을 찾을 수 없었고 생활

수준도 천차만별이었다.

20대가 두 건이라는 건 역시 별 의미 없을 거라고 생각하면서도 뉴스 자막에 정신을 팔았다가, 숨넘어가는 비명과 울음에 고개를 번쩍 들었다. 일곱 살 아이가 물을 마시려다 정수기 온수 버튼을 눌렀다. 아이가 손을 데어 놓친 컵이 발치에 뒹구는 걸로 보아 두 발마저 다 데었다. 그대로 아이를 번쩍 안아 욕실 욕조에 담그고 샤워기로 찬물을 뿌렸다. 누나 차가워, 차가워! 높아져만 가는 아이의 울부짖음이 들리지 않았다. 물 마시고 싶으면 누나한테 말하랬지! 왜 그랬어 왜! 이미 벌어진 일이었고 나는 실격이었다.

마른 옷으로 갈아입은 아이는 연방 재채기를 해 대고 코를 훔치면서 감자 스낵을 씹었다. 퇴근해서 집에 온 아이 엄마는 한심하다는 표정을 감추지 않고 나를 위아래로 훑어보았다. 곧바로 응급실 데리고 가 볼 생각은 안 했어? 얘 이거 흉 지면 어떡할 건데. 죄송합니다, 다음부터 주의하겠습니다, 라고 말하면서도 나는 이미 다음 기회란 없다는 걸 예감하고 있었다. 냉정하게 빈도만 따지자면 3개월 사이에 단 한 번의 사고를 낸 셈이니 하루에도 열두 번씩 어딘가에서 사고를 치게 마련인 아이를 돌보면서 이만하면 양호하지 않은가 생각하면서도, 아이 엄마 입장에서는 그한 번이 모든 것을 결정하고 그 전까지의 모든 수고와 노력에 영을 곱하는 것임을 인지하지 못하면, 이 일은 할 수 없었다.

보육 도우미 중개 사이트에 신상을 등록한 지 두 달 만에 들어온 일이었다. 눈에 살 띄도록 별도 광고비를 지불하여 아이 돌봐 드린다는 제목을 볼드체로 키웠고, 형광색 태그와 지아이에프 형식의 움직이는 풍선 아이콘을 달았다. 하루에도 수십 명의 보육 희망자가 신규 등록을 하는 상황에서 웹페이지가 뒤로 밀리지 않도록 '일주일간 항상 상단에 노출' 옵션을 선택했으니 비용은 만만치 않았다. 클릭하면 볼 수 있는 자기소개란에는 연락처 외에 구구절절한 이야기를 지양하고, 늘 시간이 부족한 부모들이 필요로 하는 사항만 드러냈다. H대 유아교육과 2학년 휴학 중, 경력은 1년, 서울 전 지역 근무 가능. 유치원과 학원을 거쳐 돌아온 아이를 마중 나가 학원 차량에서 인계받아서 귀가, 재료만 있다면 간단한 친환경 간식을 만들 줄 알며, 영어 동화책을 읽어 주는 것은 필수이고 그 밖에 약 100종류의 영어 놀이 방법을 알고 있다. 부모의 희망 사항에 따라 실내 놀이와 야외 놀이를 선택 또는 병행할 것이며, 구몬수학과 한자 등 일일 가정학습지 진행 상태를 돌봐 줄 수 있다. 근무시간은 보통 유치원이 끝나는 2시 30분부터, 또는 학원 차량이 동네를 도는 시간부터 오후 7시까지. 부모가 야근할 경우 사전 합의하여 9시 또는 10시까지. 단

이때 아이를 위해 저녁밥은 새로 지을 수 있으나 반찬이나 국거리는 미리 준비되어 있어야 한다. 추가 요금은 시간당…….

노출 옵션 기간이 만료될 때까지 연락은 네 통쯤 걸려왔고 그 뒤로도 여섯 번은 더 기회가 있었지만 면접에서 모두 떨어졌다. 처음에는 눈치 빤한 엄마들이 내가 실은 초짜인데 1년 경력을 거짓으로 썼다는 사실을 알아챈 거라 생각했다. 영어 동화고 놀이고 간에 실제로 아이들과 해 보지 않았을 뿐 공부는 많이 해 두었다. 나머지는 아이와 얼마나 합이 잘 맞느냐에 달린 거였다. 객관적인 영어 시험 성적표 외에는 자격증을 비롯한 사진 자료를 많이 올리지 않았고, 경력도 심하게 뻥튀기하지 않았다. 시간과 비용 모두 빠듯한 워킹맘들은 아이에게 밀도 있는 공부를 시켜 줄 선생님이 아니라 퇴근 때까지 보육 공백을 최소화해 줄 가성비 좋은 도우미를 찾는 것이었고, 경력이나 자격은 과하지 않게 설정해 두어야 서로의 니즈에 맞을 거라고 믿었다.

일곱 번째 엄마와의 면접에서 떨어지기 전에도 나는 내 얼굴이 불합격의 이유라는 걸 어렴풋이 알고 있었다. 납작한 코, 네모지고 넓은 비대칭의 얼굴과 쌍꺼풀 없는 뱁새눈, 두툼하고 핏기 없는 입술, 입 주위에는 피로와 지속된 피부 트러블로 인한 색소 침전. 예쁘다거나 밉다거나 그런

주관을 배제하더라도 일단 어린이에게 쉽게 호감을 살 만한 얼굴은 아니었다. 아이들에게 사람의 가치를 외모로 판단하는 게 아니라는 윤리적인 정언이 초면에 바로 통하지는 않을 것이었다. 그건 내가 나 자신을 있는 그대로 인정하고 좋아하느냐 같은 문제와 별개였다.

그런 상황에서 열한 번째 면접을 통과하고 얻은 일이었는데. 두 번의 월급을 받아 밀린 방세도 내고 쌀도 넉넉히 사 두어서 나머지 돈은 고향에 부쳐 드리기도 했고, 이제부터 받을 급료로 등록금을 모으기 시작할 마당이었다. 월요일부터 금요일까지 밤 9시 30분에 퇴근하여 버스 정류장 옆 편의점에서 삼각김밥으로 늦은 저녁을 때워 온 지 3개월째에.

집에서 나오기 직전 아이 엄마는 보름치의 급료를 현찰로 봉투에 담아 내밀었다. 원래대로라면 20일치를 주는 게 맞지만 5일치는 아이 치료비로 깠다는 설명과 함께, 피해 보상을 얘기하며 고소하지 않는 게 어딘가. 나는 말없이 봉투를 받아 돌아섰다. 이게 다 떨어지기 전에 새 일자리를 구할 수 있을지 확신 없는 채로 문득 하늘을 올려다봤을 때, 어디로 또 다른 사냥에 나서는 건지 한 무더기의 새 떼가 불길한 냄새를 풍기며 이동 중이었다.

그로부터 한 달 사이에 여덟, 아홉 번째 희생자가 차례로 생겼다. 사람들이 공포에 사로잡혀 있는데 나라에서는 뭐 하느냐고 성토하는 주민의 이마와 목에 푸르게 선 핏대가 뉴스 화면에 포착되었다. 정부에서는 현장 조사단을 꾸려 보냈고 수렵 관련 각종 규제를 완화했으며 시체를 먹는다고 알려진 새 종류에 대해서는 현상금도 걸었다. 사냥꾼들 사이에서는 하루에 누가 몇 마리 새를 잡는지 내기가 과열되기도 했는데 시민들은 그게 오히려 새들의 성질을 건드려서 개체가 더 늘어나거나 그들이 더욱 포악해질지 모른다고 불안에 떨었다. 때론 시체나 행인 공격과 무관한 비둘기들이 애꿎게 희생되었다. 도시의 비둘기들은 둔하고 느린 데다 잘 날지 못했는데 총기류를 보유하지 않은 다혈질의 일반인들이 거의 화풀이나 재미로 그것들을 밟아 죽이거나 차로 밀어 버렸다. 도로에 종잇장처럼 들러붙은 비둘기 형체가 흔히 눈에 띄게 되자 미관 파괴는 물론 각종 전염병을 우려하는 목소리들이 높아졌다. 나중에는 공원 경관을 적당히 수놓는 수준 이상으로 새가 많이 모여드는 일 자체를 방지하기 위해, 도심 공원을 비롯하여 나무와 인파가 많은 곳에 의경이 배치되었다.

그러는 사이 자의든 타의든 관제에 속하지 않고 철저하게 개인플레이로 일관하는 문화비평가 사회학자 심리학자 생물학자 등 재야의 무림 고수들은 추가된 사례 데이터를 통해 희생자들 간의 유일한 공통점이 있다고 각자의 블로 그에 기고했는데, 그 내용은 산 채로 새들에게 쪼아 먹힌 이들이 한결같이 이미 죽어 있는 상태였다는 것이다.

산 채로 이미 죽어 있었다니 이 앞뒤가 반대인 표현에 일부 사람들은 행간을 읽지 못했거나 때론 무시하고서 각자의 트위터와 블로그에 퍼다 날랐고, 슬픈 프로메테우스들의 시대를 운운하는 감성적 제목을 붙인 해당 기고문들은 사람들의 분노를 샀다. 지성인들이 과학적 근거와 논리 대신 영양가 없는 미신 사고를 조장한다는 비판도 나왔다.

새들은 그 사람의 몸에서 풍기는 절망의 냄새를 맡고 몰려온다는 거였다. 절망으로 대표되긴 했는데 그것은 삶에서 산출된 총체적인 오류와 실패와 무기력, 독성, 장애, 회한, 허무 같은 것을 포함하고 있었다. 처음에 숲에서 목을 매 숨진 사람의 시체를 뜯어 먹은 새들에게 절망의 성분이 각인되었을 것이며, 그것들이 취한 부위는 피부만이 아니라 폐나 간을 포함했을 테고, 비록 부패했을지언정 — 아니 오히려 부패했으므로 더욱 유효한 절망의 성분을 새들에게 전달했을 테며, 그 맛과 냄새에 점점 익숙해진 새들은 살아 있는 이마저 시체인 줄로 착각하고 덤벼들기 시작했으리라는 거였다.

희생자들은 사건 당시 어딘가로 이동 중이 아니라 모두 영혼이 바닥난 것처럼 미동도 없이 그 자리에서 당했으며, 각자 사건 직전에 감당하기 힘든 충격적인 일을 겪었거나, 이미 수차례의 자살 시도에 실패한 적이 있다고 한다. 만성화된 빈곤과 불화. 내가 현장을 목격한 노인의 경우는 함께 노숙으로 연명하다 쇠약해진 아내를 먼저 떠나보낸 지 얼마 되지 않은 상태였다. 그 밖에 다른 이들은 차량 사고로 1000만 원가량의 물품 대금을 사비로 변상한 택배 기사, 부모가 10년간 모은 돈을 보이스피싱으로 날린 뒤 그걸 만회하려다 다단계에서 빠져나오지 못한 청년, 고객에게 머리채를 잡히고도 도리어 남들이 다 보는 데서 석고대죄했던 판매원 등이 있었다. 어느 경우 할 것 없이, 있을 수 있는 불행이지만 그렇다고 그런 일이 일어나도 되는 것은 아닌, 낮에 썰린 풀 같은 삶들. 새들은 이미 스스로 삶을 놓아 버린 채 숨만 쉬고 있을 뿐인 사람들과 시체 사이에서 두드러진 변별점을 찾지 못하여 변질된 고기를 뜯어 먹을 때와 다름없는 맹렬한 공격성을 보였을 것이며, 희생자들은 예민한 짐승만이 감지할 수 있는 서로 닮은 냄새를 풍겼을 것이라고, 그 냄새가 정확히 어떤 성분인지는 시신마다 정밀 화학분석을 해 보면 알 수 있을지도 모르겠으나 그것은 전문가의 몫이며, 현재로선 다만 죽음의 냄새로 이름 붙여 둔다는 거였다.

그렇게 따지면 지금 여기 살아 있는 사람들치고 죽음의 냄새를 풍기지 않는 인간이 어디 있겠어, 나만 해도…….

인터넷 뉴스 창을 닫고 신규 구인 공고를 검색했다. 방과 후 돌보미만 고집할 처지가 아니라 각종 주점과 패스트푸드점, 편의점과 주유소의 모집 글을 보관함에 담았다. 집에서 가깝고 보수가 작은 일, 거리가 꽤 있고 중간 정도 보수의 일거리들 사이에서 교통비와 식비의 감가상각을 가늠했다. 사람의 시간과 기력을 날로 잠수시겠다는 도둑 심보를 드러내는 구인 글이 많았는데 이를테면 이런 식이었다. 하교 도우미 구함. 초등학교 저학년 아이의 하굣길 도보 20분, 그길로 영어학원에 데려다준 다음 한 시간 지나 다시 학원으로 가서 도보 20분 거리의 피아노 교습소로 데려다주고, 또다시 한 시간 뒤에 도보 10분 거리의 집으로 데려다주면 된다는 것이었다. 아이가 학원에 머무는 시간은 도우미 본인의 집에 돌아갔다가 시간에 맞춰 나오실 수 있는, 말하자면 한동네에 사시는 분을 구하는데, 실제로 일하는 시간은 총 50분이며 10분을 더 쳐 주어 시급 1만 원, 한 달에 20만 원을 지불하겠다는 식이었다. 1시간에 1만 원이라니 얼마나 꿀 알바냐, 많은 거 안 바라고 간단히 반찬거리나 벌어 가실 분을 찾는다고. 20만 원이란 지불하는 사람 입장에서야 거금일지 몰라도, 아이를 기다리는 시간이나 왔다 갔다 하면서 신경을 온전히 아이의 동선에 쏟아야 하는 정신적 노동의 시간은 모두 무시되어 있었다. 사실상 노동의 시간은 총 2시간 50분으로 책정되는 게 마땅했고, 그걸 클릭한 다른 사람들의 생각도 마찬가지였는지, 그 게시물은 오랫동안 구인 완료가 되지 않은 채 남아 있었다. 뭐, 그러는 동안 아이는 자라나고, 혼자서 하 굣길과 하원길을 안전하게 다니는 요령을 익히게 될 것이 었다.

잊을 만한 틈을 주지 않고 평균 2주에 1회꼴로 산 사람 이 새들에게 공양되는 동안 사방에 창궐 수준으로 난립하 는 수상한 사회문화 단체라는 것들과 종교 단체를 중심으 로 긍정 운동이 각종 공연과 강연의 형태로 꾸준히 진행 되었다. 뭐가 됐든 간에 회개하고 기도하고 복음을 전하고 구원받으라든지, 이 시련은 시험의 일부라든지, 질병 가 난 소외 이별을 비롯하여 당신 앞에 놓였고 앞으로도 놓 일 모든 함정과 좌절 앞에 과감히 예스!, 라고 대답하라는 내용이 대부분이었다. 종교와 관계없는 강연 현장에서는 제일 많이 나오는 단어가 단연코 희망, 사랑, 미래, 신뢰 관 계, 따뜻한 위로, 다정한 연대 같은 것들이었으므로, 얼마 쯤 지나서는 강연 별로 강사와 제목이 다르더라도 나는 내 용을 예상하여 읊을 수 있을 정도가 됐다. 그럼에도 면접 을 보러 가기 전 근처에서 관련 특강이 있는 걸 보고 들른 건 어쨌든 나 역시 불의의 사고로 새 밥이 되고 싶은 맘은 없었으니까. 과학적으로 검증되지 않은 사안에 편승하여 반짝 사업을 펼치는 단체들은 각성해야 하며, 이들에게 경도되어 사회의 불안 요소를 인식 및 개선하는 대신 불행을 개인 문제로 치부하는 평범한 시민들은 경각심을 가져야 하고, 무엇보다 이런다고 새들에게 잡아먹히지 않으리라는 보장이 어디 있느냐는 냉소적인 시각도 있었지만, 강력범죄나 테러에 비하면 긍정을 목 놓아 외치며 전도하는 일이 그보다 더 해로울 것까지야 없었으니까. 강사들은 암울한 현실에서 희망을 나누며 타인에게 베푸는 줄 알았지만 알고 보니 스스로를 구원했고 타인들에게서 배움을 얻었다는 유의 봉사활동 사례 책자를 무료 배포했다. 구립 도서관이나 주민센터에서는 희망 찾기 그룹 스터디가 매월 1회씩 열렸고 방송마다 위로와 공감, 소통을 주제로 하는 콘텐츠를 편성했다. 긍정의 힘을 강조하는 자기 계발서들이 쏟아져 나와 대형 서점의 베스트셀러 순위를 차례로 장식했는데 이들은 귀여운 원색의 캐릭터를 표지에 내걸고 「그래도 시리즈」, 「오늘도 내일도 시리즈」, 「괜찮아 시리즈」 등의 타이틀을 걸고 삽화와 짧은 글을 시원시원하게 배치했다.

「일상 공감, 일상 건강」 류의 방송에서는 새들의 공격이 설령 도시 전설에 불과하다고 치더라도 엔도르핀을 많이 생산하여 절망의 화학 성분을 중화시켜 보자는 엠씨들의 코멘트가 나왔고, 하루에 다 쳐서 10분간 웃으려고 노력하며 다이어리에 웃음의 횟수를 체크까지 했던 날, 나는 몇 번째인지 기억나지 않는 면접에 미끄러졌다. 그 사이에 인터넷 쇼핑몰에서 상품 분류 포장 아르바이트도 했다. 그러나 근본적으로는 아이 보살피는 자리를 원했고, 그 일이 아니면 이 전공을 택한 것이 무의미하다는 강박도 은근히 생겼다. 사람은 누구나 마지못해서 하는 일이 아니라 원하는 일을 할 권리가 있었다……. 쇼핑몰의 월급은 쌀과 방세와 병원비로 빠르게 녹아 사라졌고 방세는 다시 밀렸으며 하루에 한 끼로 식사를 줄인 지 2주일쯤 되어서 다이어트만은 확실히 되었으나 결과적으로 네모진 턱선이 더 도드라져 보였다. 집에서 거의 밥을 해 먹지 못하여 가스 요금이 부과되지 않았다. 전기료는 어떻게든 납부했다. 휴대전화 요금까지 무사히 납부하지 못하면 일자리를 검색할 수단도 사라질 거였다. 나는 새 관련 뉴스 창을 닫고 허탈하게 웃었다. 절망을 먹이로 삼는다는 새 떼가 반지하까지 쳐들어올 일이 없으니 내가 희생자가 될 일도 없을 텐데 뭐 하러 이걸 보고 있어.

머리로는 오늘도 부지런히 일자리를 검색해야 한다고 중얼거리면서 내 손은 에스엔에스의 타임라인을 멍하니 넘기고 있었다. 특별한 목적의식 없이, 다만 부유하다 부서지는 수많은 누군가들의 촌평이나 격론을 훑고 지나갔다. 계정만 만들었을 뿐 콘텐츠는 없이 텅 비워 둔 나랑은 인연이 없는 여행, 디저트, 바다, 전시회, 영화, 뮤지컬 등의 정보와 해당 장소 방문 및 관람 인증샷이 손가락 아래로 흘러갔다. 호화롭고 사치스러운 사진들 아래로 국제 뉴스, 시사 이슈가 스쳐 지나갔다. 남들이 지금 어떤 주제에 목의 핏대를 세우는지 둘러보고, 일부 의견에 동조하거나 반대하는 글을 올리기도 해 보았지만 반응 없이 혼자 떠드는 일에도 곧 시들해졌다. 그러다가 몇몇 링크를 클릭하면서 결국 웹 서핑으로 이어졌고 빠른 속도로 닳는 배터리 잔량을 보고 나서야 이게 뭐 하는 짓인지 자괴감과 열패감만 확인하는 날들의 연속이었다.

연예인들 사생활 폭로전과 학교폭력과 범죄와 터무니없이 낮은 형량들 속에서 문득 눈에 띄는 글이 있었다. 한동안 뜸해지나 싶었던 새 떼의 공격이 한 시간 전 한강 공원에서 다시 발생했는데, 그 희생자는 5년 전 인기 드라마에 조연으로 나왔던 연예인이라고 했다. 단 한 편의 드라마 성공 이후 대마초 소지 건으로 방송 출연을 못하게 되고 내리막길을 걸은 뒤 일반에 이름마저 가물거리는 사람이었는데 이 일로 실시간 트렌드에 올랐다.

그 이름이 타임라인에 도배되자 교양 있고 대의에 충실한 이들이 통탄조로 말하기를, 자극적이기만 할 뿐 더 이상의 유용한 대책 정보를 주지 못하는 광란의 새 떼 소식을 퍼다 나르거나 연예인들 뒤꽁무니나 빨고 다닐 것 같으면 거기에 쏟는 관심의 10분의 1만큼이라도 집단해고된 비정규직 노동자들의 투쟁과 그들의 억울한 죽음에 돌려 보라는 거였다. 세상에서 가장 쓸데없는 게 연예인 걱정이라고. 그들이 비록 무지몽매한 대중에게 경각심을 일깨워 주겠다며 잘난 척한 게 아니더라도, 진지한 인식을 표현하는 방식이 주로 훈계와 비난과 조소였으므로, 어느 때는 그들의 목적이 사람들로 하여금 자신이 얼마나 무지와 무관심으로 가득한 잉여이며 쓰레기인지를 자각하게 하여 죄책감을 유도하는 데 있는 것처럼 보였다. 그 말투를 확대해석하기 시작하자, 세상에 얼마나 위중하고 다급하며 소외되어 죽어 가는 사람이 많은데 그런 이들의 절망은 눈에 보이지 않고 고작 자기 잘못으로 부귀영화를 잃은 연예인한테나 감정이입할 정도라면 그다음의 희생자는 바로 당신이 될 수도 있다는 뉘앙스까지 느껴지는 것이었다.

그 뉘앙스는 내 안에서 몇 단계 변형을 거쳐 '너는 그렇게 당해도 싸'를 거쳐 '어디 너도 한번 당해 봐라'에 이르렀다. 그들의 단호하고 준엄한 일갈은 내게 일어나는 모든 부당한 일들을 설명해 주는 것만 같았다. 내가 왜 일자리를 구하지 못하고 있으며 구한다 쳐도 월급을 제때 못 받거나 곧 잘리기 일쑤인지, 홍수 피해를 제대로 입은 고향 집 농사는 왜 올해도 결딴나서 내게 생활비는커녕 등록금도 보태 줄 수 없는지, 그게 다 내가 불의를 보고 떨쳐 일어나 구조의 문제를 따지는 대신 간편하고 자극적인 가십거리나 뒤적이기 때문이라고.

그럴 리가 없는데, 풀 한 포기 찾기 힘든 이 뒷골목 주택가에 문득 푸드덕거리는 소리가 들렸다. 든든히 먹고 자유롭게 날아가는 새에게 흔히 기대할 수 있는 평화로움이나 충만함이 아니라, 쓰레기봉투를 뜯던 길고양이와 발톱을 드러내고 부리를 들이대며 한판 붙기라도 한 것처럼 다급하고 날카로운 육식성의 소리였다. 새가 얼마나 낮게 날았는지 반지하방 창문에 몸의 일부를 스치며 똥 같은 걸 붙이고 지나가는 바람에 몸을 움찔했는데 소리가 멀어진 뒤 창문을 자세히 바라보니 그건 어쩌면 누군가의 살점 같기도 했고 실은 그저 동물 시체의 일부일 가능성이 크지만 희생된 연예인의 것인지도 모른다는 생각이 들었다. 곰팡이 가득한 반지하방에 틀어박혀 있다고 새들의 공격으로부터 안전한 게 아니며 지금은 운이 좋아 피했을 뿐 저 살점이 얼마든지 내 것이었을 수도 있다는 생각. 닦아 내고 싶은데 창문을 열어야 할 손이 떨렸다.

면접 때 바로 내일부터 출근할 수 있느냐는 물음에 그러겠다고 덥석 대답해 버린 걸 후회하며 나는 기저귀를 갈고 있었다. 이것도 나름대로 사회 경험이라고 생각하여 견뎌 낼 줄 알아야 한다고 스스로에게 주문을 걸면서. 사회에 나가면 이보다 더 난감한 일들을 많이 만날 거고 이보다 더 세찬 강도로 뒤통수를 맞을 때도 있을 거라고.

그러니까 어젯밤 주인 여자는 여섯 살 먹은 자기 딸을 인사시킨 뒤 얘가 정말 순하고 얌전하고 얼마나 말을 잘 듣는지 세끼 밥만 제때 먹이면 알아서 척척 자기 할 일 한다고, 손이 거의 가지 않는 애라고 그랬다. 딸이 옆에서 고개를 주억거리는 걸 보자 왠지 그 조로가 안쓰러워서 나는 그때부터 바로 출근해야겠다고 마음먹었더랬다. 일은 아이가 유치원에서 돌아오는 4시부터 시작되는데, 유치원에서 오후 간식을 먹고 돌아오니까 셔틀에서 내리는 아이를 데려와서 6시경 저녁상만 보아주면 되고, 그 밖에 다른 학원은 가지 않고 특별한 놀이 프로그램도 진행해 줄 필요 없이 학습지도 진도표에 따라 혼자 척척 푼다고, 가끔 모르겠다고 물어보는 것만 가르쳐 주면 된다는 설명이었다. 다만 텔레비전 시청의 경우 좋아하는 만화 중심으로 한 시간 이내로 제한해 주며 컴퓨터 게임도 한 시간을 넘지 않게 조정해 주면 그사이에 엄마가 9시쯤 집에 귀가하니, 그 말대로 아이가 이렇게만 조용하고 스스로 자기를 조율할 줄 아는 아이라면 실상 다섯 시간 동안에 할 일이 많지 않겠다고 어림잡고 있었다. 그러면서도 주인 여자는 일반적인 보육 도우미 시세보다 약 20퍼센트 정도 높은 보수를 제시했고, 거기서 수상하게 여겼어야 하는데 내 실수였다. 실은 보수에 마음이 뺏겨서 나도 모르게 합리적인 구실을 만들어 붙였다. 아이에게서 예기치 못했던 성격 파탄의 조짐이 엿보인다든가 하는 스릴러 영화적인 변수만 없다면 결코 사양하지 않고 감당해 보이겠다는 식으로. 그래서 여자가 '약간의 청소'를 비롯해서 아이 맞이할 준비를 미리 해 주면 좋겠으니 늦어도 오후 3시까지는 집에 와 달라며 현관 비번을 적어 주었을 때도, 20평대의 집에 그렇게 날마다 대대적인 청소가 필요한지 의구심을 품지 않고 의욕적으로 첫 출근을 한 것이다.

그런데 와 보니 식탁 메모지에 적힌 여자의 지시 사항에는 '이왕 하는 김에' 안방에 있는 큰애의 기저귀만 좀 보아 주면 고맙겠다는 얘기가 있었다.

'어제 미처 말하지 못해서 미안해요. 애는 열일곱 살인데 허리 아래로 움직이지 못해서 늘 누워 있어요. 얘도 말수 적고 저 혼자 책 보고 컴퓨터 들여다보는 애니까 일하는 데 피해는 주지 않을 거예요.'

메모를 보고 조금 열린 안방 문을 조심스럽게 밀어 보니 한 소년이 누워 받침대에 노트북을 올려놓고 무언가를 입력하다가 내 쪽을 돌아보며 눈인사를 건넸다. 어제 저는 자고 있었거든요, 안녕하세요. 나는 조금은 민망해하는 듯한 그 눈빛에서 순식간에 몇 가지 세부 사항을 읽어 냈는데, 이 아이가 어젯밤 방에서 분명 깨어 있었으리라는 사실과, 사람을 구하기 힘든 처지에 엄마의 작전 성사를 위해 기침

소리조차 내지 않고 숨죽여 공모했으리라는 거였다.

얘기가 좀 다르다고 말하기 위해 바로 아이 엄마에게 전화했으나 그녀는 지금 회의 중이라 길게 말할 수 없다고 통화를 피하려 했고, 나는 일단 사람 된 도리로 대체 이 큰애는 이 시간까지 식사를 못 했는지를 다급하게 물었다. 거기서 나는 이미 발목이 잡힌 셈이었고, 그녀는 목소리에 반색이 돌며, 하는 김에 냉장고 두 번째 칸에 국 냄비와 반찬이 있으니 밥만 떠서 갖다주면 고맙겠다고 서둘러 말하곤 전화를 끊었다. 하는 김에. 얼마나 편리한 '문간에 발 들여놓기' 기법이냐. 그런 수법에 걸려드는 나 같은 인간이 꼭 있으니까 심리학 이론으로 자리 잡았겠지.

머리맡 협탁의 물통과 간식으로 버텼을 뿐 오후 3시까지 제대로 된 점심을 먹지 못한 한창때의 아이가 안방에 누워 있는 현장을 본 상태에서 약속과는 다르니 일할 수 없다고 그대로 사람을 방치한 채 돌아 나갈 만큼 내가 매정하지 않다는 게 문제였다. 무엇보다 약속 항목에 분명히 포함되어 있는 딸아이만은 정상적으로 맞이해야 했고, 하는 김에, 라고 여자가 말한 이상 나한테 전문 간병인 수준의 손길을 기대하는 건 아니었을 테니, 나는 큰애에게 양해를 구한 뒤 바지를 끌어 내렸다. 여자가 출근 전에 새로 채워 놓았을 기저귀에서는 시큼한 소변 냄새가 났다. 되도록 참아 보려고 했는데, 라고 중얼거리곤 큰애는 두 팔을 쓸 수 있어서 기저귀를 벗기는 건 스스로 할 수 있다며 손으로 가리고 몸을 뒤척이는 시늉을 했지만 그건 어디까지나 수치심으로 바르작거리는 시늉에 불과하며 스스로 허리를 들 수 없으니 아랫도리가 드러나는 걸 피할 수는 없었다. 하반신의 감각이 없는 거라면 참아 보려고 했다는 것부터가 사실이 아니라 그냥 하는 말일 수도 있었다. 인간의 육체를 사물로 간주하고 매뉴얼대로 다루는 숙련된 간병인의 태도를 떠올려 보고 싶었지만 기저귀를 벗기기 전 나는 눈에 띄지 않게 심호흡했다. 유교과를 졸업한 뒤 어린이집이나 유치원에서 일하게 된다면 몸이 불편한 아이들을 돌보는 일도 있을 테고 지금은 그 예행연습쯤으로 생각하면 되지만, 상대는 네댓 살 먹은 아이가 아니라 이미 기저귀 밖으로도 비쳐 보이는 음모도 그렇고 어른 남자의 몸과 다를 바 없었다. 의식과 지능은 보통의 10대와 같으니 상대방도 이 상황이 반가울 리 없었고, 그래서인지 아이는 필사적으로 변명하기 시작했다. 원래 와 주시는 분이 계신데요, 정부 도우미 분이요, 그분이 잠깐 휴가를…… 아니 휴직을, 바로 재신청 넣었는데 뭐 기준이 미달이랬나 대기가 좀 많댔나, 그러니까 지금 잠깐 애매하게 텀이 있어서 그렇지 실제로는…… 그래, 잘 이해했어. 나는 아이의 말을 끊고 두 다리를 이리저리 들어 기저귀를 빼낸 뒤 최대한 내 손가락이 그 애 피부에 직접 닿지 않도록 조심하면서 물티슈로 아랫도리를 대강 닦아 내곤 새 기저귀를 채우는 데 성공했다. 한차례 난관을 넘기자 문득 강사들이 핏대를 세워 가며 말했던 긍정의 마음이 떠올랐다. 봉사는 남을 구원하는 게 아니라 자신의 영혼을 구하는 길이고 이타적인 행위로 깨끗해진 영혼은 새 떼의 저주는 물론 지구의 어떤 천재지변도 이겨 나갈 힘을 주니까 여러분, 삶이 내 앞에 던져 준 난해한 문제 앞에 힘차게 고개를 끄덕이세요, 예스, 예스, 예스라고 말하세요.

나는 냉장고를 열어 반찬을 뒤지기 시작했다. 시간에 맞춰 다시 나가서 셔틀에서 내리는 작은아이를 맞이했다. 아이가 저 혼자 알아서 손을 씻고 제 엄마가 그날 치 과제로 올려 두고 간 학습지를 펼치는 걸 확인한 다음 큰애의 침대 옆 협탁에 쟁반을 놓았다. 내가 이렇게 봉사로 마음의 평화를 유지하는 동안 세상에서는 누군가가 새 떼에 둘러싸여 비명도 지르지 못한 채 삶에서 퇴장당하고 있을 테고, 그게 최소한 지금의 나는 아니라는 사실에 안도했다.

그 내밀하고 개인적인 긍정 수행은 오래지 않아 끝났다.

큰애도 작은애도 까다롭게 굴지 않았고 나는 침묵의 계약이라도 지켜 나가듯 그 집을 청소하거나 밥을 짓거나 상을 들이고 내가고 설거지를 하고 큰애의 배설물을 치웠다. 늘 누워 지내는 큰애가 가끔 소화불량으로 토할 때는 대야에 물을 받아다 씻겼다. 몸을 돌려 주는 걸 잊어서 욕창이 생겼다. 약을 발라 주었다. 이제 피부에 손이 닿거나 말거나 상관없었다. 처음 며칠은 퇴근 때마다 번거롭게 하여 미안하다며 미니 롤케이크 같은 걸 사다 안기던 여자는 어느 날부터 큰애 먹을거리마저 준비해 놓지 않고 출근하기 일쑤였고, 나는 냉장고에 남아 있던 시든 채소들을 대강 다듬어 밥상을 차리느라 출근 시간이 점점 앞당겨졌다.

새들에게 죽지 않기 위한 긍정 에너지라는 걸, 믿어요?

3주일째 되던 날 큰애가 물었을 때 나는 거기에 대꾸하고 싶지 않을 만큼은 지쳐 있었다. 원래 그리던 유아 보육 도우미의 모습에서 멀어진 데다 고향에서는 학교를 그만두면 안 되겠느냐고 물었던 날이었다. 휴학한 이상 전공에서 크게 멀어지지 않는 방식으로 아르바이트를 하고 싶었는데 현실과 이상의 거리를 확인했다. 지금 나는 누가 어떻게 보아도 예닐곱 살 아이의 숙제와 놀이를 돌보아 주는 보육교사가 아니라 가사 도우미 겸 간병인이었다.

동기 아이들이 밟아 나가는 스텝과 템포에서 완벽하게 소외되고 싶지 않다는 단 하나의 이유만으로 가끔 형식적인 멘션이나마 달기 위해 에스엔에스에 접속하면, 모카 뭐라나 하는 열세 글자 이름의 커피와 열한 글자 이름의 스테이크와 어디선가 로고를 본 적 있던 신상 백 들이 눈에 들어왔다. 로드 숍이라곤 하지만 개당 만 원은 넘는 색조

화장품과, 미용실 염색 후기와, 시계와 반지와 쇼핑몰과 극장과 워터파크와 콘서트장 등 내가 가져 본 적 없으며 앞으로도 가질 예정이 없는 사물이나 장소들이 아무리 스크롤을 내려도 사라지지 않았고, 나는 20평 아파트 안에서 인생의 최저 마지노선이던 보육 도우미에의 희망을 악의 없는 방식으로 착취당하고 있었다.

그런데 긍정이라니.

노트북 화면을 통해서만 세상을 접할 수밖에 없는 아이라도 바깥에 무슨 일이 벌어지는지는 알고 있을 터였고, 마침 그 전날은 새 떼의 새 희생자가 나오기도 했다. 이번 희생자는 대폭 하락한 성적표를 손에 쥔 채 집에 들어가지 못하고 헤매다 변을 당한 10대 아이였으니, 큰애는 자기 또래라서 관심을 보이는 듯했다. 나는 내가 매일 아랫도리를 들여다봐야 하는 아이와 그렇게 많은 말을 섞고 싶지 않아서도 그렇고, 사람의 절망을 저울에 달아 명확한 눈금을 잴 수는 없으나 그 10대 아이 — 에버빌로 끝나는 무슨 열한 글자 외국어로 된 이름의 아파트에 살면서 변호사인지 의사인지 아무튼 사 자 붙은 직업을 가진 부모가 한 달 사교육비로 내 한 학기 등록금만큼을 퍼붓고 있었다던 — 가 겪었을 고통에 별로 공감이 가지 않아서 어깨만 으쓱해 보였다. 불행 배틀을 뜨자는 건 아니지만 해야 할 의무라곤 공부밖에 없는, 당장 저녁거리를 걱정하지 않아도 되는 중산층 혹은 상류층 아이한테서 새들에게 끌려갈 만큼 죽음의 냄새가 풍겨 나왔다고는 믿고 싶지 않았고, 새들의 공격을 차단하는 데에 희망의 에너지를 갖는 걸로는 해결책이 되지 않으며 반성적 사고로 반짝 인기를 얻은 재야 고수들의 논리는 틀렸다고 이제는 확신했지만 대충 얼버무리듯 대답을 이었다. 긍정적으로 살아서 해로울 일은 없으니까 뭐, 그렇게 관심은 없지만.

그럼 이 어이없는 상황에서 도망치지 않고 하루도 빠짐없이 우리 집에 출근하는 것도 긍정의 에너지를 위해서예요?

나는 그 말에는 대답하지 않고 묵묵히 빨래만 개켰다. 천만에, 약속한 날짜에 받을 한 달 치 급료 때문이지. 아무 잘못 없이 누워 지내는 애한테 무슨 말을 할까, 사람들은 나처럼 생활비를 위해서든 스스로의 영혼을 구원받기 위해서든 예스, 예스라고 바보같이 대답하다가 희망을 강요받고 점점 거기 중독되어 희망이라는 이름의 폭력에 기꺼이 노예가 된다고? 섣부르고 낡고 닳은 희망보다 차라리 절망이 더 인간적이라고? 한 달 치 월급을 선불하지 않고 예정에 없던 노동을 끼워 팔기하도록 만든 네 엄마의 몰상식한 태도가 이 모든 사실을 충분히 깨닫는 데에 작지 않은 역할을 했다고? 그렇게까지 말할 수는 없었다. 여자의 염치없는 고용 행위가 그 아들의 탓은 아니었고, 그런 말을 입 밖에 내고 나면 절망의 성분이 내 혈관을 촘촘히 채워 그다음 희생자는 내가 될 것만 같았다. 나는 질문한 아이를 무안하게 만들지 않기 위해, 그 아이 생각이 어떻든 관심 없지만 일부러 되물었다. 그러는 너는 그 새 떼의 정체나 목적에 대해 어떻게 생각하는데?

저도 뭐 별로. 그냥 유목민족의 믿음처럼, 뜯어 먹힌 영혼들이 하늘로 자유롭게 훨훨 날아갔으면 좋겠다 정도지요 뭐. 그 애의 대답은 피안에 닿아 있는 듯한 목소리로 무심하게 흘러나왔다. 새들의 배 속에 점점이 분해되어 담겨서 하늘 높이 올라가는 걸 자유라고 간주할 만큼 이 아이는 바닥에 들러붙어 있다는 뜻임을 알아차리고 나는 대꾸하지 않았다. 그리고 타인의 재난과 불행을 통해서만 스스로의 처지를 안도할 수 있다는 사실에 대해 굳이 저열하다고 여기지 않으려 애썼다. 겉으로 티내지만 않는다면, 혼자 그런 위안의 생존 수단을 갖는 것 정도는 비난받을 일이 아니었다.

이튿날 오후, 식재료가 잘못됐는지 기저귀 때문에 염증이 생겼는지 큰애가 기침과 토하기를 반복하다가 그대로 까라지는 바람에 나는 구급차를 부르느라 작은애를 제때 마중 나가지 못했고, 작은애는 셔틀에서 내려 익숙한 길을 밟아 집으로 들어간 뒤 얌전하게 모두를 기다렸다고 한다.

나는 나대로 응급실 측에서 보호자와 연락이 되어야 한다
고 그래서 대기 상태였고, 여자가 거래처와 미팅을 마치고
작은애의 늦은 저녁밥을 사서 안겨 주고 달려왔을 때는
10시가 넘은 시각이었다. 응급실에서 호흡을 되돌려놓고
기본 처치를 다 마친 뒤 특별한 이상은 없으니 링거가 끝
나면 약 처방받아 퇴원하셔도 된다는 말을 듣고서도 진료
비 정산서만 쥔 채 침대 옆에서 기다린 지 네 시간째였다.

여기저기 뛰어다니다 피로를 넘어 실신 직전의 모습으
로 나타난 여자를 보고 마음이 약해졌으며, 내가 택시를
잡는 동안 그녀가 자신보다 키가 큰 애를 업고 버티니 인
간적으로 측은함을 느끼지 않을 수 없었지만, 더 이상 견
딜 수 없어서 집에 돌아와 큰애를 안방에 넣은 다음 문간
에서 선언했다. 당황하지 않고 침착하게 집에서 혼자 잘 기
다린 작은애는 대견하다고 생각하며 작은애가 무엇을 참
아 내고 있는지도 짐작하지만, 작은애를 보아서 지금까지
돕는다는 생각으로 버텨 왔지만 나는 아이를 돌보러 온 것
인지 파출부 겸 간병인으로 온 것인지 도무지 모르겠고 작
은애가 저렇게 착하고 얌전하며 스스로 잘하는 아이니 그
냥 큰애를 전담하여 돌봐 줄 전문적인 간병인을 쓰시는 게
낫겠다고. 장애인 활동 지원사는 가사 노동이 포함되어 있
지 않고 정부 지원 자체가 대기가 길어서 간병인을 고용하
려면 실비가 고스란히 드는 만큼, 그녀가 간병인보다는 비

교적 적은 돈에 산지사방 어지간한 잡일을 해 줄 사람으로
나를 고른 거라는 생각이 들어 나는 더욱 그렇게 말했다.

그러자 여자는 병자 때문에 지쳐서 그러기도 하겠지만
대뜸 싸늘하게 대꾸하기를, 그만두는 건 마음대로 하시되
내일 당장 2박 3일로 워크숍을 가서 손쓸 도리가 없으니
새 사람을 구할 때까지 조금만 더 기다려 달라는 거였다.
워크숍 끝나고 와서 한 달 급료를 지불하겠다는 말도 덧붙
이자 나는 최대한 소리 나지 않게 한숨 쉬며 고개 끄덕일
수밖에 없었다.

이어서 그녀가 분명하게 원하는 바를 말하는 대신, 여
자 혼자 주위에 도움 받을 친척 없이 전전남편의 아들과
전남편의 딸을 돌봐야 하는 자신의 딱한 처지를 눈물로
하소연한 것은, 2박 3일간 그들을 돌봐 주겠다는 대답을
내게서 유도하기 위해서였을 텐데, 나는 알면서도 거기 보
기 좋게 걸려들었다. 자청의 형식이었지만 실은 암묵적인
지시이며 내가 거기까지 마쳐 주어야 이런저런 핑계나 딴
전 없이 무사히 월급을 받아 낼 수 있을 것이었다. 아름다
운 희생정신을 바탕으로 하긴 했으나 아슬아슬한 지점에
걸쳐 있던 봉사가 완전히 의무 쪽으로 넘어가 변질되는 순
간이었고, 그때 귓가에 새들의 무겁고 음산한 날갯짓 소리
가 들린 건 환청일 터였다.

그리고 워크숍에서 돌아오던 날 그녀가 탄 대절 버스는 가드레일을 들이받고 산비탈 아래로 굴렀다.

나는 50킬로미터 떨어진 바깥의 지역 경찰서에서 걸려 온 전화를 받으면서, 조금 전에 막 돌아온 작은애와 안방에 누워 있는 큰애를 번갈아 돌아보았다. 수화기 너머에서는 그녀의 이름을 말하며 시신 확인과 함께 조사가 필요하니 이쪽으로 와 주어야 한다는 소리와 함께 뭐라고 떠들어 대는데 머릿속이 아득해졌다.

나는 몰라요. 난 그냥 이 집에서 일하던 사람일 뿐이에요. 난 지금 거기까지 갈 돈도 없고 가서 무얼 어떻게 해야 하는지도 몰라요. 그녀의 가족은 둘뿐인데 하나는 여섯 살이고 다른 하나는 움직이지 못해요. 그냥 아주머니네 회사 분 아무한테나 대신 연락해 주세요. 상대방이 계속 자기네 위치와 병원 이름과 연락처를 불러 대는 동안 나는 더 이상 듣고 싶지 않아서 이렇게 우물거렸지만 그 말들은 밖으로 나오지 않고 혀끝에서 미끄러졌다. 한참을 그대로 있자 수화기 너머에서 경찰의 목소리가 들려왔다. 안 들리세요? 가족분들 아무도 안 계십니까?

나는 노트북을 켜 둔 채 잠들어 있는 큰애의 기저귀를 살필 경황이 없이 협탁에 식판을 내려놓고 물러나온 뒤, 무슨 전화인지 묻지 않는 작은애에게도 저녁상을 차려 주곤 머리를 쓰다듬었다. 잠깐 확인하러 가 봐야 할 일이 있어. 조금 오래 걸릴 거야. 어쩌면 오늘 내로 돌아오지 못할지도 몰라. 혼자서 집 잘 보고 있을 수 있겠니? 작은애는 숟가락을 입에 문 채 고개를 끄덕였다. 그 애는 현관문을 여는 내 등에다 대고 물었다. 엄마는 언제 온대? 나는 그 말에는 대답하지 않고 문을 닫았다.

버스 정류장에 서서 주머니에 손을 넣어 보았다. 100원 동전 네 개와 10원 두 개가 나왔다. 이걸론 그 지역 병원은 고사하고 아무 데도 갈 수 없었으나 나는 오히려 그 사실에 안도했다. 가까운 지구대에 가서 경찰 전화를 받은 상황을 얘기하면 도움을 줄지도 몰랐지만 나는 버스 정류장을 지나쳐 천천히 걷기 시작했고, 고향 집에서는 아무도 전화를 받지 않았으며, 휴대전화 배터리는 단 한 개 남은 눈금마저 깜박이고 있었다. 왕릉을 둘러싼 담을 따라 걸으며 무덤에서 풍기는 풀 냄새를 맡고, 이제부터 어디로 갈까를 생각하지 않으면서 무심코 방향을 틀었다.

그때 게걸을 떼고서도 마지막까지 누군가의 살점을 입에 문 새들이 하늘로 날아오르며 불길한 울음소리를 냈는데, 나는 조금 전까지는 형태를 지닌 누군가였을 그 살점이 승천하는 걸 바라보며 부럽다, 부럽다고 중얼거렸다.

어림 반 푼어치 학문의 힘

힘이 있어야 한다.

무언가를 부수거나 무너뜨리는 게 아니라 스스로를 유지하고 변형되지 않도록, 긴장과 탄력을 잃지 않게 해 주는 힘 정도면 충분하다. 작용과 반작용 사이에서 어디로도 치우치지 않을 수 있는.

여자는 차가운 플라스틱 시트에 앉아 가능한 한 출혈과 고통을 줄이고 볼일은 효과적으로 마칠 수 있는 최적의 순간을 노리고 있다. 머릿속으로는 오늘 아침 남편이 했던 말을 떠올리면서. 힘이, 필요하다던.

여자도 지금 힘이 필요하다. 통증을 견디고, 이 우중충한 건물 화장실 변기에서 아랫도리를 드러낸 채 물때로 미끈거리는 타일 바닥에 쓰러져 기절하지 않을 수 있는. 두

층 아래에 있는 작은 만인기획 사무실까지 난간을 잡고 무사히 돌아갈 수 있는. 남편이 외부에서 얻기를 기대하는 힘과는 차원도 품위도 다르지만 자신에게는 무엇보다 절실한.

그녀는 오늘 회원권의 파격 할인가를 강조하는 피트니스 클럽의 전단지 시안만 넘기고 조퇴할 것이다. 남편이 7시에 손님 열여섯 명을 모시고 올 예정이며, 그 전에 마트에 들러 장을 보아야 한다.

여자가 처음 자기 몸에서 꼬리를 발견한 것은 닷새 전, 사거리 건너편에 새로 생긴 병원의 명함을 만들고 있을 때였다. 그 전에도 화장실을 들락거리다 종종 휴지에 붉은 피가 묻어 나오는 등 몇몇 전조를 보이기는 했지만, 그녀는 대수롭지 않게 말하곤 했다. 실장님, 우리 휴지 좀 좋은 걸로 바꾸면 안 되나요.

그러다 증상을 키운 모양이었다. 실장이 외출해서 그녀 혼자 있던 날이었고, 사무실 창은 열려 있었으며, 꽃가루와 함께 거대한 누브지 뭉치를 싣고 달리는 오토바이들이 피워 올린 황사 먼지가 창으로 쏟아져 들어왔다. 문을 닫다 재채기를 서너 번 연타했을 때, 엉덩이 사이에 화약을 치고 불을 댕긴 것처럼 기습적인 폭발이 일어났다.

원시적이고 동물적인 통증이 한차례 지나가고 정신을

차리자 그 자리에 꼬리가 느껴졌다. 퇴화와 함께 사라진 태곳적 흔적기관의 갑작스러운 출현이었다. 그녀는 자신의 상태를 살펴볼 만한 것을 찾아 사무실 안을 둘러보았으나 목 높이에 걸린 벽면 거울로는 아무것도 알 수 없었다. 꼬리에서는 간헐적인 격통과 더불어 그 어떤 방법으로도 환기할 수 없는 아득한 냄새가 올라왔다. 다시 한번 콧구멍으로 오장이 쏟아질 듯이 재채기를 해 댔다. 허리 아래로는 자기 몸이 아닌 것 같은 총체적 이물감이 느껴졌고, 설상가상 꼬리는 더욱 길게 뽑힌 것 같았다. 이를 악물고 엉덩이를 양쪽으로 움직이며 자리를 좀 정돈해 보았고, 그게 여의치 않자 결국 옷 속에 손가락을 넣어 이 정체불명의 외계 생명체 같은 걸 살살 달래기 시작했다. 그러기를 얼마쯤 하자 그것은 곤충을 잡기 위해 날카롭게 촉수를 뻗은 식충식물이 아무 일 없었다는 듯 시침 떼는 식으로 천천히 제자리에 돌아가 몸속에 장착되었다.

여자가 그 무렵 마침 디자인하던 홍보물의 병원 이름은 21세기 학문외과였다.

처음 시안을 내면서 그녀는 물었다. 실장님 이거 오타 아니에요? 실장은 가래를 돋아 뱉으려던 참에 그녀의 말을 듣고는 도로 삼키곤 제풀에 기침을 했다. 미스 유는 상식도 센스도 그렇게 부족해서야 어떻게 이 일을 하겠어. 그녀는 자신이 생활을 유지하는 데 드는 최소한의 자존감만을 가지고 기계적으로 만들어 온 수많은 나이트클럽 광고지와 학생회 유인물 들이 센스가 필요한 일이었다는 걸 처음 알았다. 그러니까 특정 신체 부위의 이름이 주는 혐오감과 불쾌감을 완화하기 위해 이름을 바꾼 건가 보다 싶었다. 그러나 실장의 설명은 이랬다. 의료법 42조에 따르면 신체 부위의 명칭을 병원 간판에 직접 표기할 수 없다는 것으로, 누구나 척 보면 항문외과인 줄 알지만 그렇게 쓰지는 않는다는 거였다. 그러니 학문외과라고 쓰고 항문외과라고 읽는다. 향외과나 창문외과나 항사랑닷컴 그런 거 많잖아. 그런 줄로 알고 그대로 시안 보내 줘. 서른두 살이 되기까지 그 계통의 질환과 인연이 없던 여자에게는 새로운 사실이었으며, 나 때만 돼도 누구나 자주 신세 지는 곳이라고 말하는 실장을 보며, 50년 넘도록 식사와 소화를 반복한 실장의 몸 안에서 얼마나 다채로운 발효 작용이 일어나 그가 상쾌하지 않은 몸 냄새와 함께 자질구레한 질병의 진앙이 되었는지를 알게 됐다.

여자는 출력한 학문외과 명함 가운데 한 장을 집어 점퍼 주머니에 넣었다.

뭐니 뭐니 해도 아무 소리 말고 네가 잘해야 한다. 여자의 엄마는 그렇게 말했다. 그저 안사람이 잘하면 가방끈 긴 서방의 교수 자리는 떼어 놓은 당상이라고 그랬다. 엄마의 말이 귓속에 고름처럼 가득 차서 부풀어 올랐고 통증을 일으켰다.

엄마 때랑은 달라서 요즘은 위에 똥차가 빨리 안 빠지거든요. 새로운 박사는 계속 나오지, 티오는 없지, 줄은 줄대로 섰지, 만약 계약직 조교수 같은 게 된다고 치면 2년 뒤에는? 나는 저 사람 교수 되는 건 이미 기대 안 해. 엄마는 여자의 어깨를 두어 번 쥐어박았다. 그러니까 네가 관리를 잘하라는 거잖아. 네 서방 좋은 교수한테 줄도 좀 잘 서게 도와주고.

여자는 엄마의 손을 뿌리쳤다. 관리 같은 소리, 나 학교 떠난 지가 언젠데 나더러 치맛바람 휘두르라고 그래요. 남편이 내 아들도 아니고 요즘은 아내가 그런 짓 하는 사람 없을뿐더러 줄이라면 이미 석사 때 다들 알아서 섰어. 이제 와서 바꿀 수 있는 줄 아시나. 줄 바꾸는 사람은 그걸로 학문 인생 끝이야. 그러나 여자의 엄마는 세상을 움직이는 남자와 그 남자를 움직이는 여자의 신화를 견고하게 믿는 세대로, 가끔 서방이 바쁘면 네가 가서 교수 책상도 좀 닦아 놓고 화병 물도 좀 갈아 놓으라고 그랬다. 여자는 버럭 소리를 질렀다. 나 회사 다녀요. 그보다도 교수실에 외부인이랑 잡상인 못 들어가거든! 요즘 전부 다 오토도어록 쓰는데 무슨 소릴 하서. 엄마 대학 다니던 때인 줄 아나 봐. 요즘은 행정조교한테도 그런 거 시키면 착취야. 뉴스

못 봤어? 오히려 갑질이라고 언론에 나가기라도 하면 더 골치 아파진다고. 갑질을 시키는 위치에 있는 사람이 난처해질까? 갑질을 당했다고 주장하는 쪽이 갑질을 당하기도 전에 알아서 잘 기어 놓고 뒤늦게 갑의 뒤통수를 친 거라고 와전이나 되겠지. 엄마는 불가해하다는 표정을 지었다. 네가 왜 외부인이냐, 엄연히 졸업생인데. 제자가 교수 책상 좀 닦는다는데 그걸 갖고 뭐라는 것들이 미친 거지, 게다가 그 회사, 뭐? 그게 어디 회사 같기라도 해야 네가 바쁜 줄 알지. 대학 나와서 전공 살려 할 게 없어서 명함이나 지라시 따위 파 주는 데를.

철저하게 '우리가 남이가' 시절을 살았던 엄마의 믿음을 귀찮아하면서도 여자는 명절이나 무슨 날이 돌아올 때마다 대형마트에 들어가 남자보다 앞장서서 카트를 밀면서 가성비 좋은 와인이나 잡화를 골랐고, 그러면서도 반드시 쿠폰을 쓰는 센스나 덤을 챙기기를 잊지 않았으며, 선물 포장을 요청하기 전에 학교에 상주하는 교수들의 머릿수를 세었다. 부부 동반 신년회 따위가 있을 적마다 여자는 가급적 비싸 보이지도 구차해 보이지도 않는 적당히 세련된 옷을 골라 입으면서 적당함만큼 팽팽한 긴장감과 위태로운 균형감을 지닌 말은 없을 거라 생각하는 한편, 자리에 가서는 모든 이들에게 다소곳하게 술을 따르고 내내 말없이 미소 지었다. 여자가 권태와 모멸에 이를 악물고 자신을 품평하는 듯한 눈동자들을 파내는 상상으로 미소를 유지하는 동안, 거기 있는 교수와 강사와 기타 조교들은 얼마 가지 않아 여자의 얼굴과 함께 여자의 이름이 아닌 누구의 부인을 기억하게 되었다. 그녀는 자신의 정서적 한계에 도전하는 이 노동을 나름 참을성 있게 수행하고 있다고 믿었으나, 엄마는 종종 이런 소리로 산통을 깨 놓곤 했다. 네가 하는 게 뭐 있냐, 야, 내 친구 딸은 교수네 집에 가서 거기 사모님하고 김장도 같이 담근다더라. 많이 배운 네 눈에는 그런 거 고리타분해 보이고 씨알도 먹히지 않을 것 같지. 사람이 말이다, 아무리 시시해 보여도 자기한테 사소한 거 신경 써 주는 사람 한 번 더 돌아보게 되어 있어. 특히 나이 먹은 사람들은 더 그래.

지옥에서 온 전기 해파리처럼 생긴 당면 한 무더기가 허공으로 솟구치다가 프라이팬에 떨어진다. 끓는 기름에 닿아 칙 하고 올올이 비명을 지르는 당면 다발은 투명하게 반들거린다. 곧 간이 밴 쇠고기, 버섯, 당근, 시금치와 뒤엉켜 숨이 죽어 들어간다. 올리브유에 진간장 한 큰술과 참깨. 이제 잡채 따위는 렘수면 상태에서도 만들 수 있다.

여자는 수첩을 펼치고 샐러드와 구절판, 불고기, 모듬전, 후식으로 내놓을 식혜에 이르기까지 적힌 음식 이름들에 붉은 줄을 두 개씩 긋는다. 가스레인지 불을 1단으로

낮추고 장을 보아 온 비닐봉지를 뒤적거린다. 식혜와 함께 내놓을 과일의 종류와 개수를 확인한 다음, 횟집에 전화를 걸어 광어 한 마리를 주문한다. 계산기를 두드려 보고 재료비가 약 10만 원이 들었음을 확인한다. 그때 기름 끓는 소리가 한 옥타브 올라가 여자는 흠칫 놀란다. 서둘러 불을 끄고 잡채 더미를 뒤적거린다. 2년 사이 끝이 뭉툭하게 닳아 버린 나무 주걱을 싱크대로 던져 넣는다.

남편은 6년간 몇 군데 학회에서 간사인지 총무인지를 도맡곤 했다. 어느 때는 동시에 둘 이상 학회에 속했던 적도 있다. 그는 그 나이 또래 가운데 학교에 남아 학문을 탐구하는 사람들 가운데 유일한 남자였고, 어느 학회에 속하든 거기서는 막내였다. 곧 있으면 서른다섯을 바라보는 남자가 그랬다. 여자는 그들 학회가 곧 숨넘어갈 것 같은 사람들로 이루어진 집단이라는 걸 알아챘다. 남편의 아래로 있던 남자 대학원생들은 우여곡절 끝에 석사 학위를 받고 떠난 뒤 스타트업 기업의 멤버가 되거나 뭐든 간에 진로를 수정했으며, 남편은 그들이 버려 놓고 간 행정 업무들을 수습하곤 했다. 그는 그 학회들을 유지하는 잡다한 시중에 정작 연구할 시간을 확보하지 못하면서도, 학회 활동이 다양한 학문적 경력으로 인정받는다고 했다. 여자는 그가 하는 일 가운데 무엇이 학문적인지 알 수 없었다. 학회지에 실을 원고를 제때 주지 않는 필자들에게 전화로 읍소하는 일이? 원고 수록이 반려된 필자들의 타오르는 분노와 번지수 틀린 화풀이와 때로는 진상 앞에 총알받이가 되는 일이? 또는 학회 장소와 숙소를 섭외하고 명단을 재확인하여 참가를 독려하는 일이? 지급 예산이랑 묘하게 어긋나서 가라 영수증 맞추는 거? 이도 저도 아니면 무대에서 조명을 받는 누군가를 위한 꽃을 주문하거나 박수 부대를 모으는 일이.

지나치게 착한 사람들 옆에 있는 사람은 불안하고 피곤하게 마련이었다. 남편은 돌쇠나 마당쇠처럼 누가 하라는 건 척척 하고 기라면 기었으며, 자신의 이해 목적과 무관하게 순수한 헌신을 필요로 하는 일에 부름을 받아도 좀체 거절할 줄 몰랐다. 그러면서 자기 자신은 남들에게 아쉬운 소리를 하는 법이 없었는데, 그를 불러들인 사람들은 그를 쓰고 나면 버렸다가 다음번 급할 때 다시 부르곤 했다. 여자의 머릿속에는 오늘 올 손님들 가운데에서도 누가 그를 자주 찾는지, 가끔 찾는지, 또는 쓰다 버렸는지 데이터가 입력되어 있었다.

사람 좋은 남편은 제목도 모를 무슨 세미나가 있을 때나, 일행 중 누군가가 어느 학교에 내정이 되었다든가 하는 기념할 만한 일이 있을 적마다 손님들을 집에 데리고 오곤 했다. 여자는 음식을 준비하느라 사무실을 자주 조퇴했다. 맘 같아서는 중국집에서 요리 몇 가지를 배달시켜

상에 풀어 버리고 싶었지만 사람들의 예리한 눈과 혀를 만족시키지 않으면 성의 없는 안주인으로 간주될 터였다. 그들은 특별히 산해진미를 원해서 오는 게 아니라, 여자의 노동의 결과물을 보고 평가하고 싶어서 오는 거였다. 대상 분야를 불문하고 평가란 공부하는 이들의, 앞으로 공부하는 이들을 가르치게 될 이들의, 고질적인 습관이었다.

실장은 조퇴하는 여자의 앞에 대고 종종 말했다. 우리 일 작다고 우습게 보지 마. 너 하나 대신할 사람은 을지로 바닥에 널리고 깔렸어. 미스 유는 이 일이 적성에 맞아서 하는 거야, 아니면 남편의 민생고를 책임지면서 졸업까지 시키려고 하는 거야. 처음 집들이를 하느라 월차를 냈을 때 실장은 열심히 잘해 보고 사람들한테 점수 따라고 격려까지 해 주었지만, 이제는 그렇지 않았다. 요즘 말하는 걸로 보자면 점점 여자더러 사무실을 그만두라고 부채질하는 것처럼 보였다. 결혼한 지도 6년째인데 아이는 갖지 않을 거냐든가, 미스 유 월급 감당하기 힘들어 젊고 싱싱한 아가씨를 모셔 와야 하겠다든가. 여자는 후자에 대해서는 경력 반영 없이 물가상승률 이상으로 월급을 올려 주지 않아도 된다는 말로 타협했고, 전자에 대해서는 남편이 학위를 따서 자리를 잡을 때까지는 있을 수 없는 일이라고 일축했다. 실장은 거기다 대고 꼭 한마디씩 얹곤 했다. 그때가 되면 미스 유 마흔 넘지 않을까? 여자는 사실

마흔 아니라 쉰까지도 불안한 시선으로 전망하고 있었지만, 어깨를 으쓱해 보이며 덧붙였다. 그럼 낳지 말죠 뭐. 애 뽑으려고 결혼했나.

여자는 무를 내려다본다. 연둣빛을 머금은 흰색 무는 일부러 두껍고 알차 보이는 무 대신 최대한 빈약하고 부실해 보이는 걸로 골라 온 것인데, 무를 자르다가 맞이할 재난을 예감했기 때문이다.

몸통에 칼날을 댄다. 한 손으로는 무를 누르고 다른 손목에 힘을 준다. 생각보다 단단한 무는 조금 갈라지려다 말고, 예감은 적중하고 만다. 힘을 주자 꼬리가 스륵, 비어져 나온다. 다시 꼬리를 몸 안으로 끌어 모은다. 엉덩이끼리 힘주어 압착하는 운동에 신경을 쓰다 보니 식칼을 쥔 손에 힘이 빠진다. 도마에 집중할 수가 없다. 윗몸 아랫몸이 힘을 주어야 할 대상이 서로 다르다 보니 균형은 결국 깨어져 잘리다 만 무 토막이 부러지면서 눈꺼풀을 가격하고 싱크대에 나동그라진다. 반사적으로 눈을 감기는 했지만 이미 상당량의 무즙이 튄 다음이다. 왈칵 눈물이 쏟아진다. 급한 대로 손을 더듬자 마른 행주가 닿는다. 그걸 집어 눈가를 닦자마자 여자는 직전에 도마 옆에 흘린 다진 마늘을 닦은 행주라는 걸 깨닫는다. 순식간에 안구를 훑은 통증이 뚜껑을 막 열어 본 탄산음료처럼 머릿속에 퍼져 나간다. 싱크대 물을 틀려는데 거리감이 사라져 수도꼭지가 손에 닿지 않는다. 그대로 주저앉아 눈물과 콧물을 방치한다. 아래로는 진화 덜 된 인간처럼 꼬리가 살랑거린다.

— 크게 걱정 안 하셔도 돼요. 앉아서 일하는 사람이면 누구나 흔히 겪는 거예요.

창백한 얼굴로 21세기 학문외과에 들어서자마자 저한테 꼬리가 생겼다고 말하고 쓰러진 뒤 깨어난 여자에게, 의사가 말했더랬다.

— 꼬리는 무슨 꼬리. 영화를 너무 많이 보셨나 봐. 적어도 30분에 한 번은 일어나서 체조해 주시고 이틀에 한 번은 뜨거운 물 받아서 좌욕 좀 해 주세요. 상태 좋아지면 일주일에 한 번 정도면 충분하고요. 오늘은 바르는 약만 처방해 드렸어요.

— 그러니까, 저, 꼬리를 자르는 수술을 해야 하나요.

몽롱한 상태로 여자는 아마 그렇게 횡설수설했을 것이다.

— 꼬리 아니라니까요. 혼자 직립보행 이전으로 돌아가시게요. 다음 주 이때 다시 오세요. 지금 수술할 정도 아니에요.

여자는 이미 짧게나마 유체 이탈의 감각마저 경험했는데 의사는 태연하게 별일 아니라고 말했다. 직장 탈출이 심각하게 진행된 것은 아니며, 출혈의 양상에 따라 직장암을 의심해 볼 수 있지만 그 정도도 아니라고 그랬다. 그러나 여자는 학문외과 환자 대기실에 쓰러졌던 그 잠깐 동안 꼬리가 점점 길게 자라 중력과 굴지성을 무시하더니 뒤에서 자기 목을 감아 죄는 걸 보았다. 붉고 미끈거리며 자체 분비되는 단백질 효소로 인해 점성을 띤 그것은 음식물이 소화되고 남은 찌꺼기들이 들러붙어 있어서 악취를 풍겼다. 순전히 그 악취가 이 세상 것이라고는 생각할 수 없었기 때문에 여자는 그것이 꿈이라는 걸 알았다. 그러면서도 질식감이 선연한 데다 정신을 잃은 보람도 없이 통증만은 선명했기에, 여자는 자기가 쓰러진 동안 엉덩이에 힘이 풀어져 꼬리가 밖으로 줄줄 흘러나온 거라고 믿었다. 이제는 주워 담아 억지로 장착할 수도 없을 만큼 길게. 눈을 떴을 때 꼬리가 꿈에서 본 모습과 달리 뭉툭하고 짧다는 사실에 감사한 마음마저 들었던, 그날의 병실 침대가 떠올랐다.

스테인리스 볼에 무를 넣고 문질러 씻는다. 손에 힘이 들어가는데 아래로는 꼬리가 비어져 나온다. 오늘은 실장이 돌아오기 전에 사무실 문을 잠그고 나와 버렸으니 거의 무단 조퇴다. 여자는 업무를 하나만 마치고 빠져나왔기 때문에 실장은 어쩌면 여자가 출근을 했다는 사실조차 모를 수 있었고, 이제야말로 나이만 먹고 제멋대로에 쓸데없는 올드미스를 잘라 버리겠다고 이를 갈고 있을지 모른다 (실장은 적어도 아이를 둘 이상 낳지 않은 여자란 혼인 여부와 무관하게 언제까지나 올드미스일 뿐이라는 기괴한 소신을 즐겨 밝히곤 했다.) 휴대전화 벨이 울리지 않는 걸로 보아 그 심증은 더욱 굳어진다. 그 전부터도 실장은 여자의 속을 긁곤 했다. 남편이 잘 풀리면 미스 유는 당연히 우리 사무실 그만두겠지. 그러나 그 어떤 말들도 엊그제처럼 충격적이지는 않았다. 그녀가 최대한 눈에 안 띄게 한다고 머그잔 모양의 필통 깊숙이 꽂아 놓은 연고를, 실장이 굳이 파헤치고 말았다. 결국 학문외과에 들락거리는 걸 들킨 건 둘째 치고, 실장은 걱정 대신 키득거리며 말하기를, 미스 유 혹시 애 가진 거 아냐. 우리 마누라도 애 갖고 걸렸다던데. 여자들 많이들 그런다던데 물어봐 줄까. 이 자식이 곱게 늙지 못하고 왜 자꾸 남의 가족계획에 간섭이야 싶었는데, 실장은 그가 말한 곱고 어린 여직원을 이미 어디선가 점찍어 두고서 은근히 퇴직을 유도하는지도 몰랐다. 그녀는 실장의 다음번 커피 잔에 반드시 연고를 짜 넣어 주리라고 생각하며 손사래 쳤다. 에이, 그런 거 아니에요. 그녀는 머릿속으로 마지막 생리 날짜가 언제였는지를 기억하려 애쓰며, 세상 모든 계획이 어그러진대도 그것만은 안 될 일이라고 다짐했다. 그 작은 가능성만으로도 뒷목이 뻐근해졌다. 만에 하나라도 실장의 기원 또는 저주가 적중한다면…… 여자는 그다음 일을 상상하기를 주저했다. 상상하지 않아도 무슨 일이 벌어질지 알았다. 더 이상 출근할 수 없게 될 테고, 알음알음 재택 아르바이트 정도 구할 수는 있을 테지만 터무니없이 줄어들 수입, 불안한 재정에 늘어난 식구, 남편은 주 5일 학원 강사 자리를 다시 구할 것이며, 그러면서도 15년 가까이 떠받쳐 온 학문의 자리 또한 놓치지 않으려 분투할 것이다. 그러다 견디지 못한 둘 중 누군가가 한마디라도 입을 열면 생활과 학문의 균형은 깨어질 것이고, 남편은 어쩌면 아이를 위해 학문을 접겠다고 결심할지도 몰랐다. 그러나 그 결심은 때늦은 것이어서, 실용 경제와는 인연이 없는 순수학문을 해 온 그가 새롭게 시작할 수 있는 일이란…….

더 이상 아무런 가정도 하지 않는 편이 나았다. 여자는 싱크대에 검정 비닐봉지를 벌려 놓고 버릴 음식물 찌꺼기를 담기 시작했다. 채소를 다듬고 남은 꼬투리와 껍질이 배수구에 가득 차 희부연 물이 고여 빠지지 않았다. 구태의연하지만 가장 가능성이 높은 상상 속의 자기 미래가 거기 담겨 있었다.

자신의 약점을 인정할 줄 알 때 학문이 시작된다네. 반드시 정확성이니 따지고 들 필요는 없어. 어차피 우리 삶이 그렇고, 우리 전공이 삶에 관련된 거니까. 밥이 되고 옷이 되는 학문은 아니지만, 세계에 편재한 가능성과 아름다움의 싹을 들여다보는 일이 어째서 학문이 아닐 수 있겠나?

결혼하고 첫 번째 집들이 때 남편의 잔을 채워 주던 한 교수가 그렇게 말한 걸 여자는 기억하고 있었다. 여자는 그때 지금보다는 젊었고 순진했으며 미래에 놓인 것이 빛까지는 아니더라도 최소한 빚은 아니리라 믿고 있던 무렵이라, 그의 상투적인 말을 액면 그대로 받아들이며 조금 뭉클할 뻔하기도 했다. 그러면서 남편이 걷고 있는 길은 옳고 곧은 거라고 믿기로 했다. 그다음 해 정년을 맞이한 그 교수가 명예교수직을 물리치고 낙향하지 않았다면, 아마 여자의 믿음은 좀 더 오래 지속되었을 터였다.

언젠가 남편에게 힘이 될지도 모르는 교수들이 하나씩 학교를 떠나고 그 자리를 머리가 벗어지기 시작한 강사들이 채우는 동안 그녀는 불안해지기 시작했다. 결혼 전 계산대로라면 남편이 박사를 수료하고 2년이 지난 지금쯤 논문이 통과되어 학위를 받았어야 했다. 그러나 남편은 이 사람 저 사람, 간혹 이 협회 저 학회의 뒷수발을 들다가 학위가 계속 지체되었고, 그러면서도 서울과 지방의 대학을 종횡무진하며 시간당 3만 원 안팎의 일용직 노동자 생활을 줄곧 해 왔다. 그 일용직 노동자에게는 일견 품위 있고 그럴듯해 보이는 시간강사라는 이름이 붙어 있고 때론 그냥 연구자라고도 불렸는데 자기들끼리 자조하며 무기력하게 부르는 이름은 보따리 장사였다.

하루가 48시간이라도 모자랄 남편이 보따리를 내려놓

지 못하는 이유는 물론 보따리도 경력이 되어서였다. 몇몇 학회지에 논문 투고 때 한 줄이라도 이력 사항을 더 쓸 수 있었고 실낱만 한 인맥도 가끔 기대해 볼 수 있었다. 누군 가에게 비비고 누군가를 위해 구르는 그 모든 행위도 연구 의 일부였으며, 이때 중요한 사항은 초반에 비빌 언덕의 크 기와 높이 및 견고함을 판단하는 일이었는데, 그 가장 중 요한 일에 소질이 없는 남편이 맡은 역할은 거의 언제나 재 주넘는 곰이었다.

티오가 하나 나면 자격 요건을 갖춘 대기자는 열 명이 넘곤 했다. 그녀는 처음에 순진하게 생각하기를, 그 대기자 들 가운데 티오를 오래 기다린 사람, 처자식이 있는 사람 순으로 차례차례 체제에 입고되는 줄 알았다. 머리로는 학 문의 경력과 활동 내용의 우수성이 무엇보다 우선되어야 한다고 믿으면서도 그녀는 평생 연공서열 체제를 살아온 아버지와 할아버지를 보고 자랐다. 남편을 둘러싼 일련의 구도와 배치를 보고 비로소 알게 됐다. 모두가 열망하는 자리는 그들 중 언덕을 선별하는 감각과 본능이 좀 더 예 리하게 발달한 사람, 지각변동을 알아채고 짖거나 뛰거나 날아오르는 동물적 감각을 지닌 사람에게 돌아가곤 했다.

그렇게 몇 해가 지나면 세력 구도의 물갈이도 무시할 수 없는 수준으로 이루어지며, 그건 곧 남편이 꼭 언제 어디 에 자리를 잡으리라는 보장이 없음을 뜻했다. 그중에서 여

성 연구자는 매번 끝으로 밀리는 처지라 교수들 가운데서
는 아예 까놓고 말하는 이들도 있었다. 여성분들은 되도
록 석사까지 마치고 다른 살길을 찾는 게 서로 후회나 시
간 낭비가 없다고 봅니다. 비교문학에 막연한 관심을 가지
고 대학원 진학을 염두에 두다가 마음을 바꿔 먹은 그녀
는 그 후로도 줄곧 자신의 선택을 현명하게 여겼다.

남편은 그동안 한 학기씩 근근이 한두 과목이나마 강의
를 맡아 왔는데, 다음 학기가 마지막이었다. 신규 박사 수
료자들도 나오는 마당에 시간강사들 입장에서는 남편조
차 제때 빠지지 않는 똥차였다. 사실 계산기만 두드려 본
다면 시간강의를 그만두게 되더라도 아쉬울 이유는 없는
게, 지방대학까지 오가는 데 드는 찻삯과 여관비를 생각
하면 그동안 가계가 마이너스였다. 시간강사란 박사 자신
이 대학에 남을 준비와 자세가 되어 있다는 것을 보여 주
는 몸짓일 뿐, 그 자체가 생활에 도움이 되지는 않았다. 교
수 무리가 관여하는 학계에 부지런히 얼굴을 디밀고 아직
업계를 떠나지 않았음을 강조하면서, 다음번 티오가 나면
그때는 내 차례임을 잊지 마시라는 소박한 수단 가운데 하
나인 셈이었다.

힘이 필요해. 그렇게 혼잣말하며 아침에 나선 남편은 그
전날 밤까지 계산이 맞아떨어지지 않는 학회 운영비 보고

서에 가라 영수증을 만들어 첨부하고 있었더랬다. 어느 술집에서 썼는지 모를 돈의 출처는 그의 신중하고 믿음직한 필체로 서점이나 인쇄소에 분산되었다. 그가 불가해한 숫자를 맞추는 동안 그의 두 살 위 H선배는 D대학의 빈자리에 내정되었다. 오늘 모임은 명목상 H선배를 축하하기 위한 자리였다.

그 자리에 온 누구도 입을 열지 않았지만 알고 있었다. H선배는 기본적으로 모집 요강에 부합하는 논문 편수를 아슬아슬하게 갖추고 있었으므로 결격 사유는 없었으며 그 전에도 오랫동안 다른 박사들과 마찬가지로 충실하게 줄을 지켜 섰지만 결국 막판에 나타나 그를 구원한 한 장의 패는, 그간 충성을 바쳐 온 본교 교수가 아니라 장인의 친척의 지인이었다는 사실을. 그는 앞으로 새로운 줄을 만들어 새로운 충성을 맹세할 터였다. 그에 비해 남편의 인맥은 맨땅에 헤딩 수준으로 초라하기 짝이 없었다. H선배의 소식을 듣고 남편은 말없이 영수증을 꿰매 맞추는 일을 마쳤으나, 자신에게는 장인의 친척의 지인 같은 사람이 없는지 밤새 고민한 모양이었다. 자신이 누구의 힘이 될 수 있는지보다 누가 자신에게 힘이 되어 줄지를 생각하며 난세를 극복하는 요령을 터득하는 시대인 건 알았지만 적어도 여자는 남편의 입에서 그런 직접적인 말이 나오는 것을 처음으로 들었다. 그와 동시에 힘 있는 친척이나 지인을 갖지 못한 자신의 평범한 부모에 대해 죄책감마저 생겼다.

그러면서도 남편은 결국 축하주를 하자고 학문하는 자들을 불러 모은 거였다. 그 모음이 체내에 들이부은 알코올처럼 분해되어 사라지는 무의미한 것이 아니라, 남편에게 새로운 동아줄이 떨어질 또 하나의 계기가 되기를 바라며 여자는 언제나 말없이 그 자리를 차리고 안주인 노릇을 해냈다. 그 힘을 다하기 위해, 세상에 편재한 구정물이 고인 길을 건너뛰기 위해 다리를 있는 힘껏 벌리기를 반복하다 정작 자기 엉덩이에 힘이 풀려 꼬리가 탈출하기까지.

H선배를 향한 가벼운 부러움의 인사와 축배가 오간 뒤, 요리를 그다지 좋아하지 않는 여자의 고정 레시피에 등재된 진부한 식사가 이어졌다. 여자가 디저트 과일을 내올 때쯤 누가 먼저라고 할 것 없이 식탁 위에 포커 패를 펼쳐 놓았고, 판돈이 올라왔다. 식탁은 붉은 국물이 말라붙은 수저와 전골냄비와 흘린 반찬들이 어지럽게 뒤엉켜 있어서, 여자는 쾌적한 노름 환경을 위해 그릇을 치우고 상을 훔쳤다. 누군가는 일어서고 새로운 얼굴도 뒤늦게 나타나서 구성원은 계속 바뀌었는데, 뜻밖에 12시가 넘어가는데도 두 명의 교수가 꿋꿋이 남아 패를 돌렸다. 그쯤 되자 강사와 대학원생 두세 사람이 돌아가면서 슬그머니 베란다로 나

가 어딘가로 전화를 걸기 시작했다.

응, 연락받았지. 오늘 모임 안 올 거냐. 학원? 보강해, 보강. 지금 때가 어느 땐데. 여기 판 커졌으니까 얼른 뛰어와. 판돈도 넉넉히 뽑아 오고. 나 보기엔 밤 샐 것 같다.

어, 엄마. 나 오늘 안 들어가. 응? 당연히 나야 포커 같은 거 할 줄 모르지. 그냥 자리나마 지키지 않으면 내 얼굴 기억도 못 할걸.

그렇게 몇 통의 전화 통화가 있은 뒤 2시쯤 되자 대학원생 네댓 명이 충혈된 눈을 비비며 나타났다. 이미 전작들도 있었던 모양이었고, 그들은 다 같이 박봉과 야근에 시달리는 과로사 직전의 회사원들로 보였다. 그들의 참혹한 몰골을 보고서 양식 있는 교수들은 승리로 따낸 판돈을 참가자들에게 공정하게 분배한 다음 일어섰다. 여자는 마음속으로 환호를 올렸다. 평소보다 이른 시간에 자리가 정리될 것 같았다.

교수들이 평소와 다른 패턴으로 사라지자 뒤늦게 온 대학원생들은 우리가 왜 여기 왔는지 모르겠다는 듯 망연자실한 얼굴을 하고 핏발 선 눈으로 서로를 흘끔거렸는데, 흰자위가 시뻘게져서 그렇게 보이는 거겠지만 그 시선들에 사뭇 날이 서 있었고 조금 있으면 서로를 향해 휘두르기라도 할 것 같았다. 그때 이 난감한 공기를 파악한 강사들 가운데 한 명이 남편의 어깨를 두드리며 사람들을 부추겼다.

다들 술 깼지. 판돈도 고스란히 돌려받았는데 2차 가자. 이 친구 앞으로 수고 많이 할 텐데 술 좀 먹이고 격려도 좀 해 줘야지.

여자는 그 강사가 어깨를 잡을 상대를 착각한 줄 알았다. 앞으로 타 대학에 가서 수고를 많이 할 사람은 장인의 친척의 지인을 잘 만난 H선배지 남편이 아니다. 그러나 남편이 당황하여 말 꺼낸 강사에게 손사래 치는 걸 보고 여자는 낌새를 챈다. 이럴 때 남편을 몰아붙이면 아무 대답도 나오지 않는 걸 알기에, 그녀는 옆에 둘러선 선배들에게 묻는다. 선배들은 학교에 상주하는 자기네들끼리는 다 알고 있는 얘기라 얼버무리고, 아무리 귀동냥한대도 학문 세계의 뒤안길까지 알 수 없는 여자는 알아서 능력껏 그 말들을 주워 맞춘다.

그랬더니 요지가 나왔다. 남편은 이번에 정부에서 지원하는 2년짜리 인문학 프로젝트에 행정 실무를 담당하게 되었다는 거였다. 입에 풀칠할 월급은 나올 테지만 얼핏 고상하게 들리는 행정 실무란 실은 잡무의 다른 이름이다. 중추 실무를 이루는 연구자들의 이름은 한 명의 교수와 그 아래 세 명의 강사들일 테고, 박사학위가 없는 남편은 그 연구자 명단에 이름을 올릴 차례가 아직 아니며, 그렇다는 건 곧 이 프로젝트가 그의 이력에 효과적인 한 줄을 더하지 못할 가능성이 있다는 뜻이다.

학부생 시절부터 15년 가까이 적지 않은 교수들 밑에서 중세 길드 조직의 새끼 도제공처럼 각종 문서 수발과 허드렛일을 대행하여 사실상 교수실 전속 비서라고 보아도 좋을 남편이 이번에도 물리지 못하고 받아 안은 업무일 터였다. 여자는 절망적인 비명이 터져 나오려는 걸 자제한다. 그 프로젝트는 2년짜리로, 남편 본인의 초인적인 노력과 동시에 운도 따라 주지 않는 한 논문 학기로부터 다시 2년이 멀어짐을 의미한다. 남편이 슬그머니 고개를 돌리며 딴전을 부린다.

경력에…… 들어가나요.

학문하는 사람은 으레 그래야 한다고 믿기에, 마음속으로는 뭐라든 간에 지금껏 남편의 일에 대해 단 한 번도 노골적으로 손익계산서를 작성하여 사람들 앞에 내민 적 없던 여자의 입에서, 이런 말이 나온다. 사람들은 여자의 입을 바라보고, 질문을 받은 강사는 고개를 갸우뚱하다가 어깨를 으쓱해 보인다.

어? 아니 뭐, 어, 그럼. 들어는 가지, 들어가기는. 완전히는 아니라도.

강사는 갈피를 잡지 못하겠다는 표정을 짓고 다른 강사들에게 지원사격을 청하듯이 둘러본다. 그러나 아무도 그 난감한 대답에 총대를 메어 주지 않는다.

무슨 말씀이······ 들어가긴 하는데······ 완전히는 아니라뇨. 들어간다는 건가요, 아니라는 건가요. 이름 석 자가 들어갈 자리에 앞의 두 글자만 들어가기라도 한다는 건가요. 저희 남편이 이 프로젝트에서 정확하게 차지하는 위치는 어딘가요.

여자의 목소리는 점점 또렷해진다. 한마디 한마디에 힘을 싣는 동안 여자의 몸속에서 또다시 놈이 비어져 나오려고 한다. 여자는 이제 혀에 힘을 빼고 대신 아랫도리에 준다. 아직 나오면 곤란하다. 이렇게 좁고 밀폐된 공간에서라면 예민한 사람은 틀림없이 재앙에 가까운 냄새를 감지할 수 있을 터다. 여자는 더 이상 무의미하게 입을 열어 그들을 집에 붙잡아 두어서는 안 되겠다고 생각한다.

마침 처음 말 꺼낸 강사도 사람들을 일으키며 나갈 분위기를 만들기 시작한다.

자자, 그런 복잡한 얘기는 나중에 둘이 있을 때 하고. 일단은 다 나가자. 제수씨도 같이 가자고. 응?

여자는 화기와 기름기로 번진 초라한 메이크업을 정리할 새도 없이 번들거리는 얼굴을 대강 기름종이로 찍어 내고 외투를 챙긴다. 여자의 동행 여부는 바깥의 사람들이 남편을 판단하는 데 있어서 하나의 기준이 되는 걸 겪어 왔다. 노골적으로 전광판에 점수를 띄우지 않을 뿐이다. 학문하는 남편이라는 잡지에 딸린 별책 부록과도 같은 여

자. 말 내기를 좋아하는 사람들의 입에 그녀가 어떤 화제로 오르내리느냐도 남편의 위신과 신용에 영향을 조금씩 미친다.

노래방에서 강사들이 권하는 술을 조금씩 받아 마시며 여자는 구석에서 얌전히 탬버린을 두드린다. 의사가 약을 처방해 줄 적에 당분간 술은 절대로 입에 대서는 안 된다고 그랬다. 그러나 절대로 안 되는 것의 크기는 이 술잔을 거부하는 쪽이 더 크다. 한 모금, 두 모금 계속 들어가다가 어느덧 몇 잔인지 알 수 없어진다. 남편은 세 병째 양주를 주문한다. 마흔네 살 먹은 남자 시간강사가 멤버 평균연령 열일곱인 걸그룹의 노래를 부르며 온몸을 뫼비우스의 띠처럼 꼬아 대면서 뼈마디를 절박하게 뒤틀고 있다. 여자는 몸속에 가두고 있던 꼬리가 점점 형태를 갖추고 밖으로 돌출되는 게 느껴져 자리에서 일어선다.

화장실 세 번째 칸에 들어가 문을 닫는다. 재킷 주머니에서 출근길에 샀던 테스터를 꺼내 개봉한다. 실장의 말을 듣고 그건 좀 아니지, 하면서 약국에서 샀는데 음식을 장만하느라 바쁘게 보내는 사이 미처 시험해 보지 못했다. 약사는 정확한 결과를 위해 아침 첫 소변의 처음 줄기를 흘려보내고 중간부터 적시라고 말했다. 그러나 여자는 마침 화장실에 온 김에 하는 게 낫겠다고 생각한다. 지금 하지 않으면 잊어버릴지 모르고, 내일 아침에는 지금보다 더 많은 술이 들어가 있을 테고, 꼬리가 더 자라 통증이 극심해질지 모르는데 그럴 때 맑은 정신으로 검사할 경황이 없을 것이다.

스틱에 소변을 적시면서 여자는 악취가 자신의 온몸을 에워싸는 것을 느낀다. 자리가 잡히지 않은 채로, 덮어 놓고 낳아 놓으면 어떻게든 제 먹을 건 타고난다고 옛날 어르신들은 등을 떠밀 게 분명하나 자신은 여기서 더 이상은 변수를 허용하며 살 수 없다고 다짐하며 테스터의 뚜껑을 닫는다. 그때 타일을 밟는 구두 소리가 닥쳐와 그녀는 서둘러 테스터를 주머니에 도로 집어넣는다. 이어지는 두 여자의 목소리는 자주 들었던 소리라 하나는 박사, 다른 하나는 수료자라는 걸 금방 알아차린다. 그녀는 칸막이 안에 사람이 있음을 기침 소리로 알릴까 말까 고민하다가 곧 그만둔다.

그러나 그녀가 원하는 깊이 있는 이야기, 그러니까 누군가의 약점으로 잡아 활용할 만한 비리라든가 대학원 내부 사정 같은 대화는 나오지 않는다. 대신 서로의 머리 모양이나 가방을 칭찬하는 얘기가 수돗물 소리에 섞여 오간다. 그 밖에는 이번에 고향 집에 내려가기 싫다는 이야기, 집에서 맞선이나 보라는 성화에 대한 이야기. 그녀들은 돈이 되지 않는 학문을 하는 동안 30대 후반에 접어들고 있었다.

요즘 세상에 결혼이라니, 특히 시골 어르신들은 그런 걸 더 당연하게 여기시니까. 그래도 공부하는 사람하고 결혼하느니 차라리. 쟤 사는 모습 보면 딱 답이 나오는데요 뭘.

여자는 본능적으로 쟤라는 것이 자신임을 알아차린다.

쟤 지금 자기 남편 교수 되라고 저렇게 밀어 주는데 얼마나 딱해.

남 걱정할 때가 아니에요, 저쪽이야 쟤가 작은 거라도 일을 하니까 굶어 죽지는 않지, 애만 안 낳으면. 나는 내 코가 석 자라고요. 그 인간이 나더러 아직도 공부가 덜 끝났냐고 묻데요. 박사 수료가 곧 학위인 줄 알더라고.

아이고, 수료나 학위나. 우리 엄마는 옛날 분이셔서 박사 받으면 바로 교수 되는 줄 알아. 돌겠어. 저년이 박사 되더니 눈만 높아져서 시집을 안 간대. 세상에, 남의 사정도 모르고.

여자는 그녀들이 아무런 눈치도 못 채고 나가 주기를 기다리며 한 손으로 비어져 나온 꼬리의 자리만 정돈한다. 의사가 처방한 약을 발랐으나 차도가 없다. 내일모레 다시 가면 수술 날짜를 잡자고 할지도 모르겠다. 그것이 꼬리를 몸속으로 도로 밀어 넣는 수술이 될지, 불필요한 꼬리를 잘라 버리는 수술이 될지 그녀는 짐작하기 힘들다. 한 가지 분명한 사실은 자신의 몸이 이 꼬리에 친숙해지거나 통증과 자연스럽게 융화되지 않는다는 것뿐이다.

언니, 그런데 여기 화장실 왜 이렇게 냄새가 심해. 빨리 가요.

그녀들의 발소리가 멀어지고 나서야 여자는 내쉴 타이밍을 놓쳤던 숨을 길게 토해 낸다. 칸막이에서 나와 수돗물로 손가락을 오랫동안 씻는다. 양변기만 간신히 들여놓은 구식 상가 건물의 화장실이라 더운물이 나오지 않는다. 세면대의 비누 곽은 비어 있다. 흐르는 찬물 아래 아무리 손을 맞잡고 문질러도 피비린내를 비롯하여 인간이 맨정신으로 수용할 수 있는 감각의 범위를 벗어난 냄새가 쉽사리 빠지지 않는다. 남편의 학문적 위치를 기대하며 사장님이 미쳤어요, 를 비롯한 폭탄 세일, 신규 오픈, 사업 확장, 추억의 연예인 출연 등의 광고를 업주들의 요청에 따라 기계적으로 만들어 오는 동안 여자는 몸속이 조금씩 썩어 들어 껍질만 남은 것 같다. 몸 밖으로 돌출되는 꼬리는 그 부패의 결과인지, 역설적으로 부패가 남긴 얼룩이나 그것이 분출하는 가스를 피해 탈출하고자 하는 강력한 집념을 지닌 자아인지 모를 일이다.

여자는 꼬리가 주는 고통을 최소화하기 위한 자세를 유지한 채 움찔거리며 조금씩 걷는다. 주머니 속 테스터를 만지작거리기만 할 뿐 꺼내 볼 용기가 없다. 어떻게 할까,

말까, 다 관둬 버릴까 생각하는 동안 8호실 문이 덜컥 열리고, 작위적인 기계음 반주와 따로 노는 사람들의 절규가 역류하는 하수처럼 쏟아져 나온다. 누군가가 여자의 손목을 잡고 어두운 방 안으로 내동댕이치듯 끌어당긴다. 간신히 몸속에 도로 삽입했던 꼬리가 불쑥, 큰 움직임에 영향을 받아 통증 게이지는 폭발 직전까지 상승한다. 무대 중앙에서는 한 조교가 마이크를 쥔 양손을 부들부들 떨면서 노래를 부르는지 구토를 하는지 모를 자세로 아우성을 치고 있다. 나머지 사람들이 홀 안에 다들 일어나 아연실색할 몸부림들을 친다. 여자는 찡그렸던 눈살을 펴는데, 손목을 잡은 건 쉰내를 뿜어내는 서른여덟 먹은 시간강사 선배다. 조교들은 탬버린을 두드리며 두 사람에게 야유를 보낸다.

어디 갔다 왔어, 제수씨. 춤! 그가 손목을 여전히 잡은 채로 말한다.

저, 저기요, 저는 춤 잘 못……. 여자의 말이 끝나기도 전에 그는 여자의 양손을 틀어쥐고 허공을 휘젓기 시작한다. 여자는 그가 이끄는 대로 이름도 절차도 스텝도 알 수 없는 춤을 춘다. 그러다 그가 팔을 넓게 벌린 채 힘주어 여자를 밀어붙이고, 박수로 박자를 맞추던 이들은 그들과 부딪치지 않도록 자리를 비켜 준다. 여자의 등이 벽에 부딪치며 더 이상 뒤로 물러날 데가 없어진다. 그의 가슴이 점점 밀착되어 온다. 여자의 머리 위로 술 냄새와 담뱃재는 둘째 치고 덩어리가 진 비듬이 후드득 떨어진다.

저기, 이러시면. 여자는 '안 되는데요'를 입 밖에 내지 못한다. 기하학적인 모양으로 어둠을 가르는 빨강 초록 불빛이 동심원을 그리며 흔들린다. 여자가 오른쪽으로 고개를 돌린 곳에, 아까 화장실에서 먼저 나갔을 것으로 짐작되는 박사들이 보인다. 음악 소리에 들리지 않았지만 그들의 찡그린 얼굴과 입 모양으로 '저 인간 또 시작이다'라고 말하는 걸 알 수 있다.

강사가 여자의 허리를 끌어당겼다가 팽이채를 내리치듯이 빙그르 돌린다. 여자의 입에서 비명이 터져 나온다. 이 난장판 속에 아무도 그걸 듣지 못한다. 이렇게 과격하게 움직였으니 주머니 속의 테스터는 흔들릴 대로 흔들려 검사 결과가 비정상적으로 표시될 것이다. 차라리 모르는 편이 낫겠다고 안도 반 불안 반의 한숨을 가볍게 쉴 틈도 없이 여자의 몸은 한 바퀴 반을 돌고 제자리로 돌아오기 무섭게 다시 강사의 팔에 안긴다. 강사가 여자의 어깨에 머리를 기대고 과체중을 싣는다. 여자는 반쯤 가려진 시야 너머에 있는 남편을 본다. 남편은 박자에 맞추어 손뼉을 치면서 이쪽을 잠깐 보는 듯하더니, 이내 가사 자막을 출력하는 모니터 쪽으로 슬그머니 눈길을 돌린다.

이것도 그에게는 학문의 일부일 것이다. 스스로의 긴 가방끈에 도취되어 가방이 땅에 끌려 닳아 가고 있음을 모른 척하는 일, 체념에 광기라는 먹이를 주는 일, 고기 대신 플라스틱을 삼켜 괴로워하는 짐승처럼 몸부림치는 일, 그리고 아무리 해도 살아 있는 한 이 세상으로부터는 해답을 얻어 낼 수 없음을 알고 질문으로부터 고개를 돌리는 일 같은 것들을 포함해서 말이다.

혼자 직립보행 이전 시대로 돌아가시게요. 의사의 말이 떠오른다. 여자는 지금 그러라면 그럴 수도 있을 것 같다. 엉덩이 밑으로 뜨끈하고 흥건한 핏물이 느껴진다. 강사의 팔에 안겨 쓰러질 듯, 쓰러질 듯하면서도 한쪽 손을 맞잡힌 채 노래방 홀 안을 빙글빙글 돈다. 다른 사람들은 그들이 그 짓을 하도록 자리를 비켜 주기까지 한다. 강사가 몸을 꺾는 대로 여자의 고개가 뒤로 젖혀진다. 천장에 매달려 돌아가던 신호등 같은 불빛들이 불규칙한 점멸을 거듭하며 눈동자에 떨어진다. 그 불빛이 주는 시각적 혼란 때문에 여자는 잠깐이나마 상상해 보는 것이었다. 그건 마지막의 마지막까지 탈출한 기다란 꼬리가 치마 밖으로 나와서, 질긴 탄력을 가지고 학문하는 자의 귀싸대기를 힘 있게 양쪽으로 왕복하여 갈겨 버리는, 어림 반 푼어치도 없는 장면이었다.

*

 2009년에서 2011년 사이 발표한 단편소설을 묶어 출간
한 소설집의 개정판을 10년 만에 내놓으면서 밝혀 둘 점
은, 이 소설들은 모두 우연과 순전한 상상의 산물로 보이
지만 이 가운데 상당 부분이 오래된 현실에 바탕을 두어
그 시간적 격차가 평균 20년 정도 된다는 것이다. 이를테
면 요즘의 유치원에서는 원아의 가정에서 개별적으로 무언
가를 준비해 가야 하는 경우가 별로 없고 납부한 원비 내
에서 교재와 소도구를 일괄 구매하여 아이들을 평등한 환
경에서 교육하는 데 신경 쓴다. 소설 속 배경 시간은 10년
에서 15년 전의 당시 현대를 상정하고 있지만, 그 안의 세
부 장면은 내가 약 40년 전에 목격한 유치원 속 상황이었

다고 할 수 있으며 나는 모욕적이거나 난감했던 그 순간들
이 정말로 어제 일처럼 기억난다.

물론 오래된 현실이라고 하여 그 모두가 개인적 체험과
일치함을 말하지는 않는다.

* *

그사이 한 가지 달라진 정보. 초판본 『고의는 아니지만』
에 수록되지 않았던 단편 「어림 반 푼어치 학문의 힘」을
수정하다가 알게 된 사실인데, 의료법 42조에서 신체 명칭
사용을 금지했던 병원 간판에 대한 규제는 2019년 하반기
에 풀렸다고 한다.

* * *

그 밖에 20년 전 상상과 10년 전 사회의 면면에 대해서
는 일일이 열거하기 어렵지만, 지금의 윤리적 기준과 통념
에 맞지 않는다고 느껴질 세부 요소들이 현재의 우리를
나아가게 하는 데 일정 부분 계기가 되었으리라는 짐작과
함께, 묻어 두었던 첫 소설집의 봉인을 푼다.

2021년 겨울 구병모

일상적 무감각과 치사량의 독성

황광수

1 다채로운 표현 층위들

구병모의 단편들에는 현실의 표층을 투시하는 시선과 현실 배후의 비가시적인 부정성에 시각적 물질성을 부여하는 상상력이 끊임없이 작동하고 있다. 이 작용들이 빚어내는 벡터는 어느 쪽으로 기우느냐에 따라 표현 층위에서 다양한 변별적 차이들을 빚어낸다. 이 차이들은 물론 제각기 다른 의미 맥락에 놓여 있는 현실의 부정적 특성들과 맞닿아 있다. 대체로 사회적 억압 기제들과 연관된 이 부정성들은 때로는 현실의 표층을 찢고 기상천외한 사건들로 분출하기도 하고, 일상의 사소한 일들을 통해 당사자들을 격심한 심리적 파탄 속에 몰아넣기도 한다. 이러한 편차들로 인해 이 소설집에 실린 단편들은 경험적 현실에 맞닿아 있는 것으로부터 비현실적인 환상성에 이르기까지 다양한 모습들을 펼쳐 보인다. 표현 층위가 현실과 환상의 중간지대에 놓여 있는 「마치…… 같은 이야기」를 중심에 놓고 보면, 「고의는 아니지만」, 「어떤 자장가」, 「재봉틀 여인」은 그 앞쪽에, 「조장기(鳥葬記)」, 「타자의 탄생」, 「곤충도감」은 그 뒤쪽에 놓일 수 있을 것이다. 이 단편들은 하나같이 특이한 발상과 사건들을 통해 다양한 개성들을 펼쳐 보이고 있다. 그러므로 위에 언급된 순서에 따라 개별 작품들을 살핀 후, 이 소설집 전체를 관통하는 미학적 특성에 관한 간략한 언급을 덧붙이는 게 좋을 듯하다.

2 현실 속에 파고든 이질성

하나의 사건은 돌발적으로 일어나지만, 그것이 해당 사회 전체에 미치는 변화는 서서히 진행되다가 결국은 가뭇없이 잦아들고 만다. 그래서 그 구성원들은 일정한 거리와 시차를 두고 그 변화의 정도를 가늠할 수 있는 거점을 원천적으로 박탈당한다. 우리가 흔히 '일상적 무감각'이라고 부르는 것은 이러한 현상에서 비롯된다. 그런데 「마치 …… 같은 이야기」에서 화자인 '시인'은 S시를 떠났다가 5년 만에 귀향하고 있기에 그곳에서 일어난 변화의 정도를 뚜렷

이 감지할 수 있는 위치에 있다. 이 소설의 첫 장면은 전쟁의 폐허를 암시하는 설치미술을 연상시킬 만큼 삭막하고 가학적이기까지 하다. 그런데 '시인'의 눈에 고철 더미로 보였던 것은 '마치'라는 이름의 술집이다. '마치'는 명사도 아닐뿐더러 어떠한 서술적 기능을 지니고 있지 않기에 가게의 이름으로는 터무니없어 보이지만, 읽어 가다 보면 그 장소의 기능에 비추어 그보다 적절한 낱말은 없을 듯한 느낌을 유발한다. 그곳의 문에 해당하는 구조물은 이렇게 묘사된다.

닳은 과도 조각이며 고장 난 컴퓨터 하드웨어에서 떼어낸 듯한 회로판과 부러진 하켄, 시계태엽 등을 때려 넣어 뒤숭숭하게 짜여 있는 외벽에서 입구를 찾아내기 위해서는 손으로 더듬어 나가야 했는데, 스치는 자리마다 부식의 세월을 말하듯 검붉은 가루들이 시인의 옷깃이나 손가락을 힘없이 휘감다가 흩어져 내렸다.(8쪽)

이 긴 문장은 그 구조물의 복잡성에 대한 화자의 복잡한 지각 작용을 짐작케 한다. 그것의 열림은 화자의 신경을 날카롭게 자극하며 '마치'의 안과 밖의 모습들을 동시에 끌어당긴다. 밖은 디스토피아적 광경이고, 안은 따스함을 간직한 인간적 공간이다. S시에서는 전쟁 이후 비유가

사라져 버렸다. '미무르'라는 별명을 가진 시장이 빠른 일
처리와 효율성을 내세우며 비유를 금지했기 때문이다.(괴
상한 생김새에 야비한 성질을 지닌 것으로 묘사되는 이 괴물
은 산해경이나 그 어떤 책에도 나오지 않는 상상의 동물이
다.) 직유법에 많이 쓰이는 '마치'라는 이름이 암시하듯이,
S시 초입에 있는 이 술집은 '비유의 통풍구'이다. 주인에게
그간의 사정을 자세히 들은 '시인'은 언어에 대한 자신의
경험과 생각을 자세히 피력한 후, 주인의 만류에도 불구
하고, 제 눈으로 직접 확인하겠다며 S시에 들어가 어렵사
리 시장을 만나는 데 성공한다. 그런데 시장은 말이 통할
수 없는 진짜 '미무르'였다. 처음부터 괴물이 아니었다면,
언어 통제의 장본인은 언어의 생명이 끝나 버린 그 세계의
중심에서 그 자신부터 괴물이 되었을 것이다. '시인'이 말
하듯, 언어가 인간의 관계를 매개하는 것이라면, 언어가 없
는 곳에 관계가 있을 리 없고, 관계가 없는 곳에 '사건'이나
인간적 삶이 존재할 리 없다. 그런 곳에서 생명을 부지할
수 있는 존재가 있다면, 그것은 '미무르' 같은 괴물일 수밖
에 없다. 이것이 이 작품에 내재된 의미 구도이다. 그런데
놀라운 것은, 작가가 '언어'와 같은 보편적이면서도 추상적
인 개념을 과감히 소설의 주제로 선택하고, '마치'나 '미무
르' 같은 특이한 공간과 괴물을 끌어들이는 기발한 발상을
통해 언어와 삶의 관계를 근원적으로 성찰할 수 있는 거점

을 마련했다는 것이다. 이러한 미학적 거점은 현실에 침투한 이질적인 존재가 일으킨 변화의 정도를 감지할 수 있는 거리와 시차를 확보한 인물을 통해 가능해진 것이다. 작가가 이 시점의 소유자를 '시인'으로 설정한 것은 언어의 층위에서 일어난 변화를 심도 있게 살피기 위한 것이다. 언어를 중심에 놓고 '미무르'와 '시인'이 서로 대척점에서 길항하는 구조를 통해 작가는 보편적 주제에 활력을 불어넣는 데 성공하고 있다.

3 현실의 부정성과 맞닿은 여성들

구병모의 단편들에서 현실의 부정성을 매개하는 일상의 자잘한 일들과 맞닿은 자리에 놓여 있는 것은 주로 여성들이다. 이들은 거시적인 사회 메커니즘의 작동을 인식하고 그것에 저항할 수 있는 능력을 결여하고 있기에, 그것이 뻗어 오는 촉수에 무방비 상태로 노출되어 격심한 심리적 고통을 겪거나 자신의 정체성이 분열되는 참담한 경험을 할 수밖에 없다. 그러기에 그들이 겪게 되는 심리적 파탄은 오히려 현실의 부정성에 내재된 폭력성을 적나라하게 드러내는 매개가 된다. 「고의는 아니지만」은 한 유치원 교사의 원칙이 맞닥뜨릴 수밖에 없는 딜레마를 날카롭게 벼려 내고 있다. F는 자기 나름의 원칙을 가지고 아이들을 가르친다. 준비물을 갖춰 온 아이들과 그렇지 못한 아이들로 나누어 각기 다른 역할을 부여하는 것이다. 이러한 방법은 차별의 의미보다는 준비물의 유무에 따라 공부 내용이 달라질 수밖에 없다는 그녀 나름의 판단에서 비롯된 것으로 보인다. 그녀는 아이들에게 자기 돈으로 수영복을 대여해 주기도 할 만큼 교육자로서 최선을 다하고 있다고 생각한다. 그러나 준비물을 갖춰 오지 못한 아이들은 자기들에게 주어진 학습 내용을 혐오하거나 창피하게 여긴다. 이 아이들의 부모들은 다양한 일에 종사하지만, 그들의 공통점은 장시간의 노동에 불규칙한 보수를 받거나 편부모인 경우가 많다는 것이다. 그래서 이들이 가정통신문이나 알림장을 하루도 빠짐없이 체크하는 것은 거의 불가능하다. 이런 점에서 F의 원칙은 애초에 원천적으로 빗나갈 수밖에 없는 원인을 내재하고 있었던 셈이다. 이런 사실을 알지 못하는 F는 결국 수치스러운 역할을 거부하는 아이들에게 모욕적인 말을 내뱉고 만다. "너희도 커서 너희들 엄마 아빠처럼 저런 일 하면서 살고 싶어?" 이 말을 내뱉는 순간 F의 공든 탑이 와르르 무너지고, 그 여파로 그녀는 죽음을 맞이하게 된다. 그것은 '저런 일'을 하던 인부들이 그녀의 말을 듣고 "다 같이 굳은 듯" 동작을 멈추게 된 사실과 무관하지 않다. 이 아이들과 교사는 A, B, C, D, E, F 등으로 표기된다. 이 대문자 알파벳들은 작가가 어긋난 인간관계로 인해 사물화된 인물들에게 부여한 물질적 기표들이다. 이처럼 사물화된 인간관계는, F가 목 졸려 죽은 것을 알게 된 차별받은 아이들이 "미농지 같은 미소"를 띠는 대목에서 막바지에 이른다. 이 작품에는 낭만적 희망 대신 치사량의 독성이 배어 있다. 그것은 참회 기도를 하려던 F를 죽음으로 몰아갈 만큼 치명적이다. 그것이 교육의 원초적인 단계에서부터 내밀하게 작동하는 사회적 불평등에서 배어 나오고 있다는 것은 두말할 나위가 없다. 그래서 이 작품은 의과대학보다 더 비싼 학비가 드는 유치원들이 존재하는, 원천적으로 빗나가 버린 우리의 교육 현실에 대한 음화로 떠오른다.

이 작품이 "성실한 교사의 표본"이었던 F의 원칙이 빗나갈 수밖에 없는 원인이 현실의 표층으로 드러나는 지점을 예리하게 포착하고 있다면, 「어떤 자장가」는 자기 아이 때문에 한 여성이 겪는 심리적 파탄을 공포스럽게 드러내 보인다. 첫 장면에서, 14평형 아파트 안의 사물들이 세밀하게 묘사된다, 주방용구가 떨어져 움푹 팬 곳에 괸 국물 곁에서 앞다리를 비비고 있는 파리와 가스레인지의 불꽃까지. 이러한 공간 속에서 '여자'는 자신의 박사논문은 미루어 둔 채 학부 학생들의 리포트나 석사과정 학생들의 논문 써 주는 일을 하고 있다. 그녀가 받는 턱없이 낮은 보수는 업체들 간의 경쟁 때문에 10년 동안 오르지 않고 있다.

그러나 정작 그녀를 참을 수 없는 고통 속으로 몰아넣는 것은 밤늦게까지 곁에서 보채는 아이이다. 아이는 엄마가 일하는 밤에는 자지 않는다. 그녀는 질문을 해 대는 아이에게 대답해 주다가 일의 맥락을 놓쳐 버리곤 한다. 휴대전화 문자로 리포트를 독촉하는 학생과 책을 읽어 달라며 보채는 아이를 달래다가 그녀의 "머릿속에서 실핏줄이 뚝 끊어진다." 그녀는 전화기를 내던지고 아이를 번쩍 안고 가서 "통돌이 세탁기 뚜껑을 열고 아이를 그 안에 넣는다."

아이의 작은 몸은 빨아 놓고 너는 걸 잊어 물때 냄새가 나는 빨래 더미들과 엉킨다. (……) 여자는 뚜껑을 덮으면서 말끄러미 자신을 올려다보는 아이의 동그란 두 눈이 욕실의 어둠 속에 빛나는 걸 본다. 뚜껑을 닫자 철컹, 하고 자석끼리 붙어 잠기는 소리가 난다. 전원 버튼을 누르고 세제의 양과 물의 높낮이, 온수와 냉수 균형을 조절하는 버튼을 차례로 누른 뒤 작동 명령을 내린다. 세탁기 안으로, 아이의 머리 위로 물이 떨어지는 소리가 들린다. 물살이 아이의 속살을 파고드는 소리다. (……) 아이가 세탁기 문을 콩콩 두드린다. 여자는 돌아보지 않는다. 집요한 고객에게 답 문자를 보내야 한다. (……) 메시지 전송이 완료되었음을 알리는 벨소리가, 줄곧 안쪽에서 세탁기 문을 두드리던 아이의 손이 소용돌이 모양으로 형성되는 물살에 휘

말리는 소리를 덮어 버린다. (56~57쪽)

인용문의 내용보다는 차분하고 세밀한 문체가 읽는 이의 공포와 충격을 더욱 가중시킨다. 그러나 한참 읽어 가다 보면, 그것은 그녀의 상상 속에서 일어난 사건일 뿐이다. 그렇다고 해서 독자들의 충격과 공포가 완화되는 것은 아니다. 상상이라는 암시조차 없이 그런 일이 또 일어나기 때문이다. 그녀는 아이를 오븐 속에 넣고 다이얼을 조작한다. 한참 뒤, "아이의 얼굴에는 열선과 같은 모양으로 기이한 곡선을 그리며 검게 탄 자국이 남아 있다. 얼굴의 일부는 탔고 대부분은 노릇하게 익었으며 온몸의 땀구멍에는 아직도 육즙과 기름이 맺히다 흘러내리다 하고 있다."며, 그 일이 실제로 일어났던 것처럼 묘사된다. 그녀는 아이를 냉장고 속에 넣기도 한다. 실제로 일어나는 일처럼 묘사되는 이러한 장면들은 그녀의 심리적 파탄이 빚어내는 잔인한 상상 또는 환영(幻影)일 것이다. 그러기에 실제로 일어난 것이냐 아니냐는 중요하지 않다. 중요한 것은 아이를 낳아서 기르기조차 힘든 현실에 내재한 잔혹성에 공포스러운 실체성을 부여했다는 것이다. 화자의 잔혹한 상상은 물론 방향이 빗나간 것이지만, 그러한 전도의 메커니즘까지 내장하고 있는 현실은 그러한 잔혹성의 기미조차 드러내지 않는다. 그래서 고통스럽게 분열되는 자신의 이중적 정체성을 자기 탓으로 돌릴 수밖에 없는 그녀는 아이에게 자장가를 불러 주다가 울고 만다. 이 울음은 치사량의 독성 못지않게 우리의 폐부를 아프게 찔러 온다.

「고의는 아니지만」과 「어떤 자장가」에서 두 여성은 서로 다른 입장에서 해결 불가능한 문제와 맞닥뜨리고 있다. 현실 층위와 맞닿아 있는 이 작품들의 호소력은 현실의 부정성이 최종적 단계에서 작동하는 미세한 결들을 세밀하게 포착하면서 그녀들의 심리적 파탄을 날카롭게 그려 낸 데에서 비롯된다. 이들과는 다른 층위에서 한 남성의 사물화 현상을 다룬 「재봉틀 여인」은 '그'의 삶을 서로 다른 시간대 — 소년 시절의 한때와 청년의 삶이 펼쳐지는 현재 — 에서 교차 서술하고 있다. 소년 시절은 명조체와 고딕체로 나뉘어 서술되는데, 명조체 부분은 소년이 교사에게 맞고 운 것 때문에 더 심한 구타를 당하는 장면이고, 고딕체 부분은 무엇이든 꿰맬 수 있다는 '재봉틀 여인'에게 자신의 눈물샘을 비롯해 감정과 관련된 세포들을 꿰매 달라고 부탁하는 장면이다.(고딕체의 경직성은 꿰매기의 결과를 암시한다.) 장면이 바뀌고, 한 청년이 폴크스바겐에 치인다. 그런데 그의 얼굴에는 "희미한 고통의 잔금조차 그어져 있지 않다." 그는 길바닥에 누운 채 차 주인을 멀뚱히 바라볼 뿐이다. 그는, 소년 시절의 경험을 통해, 비명을 질러야 한다는 것을 알지만, 그러한 "지식을 온몸으로 출력할 수가 없다." 비명은 오히려 그의 모습을 바라본 사람들의 입에서 터져 나온다. 그들 중 한 여성이 그를 대신해서 운전자의 잘못을 따지고 든다. 청년은 그 여성과 자주 만나게 되면서 감각을 봉합했던 "실밥이 한 올씩 툭툭 끊어지"는 소리를 듣지만, 그녀는 그의 무감각에 진력이 나 다른 사람에게 가버린다. 또 다른 장면에서, '재봉틀 여인'의 가게가 있는 시장에서 화재가 발생한다. 상인들은 발화자가 그녀의 아들이며, 그가 "가겟방에서 잠자던 어미를 해치기 위해 불을 놓은 게 틀림없다"고 증언한다. 그녀는 "거대한 석탄 같은 여인의 몸에, 역시 검게 변색된 수백 개의 바늘이 촘촘히 꽂혀 있는 모습"의 '덩어리'로 발견된다. 이 바늘들은 그녀가 자신의 욕망을 봉쇄하기 위해 얼마나 많은 자학을 가해 왔는지 드러내 보인다. 그러나 이 사건 역시 「어떤 자장가」의 경우처럼 실제로 일어난 일은 아닐 것이다. 청년의 무감정의 회로가 어머니에 대한 살해 욕망으로 빗나가게 되는 메커니즘도 앞의 작품과 유사하다. '재봉틀 여인'의 몸에 꽂혀 있는 바늘들은 한 여성이 자신(더 근원적으로는 그녀가 처한 상황)과 아들에게 이중으로 처벌되었다는 사실을 아프게 드러낸다. 작가는 보이지도 않고 걷잡을 수도 없는 감각과 감정을 '꿰매기'라는 행위의 대상으로 옮겨 놓고 두 인물의 사물화 과정을 빼어나게 그려 내고 있다. 이처럼 기발한 발상과 상상력을 지닌 작가에게는 표현 불가능한 영역이 없을 듯하다.

「조장기」는 살아 있는 사람을 뜯어 먹는 새 떼에 관한 기이한 이야기이다. 다양한 사람들이 새 떼에게 희생되지만, 공통점으로 떠오른 것은 그들이 풍겼을지도 모르는 절망의 냄새이다. 그래서 사람들은 '희망 찾기 강연'을 듣거나 절망 물질을 지우기 위한 '웃기 운동'에 참여하는 진풍경들이 벌어진다. 이런 상황에서, 학비를 벌기 위해 휴학 중인 화자는 외모 때문에 일자리 찾기도 어려울 뿐만 아니라 어렵사리 잡은 일자리조차 자신의 기대와는 너무도 동떨어진 것이다. 게다가, 그 일을 그만두어야겠다고 결심한 날 두 아이의 어머니가 교통사고로 죽었다며, 연고자가 와서 확인해야 한다는 전화를 받고 절망에 빠진다. 때때로 그녀는 자신이 새 떼를 부르는 절망의 냄새를 풍길지 모른다고 생각하며 두려워했지만, 이제는 날아오르는 새 떼를 보며 누군가의 "살점이 승천하는" 것이 부럽다고 중얼거리게 된다. 이 작품은 도처에서 절망의 냄새를 풍기는 우리 사회를 배경으로 학비를 벌기 위해 터무니없이 값싸고 힘겨운 일에 내몰릴 수밖에 없는 한 휴학생의 절망감을 잔잔하면서도 밀도 있게 그려 내고 있다. 작가는 현실 층위에 이질적인 현상을 끌어들여 걷잡을 수 없는 절망감에 물질성을 부여하는 상상력을 자재롭게 발휘함으로써 자칫 진부해 보일 수도 있는 사회적 현상에 미학적 활력을 불어넣고 있다.

4 기상천외한 사건과 비판적 알레고리

현실에 내재해 있는 원인의 돌발적 분출로서의 사건은
그것에 대한 역추적이 가능하지만, 「타자의 탄생」이 보여
주는 사건은 너무도 기상천외한 것이어서 적어도 현실 층
위에서는 역추적이 불가능하다. 그것은 사막에 떨어진 운
석처럼 이질적인 모습으로 현실 층위의 한 지점에 깊숙이
박혀 있다. 그것은 원인 추적이 불가능한 것이기에 갑작스
럽게 도래한 특수 상황처럼 보인다. 첫 장면에서 '그'는 정
신이 들자 자신의 복부 이하와 왼팔이 땅속의 금속성 주
물(정체불명의 이 금속은 어떠한 기술로도 녹이거나 절단할
수 없다.) 속에 묻혀 있는 것을 알게 된다. 그는 술을 마신
기억도 없고, 그런 일을 당할 만큼 타인에게 원한을 산 적
도 없다. 한마디로, 그는 생각할 수 있는 모든 원인으로부
터 단절된 상태에 빠져 있다. 그래서 절대적 우연성으로 감
지될 수밖에 없는 이 사건은 '그'로 하여금 자신의 과거와
현재의 삶을 전면적으로 되돌아보게 한다. 그를 꺼내려는
모든 시도들이 좌절하고 아내까지 떠나 버린 후, 그는 타인
들의 눈에 처음에는 죄인(아직은 사람이다.), 다음엔 더러
운 동물, 그다음엔 박제된 시체, 그러다가 마침내 나무의

버섯이나 곰팡이 같은 존재로 여겨지게 된다. 그레고르 잠
자와 달리, 그의 변신은 고통스럽게 흘러가는 시간 속에서
서서히 진행되면서 자신의 희망이 절망으로 변해 가는 연
속적 추이를 지켜보는 자의식을 유발한다. 그 시간은 그와
타인들 사이의 관계가 단절되어 가는 시간이기도 하다.

육체가 한 장소에 정박해 있으면 시간은 거의 흐르지 않
거나 비 그친 아스팔트 위의 지렁이처럼 포복 전진할 듯
말 듯 뒤틀린다. 시간은 자신의 몸이 움직이며 타인이나
사물과 부딪치는 데에서, 혹은 부는 바람을 적극적으로 온
몸에 맞음으로써 비로소 생성되는 미미한 파장의 결과물
이다. 그는 쇠붙이 속에 자기 몸과 시간이 함께 결박되어
있는 동안 눈앞을 스쳐 가는 사람들의 발걸음과 자신 사
이에 놓인 시간의 격차는 점점 부피가 커져 두 번 다시 겹
치는 지점이 없으리라는 사실을 알게 되었다.(154~155쪽)

그는 자신의 몸과 함께 정지된 시간이 다른 사람들과
함께 흘러가는 시간과 격차가 커지다가 마침내 메울 수 없
는 간극을 빚어내게 될 것이라고 여긴다. 이러한 상황에서
타인들과 그는 보는 자와 보이는 자의 관계에 놓여 있다.
자신을 '사물'로 의식할 수밖에 없는 그에게 타인들의 시선
은 고통스러울 수밖에 없다. 이런 의미에서 "타인의 시선

은 지옥"이라고 한 사르트르의 말은 결코 과장된 것이 아니다. 타인들의 시선은, 그가 자기들과는 다른 '비상식적인 상황'에 놓여 있는 다른 종류의 사람 또는 사물이라는 믿음을 전제한다. 한마디로 그는 기이하기 짝이 없는 '타자'일 뿐이다. 시간이 흐르면서 그러한 시선들마저 시들해지고, 그는 결국 "죽음에 접속했다가도 회선 불량으로 떨어져나오기를 반복하"는 상태에서, 한 말씀 하라는 기자에게 정신을 가다듬어 '마지막 말'을 내뱉는다. "구멍은 어디에나 있어요." 이 말이 튀어나오는 순간, 이 소설의 의미 구도는 완전히 전도된다. 콘크리트와 엉겨 붙은 주물 속에 박혀 있는 그는 더 이상 예외적인 존재가 아니다. 완전한 수동성에 매몰되어 있던 그는, 이 한마디 말로써 하나의 행위 주체, 그러나 우리가 상상할 수 있는 가장 참혹한 모습의 주체로 떠오른다. 이러한 과정을 통해서만 타인들의 시선에 속절없이 시달리던 그가 진정한 견자(見者), 즉 보는 자의 자리를 회복하게 된다는 것은 잔인한 진실이 아닐 수 없다. 타자의 전형으로 제시되고 있는 '그'는 이제 구조(救助) 불가능한 우리 모두의 존재론적 바탕을 강력하게 환기시키는 존재로 부각된다. 이 작품 속의 기상천외한 사건은 법과 질서의 일시적 중지를 의미하지 않는다. 작가가 비현실적인 상황을 지극히 사실적으로 묘사하면서 내적 논리상 빈틈없는 서사를 빚어내고 있는 것도 항구적으로 작동할 수 있는 의미 구조와 이미지를 마련하기 위한 것으로 보인다.

「곤충 도감」의 첫 장면 역시 기괴하기 짝이 없는 사건으로 시작된다. 한 남자에게 (아마) 강간당하는(려던) 여자의 시각으로, 남자의 몸이 루빅큐브를 구성하는 스물여섯 개의 주사위들이 제자리를 찾아가는 듯한 소리를 내며 마리오네트처럼 변형되다가 송아지만큼 커다란 곤충으로 변신하는 모습이 극사실적으로 묘사된다. 그런데 그 곤충은 흰 가운을 입은 한 무리의 사람들이 쏜 주사기를 맞고 보이지 않을 만큼 작아져 유리병 속에 넣어진다. 성범죄 전과자들의 몸속에 주입되는 그것은 국가가 비공식적으로 운영하는 연구소에서 개발한 반생물-반기계이다. '놈'은 성행위를 하려는 남자의 몸에서 분비되는 호르몬을 먹고 급속도로 커지면서 남자의 몸을 찢어발기고 그 실체를 드러낸다. 이러한 사건들을 소상히 알고 있는 열여덟 살인 '나'의 집에, 그녀에게 '그'로 불리는 사람이 4년 만에 나타난다. 그는 열네 살 때의 그녀를 강간하고 감옥살이를 한 경력의 소유자이다. 그의 몸에도 '놈'이 주입되어 있다는 사실을 알게 되면서 그녀의 내면에서 그를 살리고 싶다는 새로운 욕망이 움튼다. 그녀는 자신들에게 '필멸'을 불러올 성행위를 감행한다. 첫 장면과 유사한 일이 일어나지만, 그녀가 마지막으로 본 것은 눈부시게 흰 천사의 날개이다.

그의 육체를 해체하는 것이 그를 살리는 길이라면, 그것은 이미 죽어 있는 것에 대한 해체이며, 따라서 죽음에서의 해방을 의미할 것이다.

이 작품에서 성범죄 전과자들의 몸은 자기 재생산적 본능인 성욕 때문에 서로 좋아서 하는 정상적인 경우에도 국가가 주입한 '놈'에 의해 참혹하게 해체된다. 성범죄의 원천 봉쇄를 겨냥한 제도가 성적 욕망의 무차별적 처벌로 확장된 것이다. 이처럼 성적 욕망의 무차별성과 국가권력의 무차별성을 맞세우고 있는 이 작품은 자연법과 인간의 법 사이의 메울 수 없는 간극에서 발생할 수밖에 없는 사건을 공포스럽게 그려 내고 있다. 이러한 발상은 아마도 무한한 욕망을 지닌 인간이 제한적인 법질서 속에서 살아가고 있다는, 어찌 보면 지극히 당연한 사실에 의문을 품은 데에서 비롯되었을 것이다. 이러한 생각을 우리의 현실로까지 연장하면, 계기적으로 발생하는 성욕을 '전자발찌'라는 항상적 착용물로 억압하는 법의 불합리성과 비인간성에 대한 고발로 읽힐 수도 있다. 이런 점에서 이 작품은 법질서의 무차별성에 대한 알레고리를 마련함으로써 그에 대한 비판적 성찰이 가능한 의미 구조를 빚어내고 있다. 이 괴기스러운 이야기가 성범죄 전과자에게 가해지는 국가의 폭력을 과도하게 표출하고 있는 것처럼 보인다면, 그것은 법질서에 대한 맹신이나 범법자의 입장을 사유할 수 없는 우리의 감각적 무능 탓일 수도 있다.

앞의 두 작품에서 작가는 대안적 질서 대신 탈위치화된 변형물들로써 기상천외한 사건들과 새로운 의미가 발생할 수 있는 구조를 창조해 내고 있다. 이 작품들의 괴기스러운 광경들은 비현실적이라는 점에서 '환상'으로 불릴 수도 있지만, 그것은 현실에서 한 발도 빼내지 못하는 사람들이 직면한 고통에서 발원하고 있다는 점에서 결코 허황한 상상물이 아니다. 이러한 환상성을 지닌 사건들은 현실의 이면에서 내밀하게 작동하고 있는 어두운 힘을 환기시키면서 그에 대한 강력한 파괴력을 구조적으로 내장하고 있다. 그래서 그것은 오히려 리얼리즘의 심화에 가깝다.

구병모의 단편들에서 두루 발견되는 기법은 중층적인 현실이 내재하고 있는 비가시적인 부정성 — 이것은 모종의 억압과 해결 불가능성을 동시에 함축하고 있다 — 을 극사실적으로 묘사함으로써 물질적 가시성을 빚어낸다는 것이다. 절대적 우발성을 띠고 나타나는 사건들은 부재(不在)로서 존재하는 부정성을 뒤덮고 있는 표층적 현실을 파열한다. 이 파열은 무의식적 구조까지 뒤흔들며 성범죄 전과자의 해체된 육체 너머로 하얀 날개의 천사를 보게 한다. 자기파괴를 통해서만 볼 수 있는 그것은 너무도 잔혹한 진실처럼 보인다. 그러나 사건을 통해 감지되는 우연성은 복합적인 현상에서 발생할 수 있는 무한한 가능성들 가운데 하나라는 점에서 필연성의 계기적 발현이다. 구병모의 단편들에 편재하는 사실적인 묘사들과 냉정한 시선은 바로 그러한 필연성에 대한 의식과 맞닿아 있으며, 우리의 일상적 무감각과 전도된 가치관들에 치명적인 독성을 주입한다.(2011)

구멍이 경이가 되는 현장

오은

_____

구병모를 읽는 일은 촘촘해지는 일이다. "그물코가 삼천이면 걸릴 날이 있다"라는 속담처럼, 현장에 더 정확하게 더 집요하게 다가가는 일이다. 삼천 번, 아니 삼만 번을 얽고 꿰었을 그의 단편들은 현대 사회의 빈틈을 날렵하게 낚아챈다. "좋은 게 좋은 거지"나 "다 그러고 살아" 같은 진부한 말들은 감히 명함도 못 내민다. 섬뜩하고 불편하고 소름이 오소소 돋는다. 읽을수록 기꺼이 그 세계에 발 들이고 싶다. 그의 작품이 단순히 환상이 아니기 때문이다. 생생한 현실이기 때문이다. 우리가 외면할수록 더 쌩쌩해지는 이야기이기 때문이다.

『고의는 아니지만』에 실린 단편들은 10년의 세월이 무색할 정도로 지금 읽어도 날카롭기만 하다. 이미 와 버린 것은 미리 봐 버린 그의 혜안 덕분에 빛난다. 달라진 것 또한 다른 방식으로 더욱 첨예해져 어떤 단초(端初)처럼 느껴진다. 좋은 게 결코 좋은 것이 아니고 다 그러고 살 수는 없음을 뼈저리게 통감하게 된다.

소설에 등장하는 인물은 비유법이 금지된 도시로 돌아온 시인, 보고서 대필 아르바이트를 해야 하지만 정작 자신의 논문을 쓸 겨를은 없는 여성, 감정을 느끼지 않기로 결심한 소년, 돌봄 노동에 지쳐 버린 유치원 교사, 영문도 모른 채 땅속 주물에 갇힌 남자, 쪽방에 사는 모녀, 학문과 항문의 힘에 나가떨어지고 마는 부부 등 어디에나 있으나 아무도 주목하지 않는 존재다. 그러므로 구병모의 소설을 읽는 일은 단신(短信)으로 처리되곤 했던 무수한 부조리가 펄떡펄떡 솟구쳐 뛰는 광경을 목도하는 일이기도 하다.

「타자의 탄생」의 마지막 장면에서 남자는 말한다. "구멍은 어디에나 있어요." 지금이야말로 현대사회 곳곳에 뚫려 있는 구멍이 '경이'가 되는 현장을 마주할 때다.

오늘의 작가 총서 36

고의는 아니지만

구병모 소설

1판 1쇄 펴냄	2011년 7월 28일
2판 1쇄 펴냄	2021년 12월 31일
2판 2쇄 펴냄	2023년 8월 29일

지은이	구병모
발행인	박근섭·박상준
펴낸곳	(주)민음사

출판등록	1966. 5. 19 제16-490호
주소	서울시 강남구 도산대로1길 62(신사동)
	강남출판문화센터 5층(06027)
대표전화	02-515-2000
팩시밀리	02-515-2007
홈페이지	www.minumsa.com

ⓒ구병모, 2021. 2011. Printed in Seoul, Korea

ISBN 978-89-374-2057-3 (04810)
ISBN 978-89-374-2050-4 (세트)

* 잘못 만들어진 책은 구입처에서 교환해 드립니다.

새로 잇고 다시 읽는 한국문학의 정수, 오늘의 작가 총서 시리즈